ŒUVRES

DE

MONTESQUIEU.

TOME TROISIÈME.

OEUVRES

DE

MONTESQUIEU.

TOME TROISIÈME.

A PARIS,

CHEZ PLASSAN, BERNARD, ET GRÉGOIRE.

DE L'IMPRIMERIE DE PLASSAN.

L'AN IV. — 1796.

T A B L E

III.

LIVRE XXXI.

Théorie des loix féodales chez les Francs, dans le rapport qu'elles ont avec les révolutions de leur monarchie.

DÉFENSE DE L'ESPRIT DES LOIX.

DE L'ESPRIT

DES LOIX.

.... Prolem sine matre creatam.

OVID.

DE L'ESPRIT
DES LOIX.

LIVRE XXX.

Théorie des loix féodales chez les Francs, dans le rapport qu'elles ont avec l'établissement de la monarchie.

CHAPITRE PREMIER.

Des loix féodales.

Je croirois qu'il y auroit une imperfection dans mon ouvrage, si je passois sous silence un évènement arrivé une fois dans le monde, et qui n'arrivera peut-être jamais; si je ne parlois de ces loix que l'on vit paroître en un moment dans toute l'Europe, sans qu'elles tinssent à celles que l'on avoit jusqu'alors connues; de ces loix qui ont fait des biens et des maux infinis; qui ont laissé des droits quand on a cédé le domaine; qui, en donnant à plusieurs personnes divers genres de seigneurie sur la même chose ou sur les mêmes personnes, ont diminué le poids de la seigneurie entière; qui ont posé diverses limites dans des empires trop étendus; qui ont produit la règle avec une inclinaison à l'anarchie, et l'anarchie avec une tendance à l'ordre et à l'harmonie.

Ceci demanderoit un ouvrage exprès; mais, vu la nature de celui-ci, on y trouvera plutôt ces loix comme je les ai envisagées que comme je les ai traitées.

C'est un beau spectacle que celui des loix féodales. Un chêne antique s'élève [1]; l'œil en voit de loin les feuillages : il approche; il en voit la tige, mais il n'en apperçoit point les racines : il faut percer la terre pour les trouver.

CHAPITRE II.

Des sources des loix féodales.

LES peuples qui conquirent l'empire romain étoient sortis de la Germanie. Quoique peu d'auteurs anciens nous aient décrit leurs mœurs, nous en avons deux qui sont d'un très-grand poids. César, faisant la guerre aux Germains, décrit les mœurs des Germains [2]; et c'est sur ces mœurs qu'il a réglé quelques-unes de ses entreprises [3]. Quelques pages de César sur cette matière sont des volumes.

Tacite fait un ouvrage exprès sur les mœurs des Ger-

---

[1] . . . . . . Quantùm vertice ad auras
Æthereas, tantùm radice in tartara tendit.
(VIRGIL. Georg. lib. II, v. 291.)

[2] Liv. VI.

[3] Par exemple, sa retraite d'Allemagne, ibid.

mains. Il est court, cet ouvrage; mais c'est l'ouvrage de Tacite, qui abrégeoit tout, parce qu'il voyoit tout.

Ces deux auteurs se trouvent dans un tel concert avec les codes des loix des peuples barbares que nous avons, qu'en lisant César et Tacite on trouve par-tout ces codes, et qu'en lisant ces codes on trouve par-tout César et Tacite.

Que si, dans la recherche des loix féodales, je me vois dans un labyrinthe obscur, plein de routes et de détours, je crois que je tiens le bout du fil, et que je puis marcher.

CHAPITRE III.

Origine du vasselage.

CÉSAR [1] dit que « les Germains ne s'attachoient point à » l'agriculture; que la plupart vivoient de lait, de fromage » et de chair; que personne n'avoit de terres ni de limites » qui lui fussent propres; que les princes et les magistrats » de chaque nation donnoient aux particuliers la portion » de terre qu'ils vouloient et dans le lieu qu'ils vouloient, » et les obligeoient l'année suivante de passer ailleurs ». Tacite dit [2] « que chaque prince avoit une troupe de gens » qui s'attachoient à lui et le suivoient ». Cet auteur, qui, dans sa langue, leur donne un nom qui a du rapport avec leur état, les nomme [3] *compagnons.* Il y avoit entre eux

---

[1] Livre VI *de la Guerre des Gaules.* Tacite ajoute : *Nulli domus, aut ager, aut aliqua cura; prout ad quemque ve-* *nere aluntur.* (De moribus Germanor.)
[2] *De moribus Germanorum.*
[3] *Comites.*

une émulation singulière pour obtenir quelque distinction auprès du prince *, et une même émulation entre les princes sur le nombre et la bravoure de leurs compagnons. « C'est, ajoute Tacite, la dignité, c'est la puissance d'être » toujours entouré d'une foule de jeunes gens que l'on a » choisis; c'est un ornement dans la paix, c'est un rempart » dans la guerre. On se rend célèbre dans sa nation et chez » les peuples voisins, si l'on surpasse les autres par le nombre » et le courage de ses compagnons : on reçoit des présens ; » les ambassades viennent de toutes parts. Souvent la répu- » tation décide de la guerre. Dans le combat il est honteux » au prince d'être inférieur en courage; il est honteux à la » troupe de ne point égaler la valeur du prince ; c'est une » infamie éternelle de lui avoir survécu. L'engagement le » plus sacré, c'est de le défendre. Si une cité est en paix, » les princes vont chez celles qui font la guerre ; c'est par-là » qu'ils conservent un grand nombre d'amis. Ceux-ci reçoi- » vent d'eux le cheval du combat et le javelot terrible. Les » repas peu délicats, mais grands, sont une espèce de » solde pour eux. Le prince ne soutient ses libéralités que » par les guerres et les rapines. Vous leur persuaderiez » bien moins de labourer la terre et d'attendre l'année, que » d'appeler l'ennemi et de recevoir des blessures; ils n'ac- » querront pas par la sueur ce qu'ils peuvent obtenir par le » sang. »

Ainsi, chez les Germains, il y avoit des vassaux, et non pas des fiefs. Il n'y avoit point de fiefs, parce que les princes n'avoient point de terres à donner; ou plutôt les fiefs étoient des chevaux de bataille, des armes, des repas.

---

* De moribus Germanorum.

Il y avoit des vassaux, parce qu'il y avoit des hommes fidèles qui étoient liés par leur parole, qui étoient engagés pour la guerre, et qui faisoient à peu près le même service que l'on fit depuis pour les fiefs.

CHAPITRE IV.

Continuation du même sujet.

César [1] dit que « quand un des princes déclaroit à l'assem-
» blée qu'il avoit formé le projet de quelque expédition, et
» demandoit qu'on le suivît, ceux qui approuvoient le chef
» et l'entreprise se levoient et offroient leurs secours. Ils
» étoient loués par la multitude. Mais s'ils ne remplissoient
» pas leurs engagemens, ils perdoient la confiance publique,
» et on les regardoit comme des déserteurs et des traîtres.»

Ce que dit ici César, et ce que nous avons dit dans le chapitre précédent après Tacite, est le germe de l'histoire de la première race.

Il ne faut pas être étonné que les rois aient toujours eu à chaque expédition de nouvelles armées à refaire, d'autres troupes à persuader, de nouvelles gens à engager; qu'il ait fallu pour acquérir beaucoup qu'ils répandissent beaucoup; qu'ils acquissent sans cesse, par le partage, des terres et des dépouilles, et qu'ils donnassent sans cesse ces terres et ces dépouilles; que leur domaine grossît continuellement, et qu'il diminuât sans cesse; qu'un père qui donnoit à un de ses enfans un royaume y joignît toujours un trésor [2];

---

[1] *De Bello Gallico,* liv. VI.   [2] Voyez la vie de Dagobert.

que le trésor du roi fût regardé comme nécessaire à la monarchie; et qu'un roi * ne pût même, pour la dot de sa fille, en faire part aux étrangers sans le consentement des autres rois. La monarchie avoit son allure par des ressorts qu'il falloit toujours remonter.

CHAPITRE V.

De la conquête des Francs.

Il n'est pas vrai que les Francs, entrant dans la Gaule, aient occupé toutes les terres du pays pour en faire des fiefs. Quelques gens ont pensé ainsi, parce qu'ils ont vu sur la fin de la seconde race presque toutes les terres devenues des fiefs, des arrière-fiefs, ou des dépendances de l'un ou de l'autre : mais cela a eu des causes particulières qu'on expliquera dans la suite.

La conséquence qu'on en voudroit tirer, que les barbares firent un réglement général pour établir par-tout la servitude de la glèbe, n'est pas moins fausse que le principe. Si, dans un temps où les fiefs étoient amovibles, toutes les terres du royaume avoient été des fiefs ou des dépendances des fiefs, et tous les hommes du royaume des vassaux ou des serfs qui dépendoient d'eux; comme celui qui a les biens a toujours aussi la puissance, le roi, qui auroit dis-

---

* Voyez Grégoire de Tours, liv. VI, sur le mariage de la fille de Chilpéric. Childebert lui envoie des ambassadeurs pour lui dire qu'il n'ait point à donner des villes du royaume de son père à sa fille, ni de ses trésors, ni des serfs, ni des chevaux, ni des cavaliers, ni des attelages de bœufs, etc.

posé continuellement des fiefs, c'est-à-dire de l'unique propriété, auroit eu une puissance aussi arbitraire que celle du sultan l'est en Turquie; ce qui renverse toute l'histoire.

CHAPITRE VI.

Des Goths, des Bourguignons et des Francs.

LES Gaules furent envahies par les nations germaines. Les Wisigoths occupèrent la Narbonnoise et presque tout le midi; les Bourguignons s'établirent dans la partie qui regarde l'orient; et les Francs conquirent à peu près le reste.

Il ne faut pas douter que ces barbares n'aient conservé dans leurs conquêtes les mœurs, les inclinations et les usages qu'ils avoient dans leur pays, parce qu'une nation ne change pas dans un instant de manière de penser et d'agir. Ces peuples, dans la Germanie, cultivoient peu les terres. Il paroît, par Tacite et César, qu'ils s'appliquoient beaucoup à la vie pastorale : aussi les dispositions des codes des loix des barbares roulent-elles presque toutes sur les troupeaux. Roricon, qui écrivoit l'histoire chez les Francs, étoit pasteur.

CHAPITRE VII.

Différentes manières de partager les terres.

LES Goths et les Bourguignons ayant pénétré, sous divers prétextes, dans l'intérieur de l'empire, les Romains, pour arrêter leurs dévastations, furent obligés de pourvoir à leur subsistance. D'abord ils leur donnoient du bled [1]; dans la suite ils aimèrent mieux leur donner des terres. Les empereurs, ou, sous leur nom, les magistrats romains [2], firent des conventions avec eux sur le partage du pays, comme on le voit dans les chroniques et dans les codes des Wisigoths [3] et des Bourguignons [4].

Les Francs ne suivirent pas le même plan. On ne trouve dans les loix saliques et ripuaires aucune trace d'un tel partage de terres : ils avoient conquis, ils prirent ce qu'ils voulurent, et ne firent de réglemens qu'entre eux.

Distinguons donc le procédé des Bourguignons et des Wisigoths dans la Gaule, celui de ces mêmes Wisigoths en Espagne, des soldats auxiliaires [5] sous Augustule et Odoacer en Italie, d'avec celui des Francs dans les Gaules et des Vandales en Afrique [6]. Les premiers firent des conventions avec les anciens habitans, et en conséquence un partage de terres avec eux; les seconds ne firent rien de tout cela.

---

[1] Voyez Zosime, liv. v, sur la distribution du bled demandée par Alaric.

[2] *Burgundiones partem Galliæ occupaverunt, terrasque cum gallicis senatoribus diviserunt.* (Chronique de Marius, sur l'an 456.)

[3] Liv. x, tit. 1, paragr. 8, 9 et 16.

[4] Chap. LIV, paragr. 1 et 2; et ce partage subsistoit du temps de Louis le Débonnaire, comme il paroît par son capitulaire de l'an 829, qui a été inséré dans la loi des Bourguignons, tit. 79, paragr. 1.

[5] Voyez Procope , *Guerre des Goths.*

[6] Guerre des Vandales.

CHAPITRE   VIII.

Continuation du même sujet.

Ce qui donne l'idée d'une grande usurpation des terres des Romains par les barbares, c'est qu'on trouve dans les loix des Wisigoths et des Bourguignons que ces deux peuples eurent les deux tiers des terres : mais ces deux tiers ne furent pris que dans de certains quartiers qu'on leur assigna.

Gondebaud dit [1], dans la loi des Bourguignons, que son peuple, dans son établissement, reçut les deux tiers des terres; et il est dit dans le second supplément à cette loi [2] qu'on n'en donneroit plus que la moitié à ceux qui viendroient dans le pays. Toutes les terres n'avoient donc pas d'abord été partagées entre les Romains et les Bourguignons.

On trouve dans les textes de ces deux réglemens les mêmes expressions; ils s'expliquent donc l'un et l'autre. Et comme on ne peut pas entendre le second d'un partage universel des terres, on ne peut pas non plus donner cette signification au premier.

Les Francs agirent avec la même modération que les Bourguignons; ils ne dépouillèrent pas les Romains dans toute l'étendue de leurs conquêtes. Qu'auroient-ils fait de tant de terres? Ils prirent celles qui leur convinrent, et laissèrent le reste.

[1] *Licet eo tempore quo populus noster mancipiorum tertiam et duas terrarum partes accepit ,* etc. (Loi des Bourguignons, tit. 54, paragr. 1.)

[2] *Ut non ampliùs à Burgundionibus qui infrà venerunt requiratur quàm ad præsens necessitas fuerit, medietas terræ.* (Art. 11.)

CHAPITRE IX.

Juste application de la loi des Bourguignons et de celle des Wisigoths sur le partage des terres.

Il faut considérer que ces partages ne furent point faits par un esprit tyrannique, mais dans l'idée de subvenir aux besoins mutuels des deux peuples qui devoient habiter le même pays.

La loi des Bourguignons veut que chaque Bourguignon soit reçu en qualité d'hôte chez un Romain. Cela est conforme aux mœurs des Germains, qui, au rapport de Tacite [1], étoient le peuple de la terre qui aimoit le plus à exercer l'hospitalité.

La loi veut que le Bourguignon ait les deux tiers des terres, et le tiers des serfs. Elle suivoit le génie des deux peuples, et se conformoit à la manière dont ils se procuroient la subsistance. Le Bourguignon, qui faisoit paître des troupeaux, avoit besoin de beaucoup de terres et de peu de serfs; et le grand travail de la culture de la terre exigeoit que le Romain eût moins de glèbe et un plus grand nombre de serfs. Les bois étoient partagés par moitié, parce que les besoins à cet égard étoient les mêmes.

On voit dans le code des Bourguignons [2] que chaque barbare fut placé chez chaque Romain. Le partage ne fut donc pas général : mais le nombre des Romains qui donnèrent le partage fut égal à celui des Bourguignons qui le reçurent. Le Romain fut lésé le moins qu'il fut possible : le

[1] *De moribus Germanorum.*   [2] Et dans celui des Wisigoths.

Bourguignon, guerrier, chasseur et pasteur, ne dédaignoit
pas de prendre des friches; le Romain gardoit les terres les
plus propres à la culture : les troupeaux du Bourguignon
engraissoient le champ du Romain.

CHAPITRE X.

Des servitudes.

Il est dit dans la loi des Bourguignons [1] que quand ces
peuples s'établirent dans les Gaules, ils reçurent les deux
tiers des terres et le tiers des serfs. La servitude de la
glèbe étoit donc établie dans cette partie de la Gaule avant
l'entrée des Bourguignons [2].

La loi des Bourguignons, statuant sur les deux nations,
distingue formellement [3], dans l'une et dans l'autre, les
nobles, les ingénus et les serfs. La servitude n'étoit donc
point une chose particulière aux Romains, ni la liberté et
la noblesse une chose particulière aux barbares.

Cette même loi dit [4] que si un affranchi bourguignon
n'avoit point donné une certaine somme à son maître, ni
reçu une portion tierce d'un Romain, il étoit toujours censé
de la famille de son maître. Le Romain propriétaire étoit
donc libre, puisqu'il n'étoit point dans la famille d'un autre;
il étoit libre, puisque sa portion tierce étoit un signe de
liberté.

[1] Tit. 54.
[2] Cela est confirmé par tout le titre
du code *de agricolis et censitis et colonis.*
[3] *Si dentem optimati Burgundioni vel*
Romano nobili excusserit (titre 26,
paragr. 1); et, *Si mediocribus personis*
ingenuis, tam Burgundionibus quàm
Romanis. (Ibid. paragr. 2.)
[4] Tit. 57.

Il n'y a qu'à ouvrir les loix saliques et ripuaires pour voir que les Romains ne vivoient pas plus dans la servitude chez les Francs que chez les autres conquérans de la Gaule.

M. le comte de Boulainvilliers a manqué le point capital de son système; il n'a point prouvé que les Francs aient fait un réglement général qui mît les Romains dans une espèce de servitude.

Comme son ouvrage est écrit sans aucun art, et qu'il y parle avec cette simplicité, cette franchise et cette ingénuité de l'ancienne noblesse dont il étoit sorti, tout le monde est capable de juger, et des belles choses qu'il dit, et des erreurs dans lesquelles il tombe. Ainsi je ne l'examinerai point; je dirai seulement qu'il avoit plus d'esprit que de lumières, plus de lumières que de savoir : mais ce savoir n'étoit point méprisable, parce que de notre histoire et de nos loix il savoit très-bien les grandes choses.

M. le comte de Boulainvilliers et M. l'abbé Dubos ont fait chacun un système, dont l'un semble être une conjuration contre le tiers-état, et l'autre une conjuration contre la noblesse. Lorsque le Soleil donna à Phaéton son char à conduire, il lui dit : « Si vous montez trop haut, vous brûlerez » la demeure céleste ; si vous descendez trop bas, vous » réduirez en cendres la terre : n'allez point trop à droite, » vous tomberiez dans la constellation du Serpent; n'allez » point trop à gauche, vous iriez dans celle de l'Autel : » tenez-vous entre les deux *. »

---

* Nec preme , nec summum molire per aethera currum.
Altiùs egressus , coelestia tecta cremabis ;
Inferiùs, terras : medio tutissimus ibis.
Neu te dexterior tortum declinet in Anguem ,
Neve sinisterior pressam rota ducat ad Aram :
Inter utrumque tene. . . . .

(Ovid. Metam, lib. II, v. 135.)

CHAPITRE XI.

Continuation du même sujet.

Ce qui a donné l'idée d'un réglement général fait dans le temps de la conquête, c'est qu'on a vu en France un prodigieux nombre de servitudes vers le commencement de la troisième race; et comme on ne s'est pas apperçu de la progression continuelle qui se fit de ces servitudes, on a imaginé dans un temps obscur une loi générale qui ne fut jamais.

Dans le commencement de la première race, on voit un nombre infini d'hommes libres, soit parmi les Francs, soit parmi les Romains : mais le nombre des serfs augmenta tellement, qu'au commencement de la troisième tous les laboureurs et presque tous les habitans des villes se trouvèrent serfs * : et au lieu que, dans le commencement de la première, il y avoit dans les villes à peu près la même administration que chez les Romains, des corps de bourgeoisie, un sénat, des cours de judicature; on ne trouve guère, vers le commencement de la troisième, qu'un seigneur et des serfs.

Lorsque les Francs, les Bourguignons et les Goths, faisoient leurs invasions, ils prenoient l'or, l'argent, les meubles, les vêtemens, les hommes, les femmes, les garçons, dont l'armée pouvoit se charger; le tout se rapportoit

---

* Pendant que la Gaule étoit sous la domination des Romains, ils formoient des corps particuliers : c'étoient ordinairement des affranchis ou descendans d'affranchis.

en commun, et l'armée le partageoit [1]. Le corps entier de
l'histoire prouve qu'après le premier établissement, c'est-
à-dire après les premiers ravages, ils reçurent à composition les habitans, et leur laissèrent tous leurs droits politiques et civils. C'étoit le droit des gens de ces temps-là; on
enlevoit tout dans la guerre, on accordoit tout dans la paix.
Si cela n'avoit pas été ainsi, comment trouverions-nous dans
les loix saliques et bourguignones tant de dispositions contradictoires à la servitude générale des hommes?

Mais ce que la conquête ne fit pas, le même droit des
gens [2], qui subsista après la conquête, le fit. La résistance,
la révolte, la prise des villes, emportoient avec elles la servitude des habitans. Et comme, outre les guerres que les
différentes nations conquérantes firent entre elles, il y eut
cela de particulier chez les Francs, que les divers partages
de la monarchie firent naître sans cesse des guerres civiles
entre les frères ou neveux, dans lesquelles ce droit des
gens fut toujours pratiqué, les servitudes devinrent plus
générales en France que dans les autres pays : et c'est, je
crois, une des causes de la différence qui est entre nos loix
françoises et celles d'Italie et d'Espagne, sur les droits des
seigneurs.

La conquête ne fut que l'affaire d'un moment; et le droit
des gens que l'on y employa produisit quelques servitudes.
L'usage du même droit des gens, pendant plusieurs siècles,
fit que les servitudes s'étendirent prodigieusement.

Theuderic [3], croyant que les peuples d'Auvergne ne lui

[1] Voyez Grégoire de Tours, liv. II, chap. XXVII; Aimoin, liv. I, chap. XII.
[2] Voyez les vies des Saints citées ci-après, page 18.
[3] Grégoire de Tours, liv. III.

étoient pas fidèles, dit aux Francs de son partage : « Suivez-
» moi ; je vous menerai dans un pays où vous aurez de l'or,
» de l'argent, des captifs, des vêtemens, des troupeaux en
» abondance ; et vous en transférerez tous les hommes dans
» votre pays. »

Après la paix[1] qui se fit entre Gontran et Chilpéric, ceux
qui assiégeoient Bourges ayant eu ordre de revenir, ils
amenèrent tant de butin, qu'ils ne laissèrent presque dans
le pays ni hommes ni troupeaux.

Théodoric, roi d'Italie, dont l'esprit et la politique étoient
de se distinguer toujours des autres rois barbares, envoyant
son armée dans la Gaule, écrit au général[2] : « Je veux qu'on
» suive les loix romaines, et que vous rendiez les esclaves
» fugitifs à leurs maîtres : le défenseur de la liberté ne doit
» point favoriser l'abandon de la servitude. Que les autres
» rois se plaisent dans le pillage et la ruine des villes qu'ils
» ont prises : nous voulons vaincre de manière que nos
» sujets se plaignent d'avoir acquis trop tard la sujétion ».
Il est clair qu'il vouloit rendre odieux les rois des Francs et
des Bourguignons, et qu'il faisoit allusion à leur droit des
gens.

Ce droit subsista dans la seconde race. L'armée de Pepin,
étant entrée en Aquitaine, revint en France chargée d'un
nombre infini de dépouilles et de serfs, disent les annales
de Metz[3].

Je pourrois citer des autorités[4] sans nombre. Et comme,

---

[1] Grég. de Tours, liv. VI, chap. XXXI.
[2] Lett. 43, liv. III, dans Cassiodore.
[3] Sur l'an 763. *Innumerabilibus spo-
liis et captivis totus ille exercitus dita-
tus in Franciam reversus est.*

[4] *Annales de Fulde,* année 739; Paul
Diacre, *de gestis Longobardorum,* liv.
III, chap. XXX, et liv. IV, chap. I ; et
les vies des saints citées à la première
note de la page suivante.

dans ces malheurs, les entrailles de la charité s'émurent;
comme plusieurs saints évêques, voyant les captifs attachés
deux à deux, employèrent l'argent des églises et vendirent
même les vases sacrés pour en racheter ce qu'ils purent; que
de saints moines s'y employèrent[1]; c'est dans les vies des
saints que l'on trouve les plus grands éclaircissemens sur
cette matière. Quoiqu'on puisse reprocher aux auteurs de
ces vies d'avoir été quelquefois un peu trop crédules sur
des choses que Dieu a certainement faites, si elles ont été
dans l'ordre de ses desseins, on ne laisse pas d'en tirer de
grandes lumières sur les mœurs et les usages de ces temps-là.

Quand on jette les yeux sur les monumens de notre histoire et de nos loix, il semble que tout est mer[2], et que les
rivages mêmes manquent à la mer. Tous ces écrits froids,
secs, insipides et durs, il faut les lire, il faut les dévorer,
comme la fable dit que Saturne devoroit les pierres.

Une infinité de terres que les hommes libres faisoient
valoir[3] se changèrent en main-mortables : quand un pays
se trouva privé des hommes libres qui l'habitoient, ceux qui
avoient beaucoup de serfs prirent ou se firent céder de
grands territoires, et y bâtirent des villages, comme on le
voit dans diverses chartres. D'un autre côté, les hommes
libres qui cultivoient les arts se trouvèrent être des serfs
qui devoient les exercer : les servitudes rendoient aux arts
et au labourage ce qu'on leur avoit ôté.

[1] Voyez les vies de saint Épiphane,
de saint Eptadius, de saint Césaire,
de saint Fidole, de saint Porcien, de
saint Trévérius, de saint Eusichius,
et de saint Léger, les miracles de saint
Julien.

[2] . . . . Deerant quoque littora ponto.
(Ovid. Metam. lib. 1.)

[3] Les colons même n'étoient pas tous
serfs : voyez les loix XVIII et XXIII, au
code *de agricolis et censitis et colonis*,
et la XX du même titre.

Ce fut une chose usitée, que les propriétaires des terres les donnèrent aux églises pour les tenir eux-mêmes à cens, croyant participer par leur servitude à la sainteté des églises.

CHAPITRE XII.

Que les terres du partage des barbares ne payoient point de tributs.

Des peuples simples, pauvres, libres, guerriers, pasteurs, qui vivoient sans industrie, et ne tenoient à leurs terres que par des cases de jonc [1], suivoient des chefs pour faire du butin, et non pas pour payer ou lever des tributs. L'art de la maltôte est toujours inventé après coup et lorsque les hommes commencent à jouir de la félicité des autres arts.

Le tribut [2] passager d'une cruche de vin par arpent, qui fut une des vexations de Chilpéric et de Frédégonde, ne concerna que les Romains. En effet, ce ne furent pas les Francs qui déchirèrent les rôles de ces taxes, mais les ecclésiastiques, qui, dans ces temps-là, étoient tous Romains [3]. Ce tribut affligea principalement les habitans des villes [4] : or les villes étoient presque toutes habitées par des Romains.

[1] Voyez Grégoire de Tours, liv. II.

[2] *Ibid.* liv. v.

[3] Cela paroît par toute l'histoire de Grégoire de Tours. Le même Grégoire demande à un certain Valfiliacus comment il avoit pu parvenir à la cléricature, lui qui étoit Lombard d'origine. (Grégoire de Tours, liv. VIII.)

[4] *Quæ conditio universis urbibus per Galliam constitutis summopere est adhibita.* (Vie de saint Aridius.)

Grégoire de Tours[1] dit qu'un certain juge fut obligé, après la mort de Chilpéric, de se réfugier dans une église, pour avoir, sous le règne de ce prince, assujetti à des tributs des Francs qui, du temps de Childebert, étoient ingénus : *Multos de Francis, qui, tempore Childeberti regis, ingenui fuerant, publico tributo subegit.* Les Francs qui n'étoient point serfs ne payoient donc point de tributs.

Il n'y a point de grammairien qui ne pâlisse en voyant comment ce passage a été interprété par M. l'abbé Dubos[2]. Il remarque que, dans ces temps-là, les affranchis étoient aussi appelés ingénus. Sur cela il interprète le mot latin *ingenui* par ces mots, *affranchis de tributs :* expression dont on peut se servir dans la langue françoise, comme on dit *affranchis de soins, affranchis de peines;* mais, dans la langue latine, *ingenui à tributis, libertini à tributis, manumissi tributorum,* seroient des expressions monstrueuses.

Parthenius, dit Grégoire de Tours[3], pensa être mis à mort par les Francs pour leur avoir imposé des tributs. M. l'abbé Dubos[4], pressé par ce passage, suppose froidement ce qui est en question : c'étoit, dit-il, une surcharge.

On voit dans la loi des Wisigoths[5] que, quand un barbare occupoit le fonds d'un Romain, le juge l'obligeoit de le vendre, pour que ce fonds continuât à être tributaire : les barbares ne payoient donc point de tributs sur les terres[6].

---

[1] Liv. VII.

[2] *Établissement de la monarchie françoise,* tome III, chap. XIV, p. 515.

[3] Liv. III, chap. XXXVI.

[4] Tome III, page 514.

[5] *Judices atque præpositi terras Romanorum, ab illis qui occupatas tenent, auferant, et Romanis suâ exactione sine aliqua dilatione restituant, ut nihil fisco debeat deperire.* (Liv. X, tit. I, chap. XIV.)

[6] Les Vandales n'en payoient point en Afrique. (Procope, *Guerre des Van-*

M. l'abbé Dubos [1], qui avoit besoin que les Wisigoths payassent des tributs [2], quitte le sens littéral et spirituel de la loi, et imagine, uniquement parce qu'il imagine, qu'il y avoit eu, entre l'établissement des Goths et cette loi, une augmentation de tributs qui ne concernoit que les Romains. Mais il n'est permis qu'au P. Hardouin d'exercer ainsi sur les faits un pouvoir arbitraire.

M. l'abbé Dubos va chercher [3] dans le code de Justinien [4] des loix pour prouver que les bénéfices militaires chez les Romains étoient sujets aux tributs : d'où il conclut qu'il en étoit de même des fiefs ou bénéfices chez les Francs. Mais l'opinion, que nos fiefs tirent leur origine de cet établissement des Romains, est aujourd'hui proscrite : elle n'a eu de crédit que dans les temps où l'on connoissoit l'histoire romaine et très-peu la nôtre, et où nos monumens anciens étoient ensevelis dans la poussière.

M. l'abbé Dubos a tort de citer Cassiodore, et d'employer ce qui se passoit en Italie et dans la partie de la Gaule soumise à Théodoric, pour nous apprendre ce qui étoit en usage chez les Francs, ce sont des choses qu'il ne faut point confondre. Je ferai voir quelque jour, dans un ouvrage particulier, que le plan de la monarchie des Ostrogoths étoit entièrement différent du plan de toutes celles qui furent fondées dans ces temps-là par les autres peuples

---

dales, liv. I et II ; *Historia miscella,* livre XVI, page 106.) Remarquez que les conquérans de l'Afrique étoient un composé de Vandales, d'Alains et de Francs. (*Historia miscella,* liv. XIV, page 94.)

[1] *Établissement des Francs dans les Gaules,* tome III, chap. XIV, page 510.

[2] Il s'appuie sur une autre loi des Wisigoths, liv. X, tit. I, art. II, qui ne prouve absolument rien : elle dit seulement que celui qui a reçu d'un seigneur une terre sous condition d'une redevance, doit la payer.

[3] Tome III, page 511.

[4] Leg. III, tit. 74, lib. XI.

barbares; et que, bien loin qu'on puisse dire qu'une chose étoit en usage chez les Francs parce qu'elle l'étoit chez les Ostrogoths, on a, au contraire, un juste sujet de penser qu'une chose qui se pratiquoit chez les Ostrogoths ne se pratiquoit pas chez les Francs.

Ce qui coûte le plus à ceux dont l'esprit flotte dans une vaste érudition, c'est de chercher leurs preuves là où elles ne sont point étrangères au sujet, et de trouver, pour parler comme les astronomes, le lieu du soleil.

M. l'abbé Dubos abuse des capitulaires comme de l'histoire, et comme des loix des peuples barbares. Quand il veut que les Francs aient payé des tributs, il applique à des hommes libres ce qui ne peut être entendu que des serfs [1]; quand il veut parler de leur milice, il applique à des serfs [2] ce qui ne pouvoit concerner que des hommes libres.

CHAPITRE XIII.

Quelles étoient les charges des Romains et des Gaulois dans la monarchie des Francs.

JE pourrois examiner si les Gaulois et les Romains vaincus continuèrent de payer les charges auxquelles ils étoient assujettis sous les empereurs : mais, pour aller plus vîte, je me contenterai de dire que, s'ils les payèrent d'abord, ils en furent bientôt exemptés, et que ces tributs furent changés en un service militaire; et j'avoue que je ne conçois

---

[1] *Établissement de la monarchie françoise,* tome III, chap. XIV, page 513, où il cite l'article 28 de l'édit de Pistes. Voyez ci-après le chap. XVIII.

[2] *Ibid.* tome III, chapitre IV, page 298.

guère comment les Francs auroient été d'abord si amis de la maltôte ; et en auroient paru tout-à-coup si éloignés.

Un capitulaire [1] de Louis le Débonnaire nous explique très-bien l'état où étoient les hommes libres dans la monarchie des Francs. Quelques bandes [2] de Goths ou d'Ibères, fuyant l'oppression des Maures, furent reçues dans les terres de Louis. La convention qui fut faite avec eux porte que, comme les autres hommes libres, ils iroient à l'armée avec leur comte ; que, dans la marche [3], ils feroient la garde et les patrouilles sous les ordres du même comte, et qu'ils donneroient aux envoyés du roi [4] et aux ambassadeurs qui partiroient de sa cour ou iroient vers lui, des chevaux et des chariots pour les voitures ; que d'ailleurs ils ne pourroient être contraints à payer d'autres cens, et qu'ils seroient traités comme les autres hommes libres.

On ne peut pas dire que ce fussent de nouveaux usages introduits dans le commencement de la seconde race ; cela devoit appartenir, au moins, au milieu ou à la fin de la première. Un capitulaire de l'an 864 [5] dit expressément que c'étoit une coutume ancienne, que les hommes libres fissent le service militaire, et payassent de plus les chevaux et les voitures dont nous avons parlé ; charges qui leur étoient

[1] De l'an 815, chap. 1. Ce qui est conforme au capitulaire de Charles le Chauve, de l'an 844, art. 1 et 2.

[2] *Pro Hispanis in partibus Aquitaniæ, Septimaniæ et Provinciæ consistentibus.* (Ibid.)

[3] *Excubias et explorationes quas wactas dicunt.* (Ibid.)

[4] Ils n'étoient pas obligés d'en donner au comte. (*Ibid.* art. 5.)

[5] *Ut pagenses franci qui caballos habent, cum suis comitibus in hostem pergant.* Il est défendu aux comtes de les priver de leurs chevaux. *Ut hostem facere, et debitos paraveredos secundùm antiquam consuetudinem exsolvere possint.* (Édit de Pistes, dans Baluze, page 186.)

particulières, et dont ceux qui possédoient les fiefs étoient exempts, comme je le prouverai dans la suite.

Ce n'est pas tout; il y avoit un réglement [1] qui ne permettoit guère de soumettre ces hommes libres à des tributs. Celui qui avoit quatre [2] manoirs étoit toujours obligé de marcher à la guerre : celui qui n'en avoit que trois étoit joint à un homme libre qui n'en avoit qu'un; celui-ci le défrayoit pour un quart, et restoit chez lui. On joignoit de même deux hommes libres qui avoient chacun deux manoirs; celui des deux qui marchoit étoit défrayé de la moitié par celui qui restoit.

Il y a plus : nous avons une infinité de chartres où l'on donne les privilèges des fiefs à des terres ou districts possédés par des hommes libres, et dont je parlerai [3] beaucoup dans la suite. On exempte ces terres de toutes les charges qu'exigeoient sur elles les comtes et autres officiers du roi; et, comme on énumère en particulier toutes ces charges, et qu'il n'y est point question de tributs, il est visible qu'on n'en levoit pas.

Il étoit aisé que la maltôte romaine tombât d'elle-même dans la monarchie des Francs : c'étoit un art très-compliqué, et qui n'entroit ni dans les idées ni dans le plan de ces peuples simples. Si les Tartares inondoient aujourd'hui l'Europe, il faudroit bien des affaires pour leur faire entendre ce que c'est qu'un financier parmi nous.

---

[1] Capitulaire de Charlemagne, de l'an 812, chap. 1; Édit de Pistes, l'an 864, art. 27.

[2] *Quatuor mansos.* Il me semble que ce qu'on appeloit *mansus* étoit une certaine portion de terre attachée à une cense où il y avoit des esclaves; témoin le capitulaire de l'an 853, *apud Sylvacum,* tit. 14, contre ceux qui chassoient les esclaves de leur *mansus.*

[3] Voyez ci-après le chap. xx de ce livre.

L'auteur incertain de la vie de Louis le Débonnaire [1], parlant des comtes et autres officiers de la nation des Francs que Charlemagne établit en Aquitaine, dit qu'il leur donna la garde de la frontière, le pouvoir militaire, et l'intendance des domaines qui appartenoient à la couronne. Cela fait voir l'état des revenus du prince dans la seconde race. Le prince avoit gardé des domaines qu'il faisoit valoir par ses esclaves. Mais les indictions, la capitation, et autres impôts levés du temps des empereurs sur la personne ou les biens des hommes libres, avoient été changés en une obligation de garder la frontière, ou d'aller à la guerre.

On voit, dans la même histoire [2], que Louis le Débonnaire ayant été trouver son père en Allemagne, ce prince lui demanda comment il pouvoit être si pauvre, lui qui étoit roi ; que Louis lui répondit qu'il n'étoit roi que de nom, et que les seigneurs tenoient presque tous ses domaines ; que Charlemagne craignant que ce jeune prince ne perdît leur affection s'il reprenoit lui-même ce qu'il avoit inconsidérément donné, il envoya des commissaires pour rétablir les choses.

Les évêques écrivant à Louis [3], frère de Charles le Chauve, lui disoient : « Ayez soin de vos terres, afin que vous ne » soyez pas obligé de voyager sans cesse par les maisons » des ecclésiastiques, et de fatiguer leurs serfs par des voi- » tures. Faites en sorte, disoient-ils encore, que vous ayez » de quoi vivre et recevoir des ambassades ». Il est visible que les revenus des rois consistoient alors dans leurs domaines [4].

[1] Dans Duchesne, tome II, page 287.
[2] *Ibid.* page 89.
[3] Voyez le capitul. de l'an 858, art. 14.

[4] Ils levoient encore quelques droits sur les rivières, lorsqu'il y avoit un pont ou un passage.

III.   4

CHAPITRE XIV.

De ce qu'on appeloit census.

LORSQUE les barbares sortirent de leur pays, ils voulurent rédiger par écrit leurs usages ; mais comme on trouva de la difficulté à écrire des mots germains avec des lettres romaines, on donna ces loix en latin.

Dans la confusion de la conquête et de ses progrès, la plupart des choses changèrent de nature ; il fallut, pour les exprimer, se servir des anciens mots latins qui avoient le plus de rapport aux nouveaux usages. Ainsi ce qui pouvoit réveiller l'idée de l'ancien cens des Romains [1], on le nomma *census, tributum;* et, quand les choses n'y eurent aucun rapport quelconque, on exprima, comme on put, les mots germains avec des lettres romaines : ainsi on forma le mot *fredum,* dont je parlerai beaucoup dans les chapitres suivans.

Les mots *census* et *tributum* ayant été ainsi employés d'une manière arbitraire, cela a jeté quelque obscurité dans la signification qu'avoient ces mots dans la première et dans la seconde race : et des auteurs modernes, qui avoient des systêmes particuliers [2], ayant trouvé ce mot dans les écrits de ces temps-là, ils ont jugé que ce qu'on

---

[1] Le *census* étoit un mot si générique, qu'on s'en servit pour exprimer les péages des rivières, lorsqu'il y avoit un pont ou un bac à passer. Voyez le capitulaire III de l'an 803, édit. de Baluze, page 395, art. 1, et le v de l'an 819, page 616. On appela encore de ce nom les voitures fournies par les hommes libres au roi ou à ses envoyés, comme il paroît par les capitulaires de Charles le Chauve, de l'an 865, article 8.

[2] M. l'abbé Dubos, et ceux qui l'ont suivi.

appeloit *census* étoit précisément le cens des Romains ; et ils en ont tiré cette conséquence, que nos rois des deux premières races s'étoient mis à la place des empereurs romains, et n'avoient rien changé à leur administration [1] : et comme de certains droits levés dans la seconde race ont été, par quelques hasards et par de certaines modifications, convertis en d'autres [2], ils en ont conclu que ces droits étoient le cens des Romains : et, comme depuis les réglemens modernes ils ont vu que le domaine de la couronne étoit absolument inaliénable, ils ont dit que ces droits, qui représentoient le cens des Romains, et qui ne forment pas une partie de ce domaine, étoient de pures usurpations. Je laisse les autres conséquences.

Transporter dans des siècles reculés toutes les idées du siècle où l'on vit, c'est des sources de l'erreur celle qui est la plus féconde. A ces gens qui veulent rendre modernes tous les siècles anciens, je dirai ce que les prêtres d'Égypte dirent à Solon : « O Athéniens, vous n'êtes que des enfans. »

---

[1] Voyez la foiblesse des raisons de M. l'abbé Dubos, *Établissement de la monarchie françoise*, tome III, liv. VI, chap. XIV ; sur-tout l'induction qu'il tire d'un passage de Grégoire de Tours sur un démêlé de son église avec le roi Charibert.

[2] Par exemple, par les affranchissemens.

CHAPITRE XV.

Que ce qu'on appeloit census *ne se levoit que sur les serfs, et non pas sur les hommes libres.*

L E roi, les ecclésiastiques et les seigneurs, levoient des tributs réglés, chacun sur les serfs de ses domaines. Je le prouve, à l'égard du roi, par le capitulaire *de villis;* à l'égard des ecclésiastiques, par les codes des loix des barbares ¹; à l'égard des seigneurs, par les réglemens que Charlemagne fit là-dessus ².

Ces tributs étoient appelés *census :* c'étoient des droits économiques, et non pas fiscaux; des redevances uniquement privées, et non pas des charges publiques.

Je dis que ce qu'on appeloit *census* étoit un tribut levé sur les serfs. Je le prouve par une formule de Marculfe, qui contient une permission du roi de se faire clerc, pourvu qu'on soit ingénu ³, et qu'on ne soit point inscrit dans le registre du cens. Je le prouve encore par une commission que Charlemagne donna à un comte ⁴ qu'il envoya dans les contrées de Saxe : elle contient l'affranchissement des Saxons, à cause qu'ils avoient embrassé le christianisme; et c'est proprement une chartre d'ingénuité ⁵. Ce prince les

---

¹ Loi des Allemands, chap. XXII; et la loi des Bavarois, tit. I, chap. XIV, où l'on trouve les réglemens que les ecclésiastiques firent sur leur état.

² Liv. V des capitulaires, ch. CCCIII.

³ *Si ille de capite suo bene ingenuus sit, et in puletico publico censitus non est.* (Liv. I, form. 19.)

⁴ De l'an 789, édit. des capitul. de Baluze, tome I, page 250.

⁵ *Et ut ista ingenuitatis pagina firma stabilisque consistat.* (Ibid.)

rétablit dans leur première liberté civile [1], et les exempte
de payer le cens. C'étoit donc une même chose d'être serf
et de payer le cens, d'être libre et de ne le payer pas.

Par une espèce de lettres-patentes du même prince [2] en
faveur des Espagnols qui avoient été reçus dans la monarchie, il est défendu aux comtes d'exiger d'eux aucun cens,
et de leur ôter leurs terres. On sait que les étrangers qui
arrivoient en France étoient traités comme des serfs; et
Charlemagne, voulant qu'on les regardât comme des
hommes libres, puisqu'il vouloit qu'ils eussent la propriété
de leurs terres, défendoit d'exiger d'eux le cens.

Un capitulaire de Charles le Chauve [3], donné en faveur
des mêmes Espagnols, veut qu'on les traite comme on traitoit les autres Francs, et défend d'exiger d'eux le cens : les
hommes libres ne le payoient donc pas.

L'article 30 de l'édit de Pistes réforme l'abus par lequel
plusieurs colons du roi ou de l'église vendoient les terres
dépendantes de leurs manoirs à des ecclésiastiques ou à
des gens de leur condition, et ne se réservoient qu'une
petite case; de sorte qu'on ne pouvoit plus être payé du
cens; et il y est ordonné de rétablir les choses dans leur
premier état : le cens étoit donc un tribut d'esclaves.

Il résulte encore de là qu'il n'y avoit point de cens général dans la monarchie; et cela est clair par un grand
nombre de textes : car que signifieroit ce capitulaire [4],

[1] *Pristinæque libertati donatos, et omni nobis debito censu solutos.* (Ibid.)

[2] *Præceptum pro Hispanis*, de l'an 812, édition de Baluze, tome I, page 500.

[3] De l'an 844, édition de Baluze, tome II, articles 1 et 2, page 27.

[4] Capitul. III, de l'an 805, art. 20 et 22, inséré dans le recueil d'Ansegise, liv. III, art. 15. Cela est conforme à celui de Charles le Chauve, de l'an 854, *apud Attiniacum,* art. 6.

« Nous voulons qu'on exige le cens royal dans tous les lieux
» où autrefois on l'exigeoit légitimement [1] »? Que voudroit
dire celui [2] où Charlemagne ordonne à ses envoyés dans
les provinces de faire une recherche exacte de tous les cens
qui avoient anciennement été du domaine du roi [3]? et
celui [4] où il dispose des cens payés par ceux dont on les
exige [5]? Quelle signification donner à cet autre [6], où on
lit, « Si quelqu'un [7] a acquis une terre tributaire sur
» laquelle nous avions accoutumé de lever le cens »? à
cet autre enfin [8] où Charles le Chauve [9] parle des terres
censuelles dont le cens avoit de toute antiquité appartenu
au roi.

Remarquez qu'il y a quelques textes qui paroissent
d'abord contraires à ce que j'ai dit, et qui cependant le
confirment. On a vu ci-dessus que les hommes libres, dans
la monarchie, n'étoient obligés qu'à fournir de certaines
voitures. Le capitulaire que je viens de citer appelle cela
census, et il l'oppose au cens qui étoit payé par les serfs [10].

De plus, l'édit de Pistes [11] parle de ces hommes francs
qui devoient payer le cens royal pour leur tête et pour

[1] *Undecumque legitimè exigebatur.*
(Ibid.)

[2] De l'an 812, art. 10 et 11, édition
de Baluze, tome 1, page 498.

[3] *Undecumque antiquitus ad partem
regis venire solebant.* (Capitulaire de
l'an 812, art. 10 et 11.)

[4] De l'an 813, art. 6, édit. de Baluze,
tome 1, page 508.

[5] *De illis unde censa exigunt.* (Capitulaire de l'an 813, art. 6.)

[6] Liv. IV des capitulaires, art. 37, et
inséré dans la loi des Lombards.

[7] *Si quis terram tributariam, unde
census ad partem nostram exire sole-
bat, susceperit.* (Liv. IV des capitulaires,
art. 37.)

[8] De l'an 805, art. 8.

[9] *Unde census ad partem regis exivit
antiquitus.* (Capitulaire de l'an 805,
art. 8.)

[10] *Censibus vel paraveredis quos franci homines ad regiam potestatem exsolvere debent.*

[11] De l'an 864, art. 34, édit. de Baluze,
page 192.

leurs cases, et qui s'étoient vendus pendant la famine [1]. Le roi veut qu'ils soient rachetés. C'est que [2] ceux qui étoient affranchis par lettres du roi n'acquéroient point ordinairement une pleine et entière liberté [3] : mais ils payoient *censum in capite;* et c'est de cette sorte de gens qu'il est ici parlé.

Il faut donc se défaire de l'idée d'un cens général et universel, dérivé de la police des Romains, duquel on suppose que les droits des seigneurs ont dérivé de même par des usurpations. Ce qu'on appeloit cens dans la monarchie françoise, indépendamment de l'abus qu'on a fait de ce mot, étoit un droit particulier levé sur les serfs par les maîtres.

Je supplie le lecteur de me pardonner l'ennui mortel que tant de citations doivent lui donner : je serois plus court, si je ne trouvois toujours devant moi le livre de l'*Établissement de la monarchie françoise dans les Gaules,* de M. l'abbé Dubos. Rien ne recule plus le progrès des connoissances qu'un mauvais ouvrage d'un auteur célèbre, parce qu'avant d'instruire il faut commencer par détromper.

---

[1] *De illis francis hominibus qui censum regium de suo capite et de suis recellis debeant.* (Ibid.)

[2] L'article 28 du même édit explique bien tout cela. Il met même une distinction entre l'affranchi romain et l'affranchi franc; et on y voit que le cens n'étoit pas général. Il faut le lire.

[3] Comme il paroît par un capitulaire de Charlemagne, de l'an 813, déja cité.

CHAPITRE XVI.

Des leudes ou vassaux.

J'AI parlé de ces volontaires qui, chez les Germains, suivoient les princes dans leurs entreprises. Le même usage se conserva après la conquête. Tacite les désigne par le nom de compagnons[1]; la loi salique, par celui d'hommes qui sont sous la foi du roi[2]; les formules de Marculfe[3], par celui d'antrustions du roi[4]; nos premiers historiens, par celui de leudes, de fidèles[5]; et les suivans, par celui de vassaux et seigneurs[6].

On trouve dans les loix saliques et ripuaires un nombre infini de dispositions pour les Francs, et quelques unes seulement pour les antrustions. Les dispositions sur ces antrustions sont différentes de celles faites pour les autres Francs; on y règle par-tout les biens des Francs, et on ne dit rien de ceux des antrustions : ce qui vient de ce que les biens de ceux-ci se régloient plutôt par la loi politique que par la loi civile, et qu'ils étoient le sort d'une armée, et non le patrimoine d'une famille.

Les biens réservés pour les leudes furent appelés des biens fiscaux[7], des bénéfices, des honneurs, des fiefs, dans les divers auteurs et dans les divers temps.

---

[1] *Comites.*

[2] *Qui sunt in truste regis,* (Tit. 44, art. 4.)

[3] Liv. 1, form. 18.

[4] Du mot *trew*, qui signifie *fidèle* chez les Allemands, et chez les Anglois *true*, vrai.

[5] *Leudes, fideles.*

[6] *Vassalli, seniores.*

[7] *Fiscalia.* Voyez la formule 14 de

On ne peut pas douter que d'abord les fiefs ne fussent amovibles [1]. On voit, dans Grégoire de Tours [2], que l'on ôte à Sunégisile et à Galloman tout ce qu'ils tenoient du fisc, et qu'on ne leur laisse que ce qu'ils avoient en propriété. Gontran, élevant au trône son neveu Childebert, eut une conférence secrète avec lui, et lui indiqua ceux à qui il devoit donner des fiefs, et ceux à qui il devoit les ôter [3]. Dans une formule de Marculfe [4], le roi donne en échange, non seulement des bénéfices que son fisc tenoit, mais encore ceux qu'un autre avoit tenus. La loi des Lombards oppose les bénéfices à la propriété [5]. Les historiens, les formules, les codes des différens peuples barbares, tous les monumens qui nous restent, sont unanimes. Enfin ceux qui ont écrit le livre des Fiefs [6] nous apprennent que d'abord les seigneurs purent les ôter à leur volonté, qu'ensuite ils les assurèrent pour un an [7], et après les donnèrent pour la vie.

[1] Marculfe, liv. I. Il est dit dans la vie de S. Maur, *dedit fiscum unum;* et dans les Annales de Metz sur l'an 747, *dedit illi comitatus et fiscos plurimos.* Les biens destinés à l'entretien de la famille royale étoient appelés *régalia.*

[2] Voyez le liv. I, tit. I, *des Fiefs;* et Cujas sur ce livre.

[3] Liv. IX, chap. XXXVIII.

[4] *Quos honoraret muneribus, quos ab honore depelleret.* (Ibid. liv. VII.)

[5] *Vel reliquis quibuscumque beneficiis, quodcumque ille, vel fiscus noster, in ipsis locis tenuisse noscitur.* (Liv. I, form. 3o.)

[6] Liv. III, tit. 8, paragr. 3.

[7] *Feudorum* lib. I, tit. I.

[8] C'étoit une espèce de précaire que le seigneur renouveloit ou ne renouveloit pas l'année d'ensuite, comme Cujas l'a remarqué.

CHAPITRE XVII.

Du service militaire des hommes libres.

Deux sortes de gens étoient tenus au service militaire:
les leudes vassaux ou arrière-vassaux, qui y étoient obligés
en conséquence de leurs fiefs; et les hommes libres, Francs,
Romains et Gaulois, qui servoient sous le comte, et étoient
menés par lui et ses officiers.

On appeloit hommes libres ceux qui, d'un côté, n'avoient
point de bénéfices ou fiefs, et qui, de l'autre, n'étoient
point soumis à la servitude de la glèbe; les terres qu'ils
possédoient étoient ce qu'on appeloit des terres allodiales.

Les comtes assembloient les hommes libres, et les menoient à la guerre[1] : ils avoient sous eux des officiers qu'ils
appeloient vicaires[2]; et comme tous les hommes libres
étoient divisés en centaines, qui formoient ce que l'on
appeloit un bourg, les comtes avoient encore sous eux des
officiers qu'on appeloit centeniers, qui menoient les hommes
libres du bourg[3], ou leurs centaines, à la guerre.

Cette division par centaines est postérieure à l'établissement des Francs dans les Gaules. Elle fut faite par Clotaire
et Childebert, dans la vue d'obliger chaque district à
répondre des vols qui s'y feroient : on voit cela dans les

---

[1] Voyez le capitulaire de Charlemagne de l'an 812, art. 3 et 4, édit.
de Baluze, tome I, page 491; et l'édit
de Pistes, de l'an 864, art. 26, tome II,
page 186.

[2] *Et habebat unusquisque comes vica-
rios et centenarios secum.* (Liv. II des
capitulaires, art. 28.)

[3] On les appeloit *compagenses.*

décrets de ces princes [1]. Une pareille police s'observe encore aujourd'hui en Angleterre.

Comme les comtes menoient les hommes libres à la guerre, les leudes y menoient aussi leurs vassaux ou arrière-vassaux; et les évêques, abbés, ou leurs avoués [2], y menoient les leurs [3].

Les évêques étoient assez embarrassés : ils ne convenoient pas bien eux-mêmes de leurs faits [4]. Ils demandèrent à Charlemagne de ne plus les obliger d'aller à la guerre; et, quand ils l'eurent obtenu, ils se plaignirent de ce qu'on leur faisoit perdre la considération publique : et ce prince fut obligé de justifier là-dessus ses intentions. Quoi qu'il en soit, dans les temps où ils n'allèrent plus à la guerre, je ne vois pas que leurs vassaux y aient été menés par les comtes; on voit, au contraire, que les rois ou les évêques choisissoient un des fidèles pour les y conduire [5].

Dans un capitulaire de Louis le Débonnaire [6], le roi distingue trois sortes de vassaux, ceux du roi, ceux des évêques, ceux du comte. Les vassaux d'un leude [7] ou sei-

---

[1] Donnés vers l'an 595, art. 1. Voyez les capitulaires, édit. de Baluze, page 20. Ces réglemens furent sans doute faits de concert.

[2] *Advocati.*

[3] Capitul. de Charlemagne, de l'an 812, art. 1 et 5, édit. de Baluze, tome 1, page 490.

[4] Voyez le capitulaire de l'an 803, donné à Worms, édit. de Baluze, pages 408 et 410.

[5] Capitulaire de Worms, de l'an 803, édit. de Baluze, page 409; et le concile de l'an 845, sous Charles le Chauve, *in verno palatio,* édit. de Baluze, tome 11, page 17, art. 8.

[6] *Capitulare quintum anni 819,* art. 27, édit. de Baluze, page 618.

[7] *De vassis dominicis qui adhuc intra casam serviunt, et tamen beneficia habere noscuntur, statutum est ut quicumque ex eis cum domino imperatore domi remanserint, vassallos suos casatos secum non retineant, sed cum comite cujus pagenses sunt ire permittant.* (Capitul. 11 de l'an 812, art. 7, édit. de Baluze, tome 1, page 494.)

gneur n'étoient menés à la guerre par le comte que lorsque quelque emploi dans la maison du roi empêchoit ces
leudes de les mener eux-mêmes.

Mais qui est-ce qui menoit les leudes à la guerre? On ne
peut douter que ce ne fût le roi, qui étoit toujours à la tête
de ses fidèles. C'est pour cela que, dans les capitulaires,
on voit toujours une opposition entre les vassaux du roi et
ceux des évêques [1]. Nos rois, courageux, fiers et magna-
nimes, n'étoient point dans l'armée pour se mettre à la tête
de cette milice ecclésiastique; ce n'étoit point ces gens-là
qu'ils choisissoient pour vaincre ou mourir avec eux.

Mais ces leudes menoient de même leurs vassaux et arrière-vassaux; et cela paroit bien par ce capitulaire [2] où
Charlemagne ordonne que tout homme libre qui aura quatre
manoirs, soit dans sa propriété, soit dans le bénéfice de
quelqu'un, aille contre l'ennemi, ou suive son seigneur. Il
est visible que Charlemagne veut dire que celui qui n'avoit
qu'une terre en propre entroit dans la milice du comte, et
que celui qui tenoit un bénéfice du seigneur partoit avec lui.

Cependant M. l'abbé Dubos [3] prétend que, quand il est
parlé dans les capitulaires des hommes qui dépendoient
d'un seigneur particulier, il n'est question que des serfs; et
il se fonde sur la loi des Wisigoths et la pratique de ce
peuple. Il vaudroit mieux se fonder sur les capitulaires

---

[1] Capitulaire 1 de l'an 812, art 5. *De
hominibus nostris, et episcoporum et
abbatum, qui vel beneficia vel talia pro-
pria habent, etc.* (Édit. de Baluze, tome
1, page 490.)

[2] De l'an 812, chap. 1, édit. de Baluze, page 490. *Ut omnis homo liber qui*

*quatuor mansos vestitos de proprio suo,
sive de alicujus beneficio, habet, ipse se
præparet, et ipse in hostem pergat, sive
cum seniore suo.*

[3] Tome III, liv. VI, chap. IV, page
299, *Etablissement de la monarchie
françoise.*

mêmes. Celui que je viens de citer dit formellement le contraire. Le traité entre Charles le Chauve et ses frères parle de même des hommes libres, qui peuvent prendre à leur choix un seigneur ou le roi ; et cette disposition est conforme à beaucoup d'autres.

On peut donc dire qu'il y avoit trois sortes de milices : celle des leudes ou fidèles du roi, qui avoient eux-mêmes sous leur dépendance d'autres fidèles ; celle des évêques ou autres ecclésiastiques, et de leurs vassaux ; et enfin celle du comte, qui menoit les hommes libres.

Je ne dis point que les vassaux ne pussent être soumis au comte, comme ceux qui ont un commandement particulier dépendent de celui qui a un commandement plus général.

On voit même que le comte et les envoyés du roi pouvoient leur faire payer le ban, c'est-à-dire une amende, lorsqu'ils n'avoient pas rempli les engagemens de leur fief.

De même, si les vassaux du roi faisoient des rapines *, ils étoient soumis à la correction du comte, s'ils n'aimoient mieux se soumettre à celle du roi.

* Capitulaire de l'an 882, art. 11, *ad Vernis palatium,* édit. de Baluze, tome 11, page 17.

CHAPITRE XVIII.

Du double service.

C'ÉTOIT un principe fondamental de la monarchie, que ceux qui étoient sous la puissance militaire de quelqu'un étoient aussi sous sa jurisdiction civile : aussi le capitulaire de Louis le Débonnaire [1], de l'an 815, fait-il marcher d'un pas égal la puissance militaire du comte et sa jurisdiction civile sur les hommes libres : aussi les placites [2] du comte, qui menoit à la guerre les hommes libres, étoient-ils appelés les placites des hommes libres [3]; d'où résulta sans doute cette maxime, que ce n'étoit que dans les placites du comte, et non dans ceux de ses officiers, qu'on pouvoit juger les questions sur la liberté : aussi le comte ne menoit-il pas à la guerre les vassaux des évêques ou abbés [4], parce qu'ils n'étoient pas sous sa jurisdiction civile : aussi n'y menoit-il pas les arrière-vassaux des leudes : aussi le glossaire [5] des loix angloises nous dit-il [6] que ceux que les Saxons appeloient *coples* furent nommés par les Normands *comtes*, *compagnons*, parce qu'ils partageoient avec le roi les amendes judiciaires : aussi voyons-nous dans tous les temps que

---

[1] Art. 1 et 2; et le concile *in verno palatio*, de l'an 845, art. 8, édit. de Baluze, tome 11, page 17.

[2] Plaids ou assises.

[3] Capitulaires, liv. IV de la collection d'Ansegise, art. 57; et le capitul. V de Louis le Débonnaire, de l'an 819, art.

14, édit. de Baluze, tome 1, page 615.

[4] Voyez ci-dessus, page 35, la note [3]; et page 36, la note [1].

[5] Que l'on trouve dans le recueil de Guillaume Lambard, *de priscis Anglorum legibus*.

[6] Au mot *satrapia*.

l'obligation de tout vassal envers son seigneur [1] fut de porter les armes et de juger ses pairs dans sa cour [2].

Une des raisons qui attachoient ainsi ce droit de justice au droit de mener à la guerre, étoit que celui qui menoit à la guerre faisoit en même temps payer les droits du fisc, qui consistoient en quelques services de voiture dus par les hommes libres, et en général en de certains profits judiciaires dont je parlerai ci-après.

Les seigneurs eurent le droit de rendre la justice dans leurs fiefs par le même principe qui fit que les comtes eurent le droit de la rendre dans leurs comtés; et, pour bien dire, les comtés, dans les variations arrivées dans les divers temps, suivirent toujours les variations arrivées dans les fiefs : les uns et les autres étoient gouvernés sur le même plan et sur les mêmes idées. En un mot, les comtes, dans leurs comtés, étoient des leudes; les leudes, dans leurs seigneuries, étoient des comtes.

On n'a pas eu des idées justes lorsqu'on a regardé les comtes comme des officiers de justice, et les ducs comme des officiers militaires. Les uns et les autres étoient également des officiers militaires et civils [3] : toute la différence étoit que le duc avoit sous lui plusieurs comtes, quoiqu'il y eût des comtes qui n'avoient point de duc sur eux, comme nous l'apprenons de Frédégaire [4].

On croira peut-être que le gouvernement des Francs étoit

---

[1] Les assises de Jérusalem, ch. CCXXI et CCXXII, expliquent bien ceci.

[2] Les avoués de l'église (*advocati*) étoient également à la tête de leurs plaids et de leur milice.

[3] Voyez la formule 8 de Marculfe, liv.

I, qui contient les lettres accordées à un duc, patrice ou comte, qui leur donnent la jurisdiction civile et l'administration fiscale.

[4] Chronique, chap. LXXVIII, sur l'an 636.

pour lors bien dur, puisque les mêmes officiers avoient en
même temps sur les sujets la puissance militaire et la puissance civile, et même la puissance fiscale; chose que j'ai
dit, dans les livres précédens, être une des marques distinc-
tives du despotisme.

Mais il ne faut pas penser que les comtes jugeassent seuls,
et rendissent la justice comme les bachas la rendent en
Turquie¹ : ils assembloient, pour juger les affaires, des
espèces de plaids ou d'assises où les notables étoient con-
voqués².

Pour qu'on puisse bien entendre ce qui concerne les
jugemens dans les formules, les loix des barbares et les
capitulaires, je dirai que les fonctions du comte, du gravion et du centenier, étoient les mêmes³; que les juges, les
rathimburges et les échevins, étoient, sous différens noms,
les mêmes personnes; c'étoient les adjoints du comte, et
ordinairement il en avoit sept : et comme il ne lui falloit pas
moins de douze personnes pour juger⁴, il remplissoit le
nombre par des notables⁵.

Mais qui que ce fût qui eût la jurisdiction, le roi, le
comte, le gravion, le centenier, les seigneurs, les ecclésiastiques, ils ne jugèrent jamais seuls; et cet usage, qui
tiroit son origine des forêts de la Germanie, se maintint
encore lorsque les fiefs prirent une forme nouvelle.

¹ Voyez Grégoire de Tours, liv. v, *ad annum 580.*

² *Mallum.*

³ Joignez ici ce que j'ai dit au livre XXVIII, chap. XXVIII; et au liv. XXXI, chap. VIII.

⁴ Voyez sur tout ceci les capitulaires de Louis le Débonnaire, ajoutés à la loi salique, art. 2; et la formule des jugemens, donnée par du Cange, au mot *boni homines.*

⁵ *Per bonos homines.* Quelquefois il n'y avoit que des notables. Voyez l'appendice aux formules de Marculfe, chap. LI.

Quant au pouvoir fiscal, il étoit tel, que le comte ne pouvoit guère en abuser. Les droits du prince, à l'égard des hommes libres, étoient si. simples, qu'ils ne consistoient, comme j'ai dit, qu'en de certaines voitures exigées dans de certaines occasions publiques[1]; et, quant aux droits judiciaires, il y avoit des loix qui prévenoient les malversations[2].

CHAPITRE XIX.

Des compositions chez les peuples barbares.

COMME il est impossible d'entrer un peu avant dans notre droit politique, si l'on ne connoît parfaitement les loix et les mœurs des peuples germains, je m'arrêterai un moment pour faire la recherche de ces mœurs et de ces loix.

Il paroît, par Tacite, que les Germains ne connoissoient que deux crimes capitaux; ils pendoient les traîtres, et noyoient les poltrons : c'étoient, chez eux, les seuls crimes qui fussent publics. Lorsqu'un homme avoit fait quelque tort à un autre, les parens de la personne offensée ou lésée entroient dans la querelle[3]; et la haine s'appaisoit par une satisfaction. Cette satisfaction regardoit celui qui avoit été offensé, s'il pouvoit la recevoir ; et les parens, si l'injure ou

---

[1] Et quelques droits sur les rivières, dont j'ai parlé.

[2] Voyez la loi des Ripuaires, tit. 89; et la loi des Lombards, liv. 11, tit. 52, paragr. 9.

[3] *Suscipere tam inimicitias, seu pa-* *tris, seu propinqui, quàm amicitias, necesse est : nec implacabiles durant; luitur enim etiam homicidium certo armentorum ac pecorum numero, recipitque satisfactionem universa domus.* (Tacite , *de moribus Germanorum.*)

le tort leur étoit commun, ou si, par la mort de celui qui avoit été offensé ou lésé, la satisfaction leur étoit dévolue.

De la manière dont parle Tacite, ces satisfactions se faisoient par une convention réciproque entre les parties : aussi, dans les codes des peuples barbares, ces satisfactions s'appellent-elles des compositions.

Je ne trouve que la loi des Frisons qui ait laissé le peuple dans cette situation où chaque famille ennemie étoit, pour ainsi dire, dans l'état de nature [1], et où, sans être retenue par quelque loi politique ou civile, elle pouvoit, à sa fantaisie, exercer sa vengeance jusqu'à ce qu'elle eût été satisfaite. Cette loi même fut tempérée : on établit que celui dont on demandoit la vie auroit la paix dans sa maison, qu'il l'auroit en allant et en revenant de l'église, et du lieu où l'on rendoit les jugemens [2].

Les compilateurs des loix saliques citent un ancien usage des Francs, par lequel celui qui avoit exhumé un cadavre pour le dépouiller étoit banni de la société des hommes jusqu'à ce que les parens consentissent à l'y faire rentrer [3] : et comme avant ce temps il étoit défendu à tout le monde, et à sa femme même, de lui donner du pain, ou de le recevoir dans sa maison, un tel homme étoit à l'égard des autres, et les autres étoient à son égard, dans l'état de nature, jusqu'à ce que cet état eût cessé par la composition.

A cela près, on voit que les sages des diverses nations barbares songèrent à faire par eux-mêmes ce qu'il étoit trop long et trop dangereux d'attendre de la convention

---

[1] Voyez cette loi, tit. 2, *sur les meurtres;* et l'addition de Vulemar *sur les vols.*

[2] *Additio sapientum,* tit. 1, paragr. 1.

[3] Loi salique, tit. 58, paragr. 1; tit. 17, paragr. 3.

réciproque des parties. Ils furent attentifs à mettre un prix juste à la composition que devoit recevoir celui à qui on avoit fait quelque tort ou quelque injure. Toutes ces loix barbares ont là-dessus une précision admirable : on y distingue avec finesse les cas, on y pèse les circonstances [1]; la loi se met à la place de celui qui est offensé, et demande pour lui la satisfaction que, dans un moment de sang froid, il auroit demandée lui-même.

Ce fut par l'établissement de ces loix que les peuples germains sortirent de cet état de nature où il semble qu'ils étoient encore du temps de Tacite.

Rotharis déclara, dans la loi des Lombards, qu'il avoit augmenté les compositions de la coutume ancienne pour les blessures, afin que, le blessé étant satisfait, les inimitiés pussent cesser [2]. En effet, les Lombards, peuple pauvre, s'étant enrichis par la conquête de l'Italie, les compositions anciennes devenoient frivoles, et les réconciliations ne se faisoient plus. Je ne doute pas que cette considération n'ait obligé les autres chefs des nations conquérantes à faire les divers codes de loix que nous avons aujourd'hui.

La principale composition étoit celle que le meurtrier devoit payer aux parens du mort. La différence des conditions en mettoit une dans les compositions [3] : ainsi, dans la loi des Angles, la composition étoit de six cents sous pour la mort d'un adalingue, de deux cents pour celle d'un homme libre, de trente pour celle d'un serf. La grandeur de la composition établie sur la tête d'un homme faisoit

---

[1] Voyez sur-tout les tit. 3, 4, 5, 6 et 7 de la loi salique, qui regardent les vols des animaux.

[2] Liv. 1, tit. 7, paragr. 15.

[3] Voyez la loi des Angles, tit. 1, paragr. 1, 2, 4; *ibid.* tit. 5, paragr. 6; la loi des Bavarois, tit. 1, chap. VIII et IX, et la loi des Frisons, tit. 15.

donc une de ses grandes prérogatives; car, outre la distinction qu'elle faisoit de sa personne, elle établissoit pour lui,
parmi des nations violentes, une plus grande sûreté.

La loi des Bavarois nous fait bien sentir ceci [1] : elle
donne le nom des familles bavaroises qui recevoient une
composition double, parce qu'elles étoient les premières
après les Agilolfingues [2]. Les Agilolfingues étoient de la race
ducale, et on choisissoit le duc parmi eux; ils avoient une
composition quadruple. La composition pour le duc excé-
doit d'un tiers celle qui étoit établie pour les Agilolfingues.
« Parce qu'il est duc, dit la loi, on lui rend un plus grand
» honneur qu'à ses parens. »

Toutes ces compositions étoient fixées à prix d'argent.
Mais comme ces peuples, sur-tout pendant qu'ils se tinrent
dans la Germanie, n'en avoient guère, on pouvoit donner
du bétail, du bled, des meubles, des armes, des chiens,
des oiseaux de chasse, des terres, etc. [3]. Souvent même la
loi fixoit la valeur de ces choses [4]; ce qui explique comment, avec si peu d'argent, il y eut chez eux tant de
peines pécuniaires.

Ces loix s'attachèrent donc à marquer avec précision la
différence des torts, des injures, des crimes, afin que
chacun connût au juste jusqu'à quel point il étoit lésé ou
offensé; qu'il sût exactement la réparation qu'il devoit

---

[1] Tit. 2, chap. xx.

[2] Hozidra, Ozza, Sagana, Habilin-
gua, Anniena. (*Ibid.*)

[3] Ainsi la loi d'Ina estimoit la vie une
certaine somme d'argent, ou une certaine portion de terre. (*Leges Inœ regis,*
titulo de Villico regio, *de priscis An-*
glorum Legibus , Cambridge, 1644.)

[4] Voyez la loi des Saxons, qui fait
même cette fixation pour plusieurs peuples, chap. XVIII. Voyez aussi la loi des
Ripuaires, tit. 36, paragr. 11; la loi des
Bavarois, tit. 1, paragr. 10 et 11. *Si au-*
rum non habet, donet aliam pecuniam,
mancipia, terram, etc.

recevoir, et sur-tout qu'il n'en devoit pas recevoir davantage.

Dans ce point de vue, on conçoit que celui qui se vengeoit après avoir reçu la satisfaction, commettoit un grand crime. Ce crime ne contenoit pas moins une offense publique qu'une offense particulière : c'étoit un mépris de la loi même. C'est ce crime que les législateurs [1] ne manquèrent pas de punir.

Il y avoit un autre crime, qui fut sur-tout regardé comme dangereux lorsque ces peuples perdirent, dans le gouvernement civil, quelque chose de leur esprit d'indépendance [2], et que les rois s'attachèrent à mettre dans l'état une meilleure police ; ce crime étoit de ne vouloir point faire ou de ne vouloir pas recevoir la satisfaction. Nous voyons, dans divers codes des loix des barbares [3], que les législateurs y obligeoient. En effet, celui qui refusoit de recevoir la satisfaction vouloit conserver son droit de vengeance ; celui qui refusoit de la faire laissoit à l'offensé son droit de vengeance : et c'est ce que les gens sages avoient réformé dans les institutions des Germains, qui invitoient à la composition, mais n'y obligeoient pas.

Je viens de parler d'un texte de la loi salique où le

---

[1] Voyez la loi des Lombards, liv. 1, tit. 25, paragr. 21 ; *ibid.* liv. 1, tit. 9, paragr. 8 et 34 ; *ibid.* paragr. 38 ; et le capitul. de Charlemagne de l'an 802, chap. XXXII, contenant une instruction donnée à ceux qu'il envoyoit dans les provinces.

[2] Voyez, dans Grégoire de Tours, liv. VII, chap. XLVII, le détail d'un procès où une partie perd la moitié de la composition qui lui avoit été adjugée, pour s'être fait justice elle-même, au lieu de recevoir la satisfaction, quelques excès qu'elle eût soufferts depuis.

[3] Voyez la loi des Saxons, chap. III, paragr. 4 ; la loi des Lombards, liv. 1, tit. 37, paragr. 1 et 2 ; et la loi des Allemands, tit. 45, paragr. 1 et 2. Cette dernière loi permettoit de se faire justice soi-même sur-le-champ et dans le premier mouvement. Voyez aussi les capitulaires de Charlemagne de l'an 779, chap. XXII ; de l'an 802, chap. XXXII ; et celui du même de l'an 805, chap. V.

législateur laissoit à la liberté de l'offensé de recevoir ou de
ne recevoir pas la satisfaction : c'est cette loi qui interdisoit
à celui qui avoit dépouillé un cadavre le commerce des
hommes [1], jusqu'à ce que les parens, acceptant la satisfaction, eussent demandé qu'il pût vivre parmi les hommes.
Le respect pour les choses saintes fit que ceux qui rédigèrent
les loix saliques ne touchèrent point à l'ancien usage.

Il auroit été injuste d'accorder une composition aux parens d'un voleur tué dans l'action du vol, ou à ceux d'une
femme qui avoit été renvoyée après une séparation pour
crime d'adultère. La loi des Bavarois ne donnoit point de
composition dans des cas pareils [2], et punissoit les parens
qui en poursuivoient la vengeance.

Il n'est pas rare de trouver, dans les codes des loix des
barbares, des compositions pour des actions involontaires.
La loi des Lombards est presque toujours sensée; elle vouloit que [3], dans ce cas, on composât suivant sa générosité,
et que les parens ne pussent plus poursuivre la vengeance.

Clotaire II fit un décret très-sage : il défendit à celui qui
avoit été volé de recevoir sa composition en secret [4] et sans
l'ordonnance du juge. On va voir tout-à-l'heure le motif de
cette loi.

---

[1] Les compilateurs des loix des Ripuaires paroissent avoir modifié ceci.
Voyez le titre 85 de ces loix.

[2] Voyez le décret de Tassillon, *de po-
pularibus legibus*, art. 3, 4, 10, 16, 19;
la loi des Angles, tit. 7, paragr. 4.

[3] Liv. I, tit. 9, paragr. 4.

[4] *Pactus pro tenore pacis inter Chil-
debertum et Clotarium, anno 593; et
decretio Clotarii II regis circa annum
595,* chap. XI.

CHAPITRE XX.

De ce qu'on a appelé depuis la justice des seigneurs.

Outre la composition qu'on devoit payer aux parens pour les meurtres, les torts et les injures, il falloit encore payer un certain droit que les codes des loix des barbares appellent *fredum* [1]. J'en parlerai beaucoup ; et, pour en donner l'idée, je dirai que c'est la récompense de la protection accordée contre le droit de vengeance. Encore aujourd'hui, dans la langue suédoise, *fred* veut dire la paix.

Chez ces nations violentes, rendre la justice n'étoit autre chose qu'accorder à celui qui avoit fait une offense, sa protection contre la vengeance de celui qui l'avoit reçue, et obliger ce dernier à recevoir la satisfaction qui lui étoit due : de sorte que chez les Germains, à la différence de tous les autres peuples, la justice se rendoit pour protéger le criminel contre celui qu'il avoit offensé.

Les codes des loix des barbares nous donnent les cas où ces *freda* devoient être exigés. Dans ceux où les parens ne pouvoient pas prendre de vengeance, ils ne donnent point de *fredum* : en effet, là où il n'y avoit point de vengeance, il ne pouvoit y avoir de droit de protection contre la vengeance. Ainsi, dans la loi des Lombards [2], si quelqu'un

---

[1] Lorsque la loi ne le fixoit pas, il étoit ordinairement le tiers de ce qu'on donnoit pour la composition, comme il paroît dans la loi des Ripuaires, chap. LXXXIX, qui est expliquée par le troisième capitulaire de l'an 813, édition de Baluze, tome I, page 512.

[2] Liv. 1, tit. 9, paragr. 17, édition de Lindenbrock.

tuoit par hasard un homme libre, il payoit la valeur de l'homme mort, sans le *fredum;* parce que, l'ayant tué involontairement, ce n'étoit pas le cas où les parens eussent un droit de vengeance. Ainsi, dans la loi des Ripuaires [1], quand un homme étoit tué par un morceau de bois ou un ouvrage fait de main d'homme, l'ouvrage ou le bois étoient censés coupables, et les parens les prenoient pour leur usage, sans pouvoir exiger de *fredum.*

De même, quand une bête avoit tué un homme, la même loi [2] établissoit une composition sans le *fredum,* parce que les parens du mort n'étoient pas offensés.

Enfin, par la loi salique [3], un enfant qui avoit commis quelque faute avant l'âge de douze ans, payoit la composition sans le *fredum :* comme il ne pouvoit porter encore les armes, il n'étoit point dans le cas où la partie lésée ou ses parens pussent demander la vengeance.

C'étoit le coupable qui payoit le *fredum,* pour la paix et la sécurité que les excès qu'il avoit commis lui avoient fait perdre, et qu'il pouvoit recouvrer par la protection : mais un enfant ne perdoit point cette sécurité; il n'étoit point un homme, et ne pouvoit être mis hors de la société des hommes.

Ce *fredum* étoit un droit local pour celui qui jugeoit dans le territoire [4]. La loi des Ripuaires [5] lui défendoit pourtant de l'exiger lui-même; elle vouloit que la partie qui avoit obtenu gain de cause, le reçût et le portât au fisc,

---

[1] Tit. 70.

[2] Tit. 46. Voyez aussi la loi des Lombards, liv. I, chap. XXI, paragr. 3, édit. de Lindenbrock : *Si caballus cum pede,* etc.

[3] Tit. 28, paragr. 6.

[4] Comme il paroît par le décret de Clotaire II de l'an 595 : *Fredus tamen judicis, in cujus pago est, reservetur.*

[5] Tit. 89.

pour que la paix, dit la loi, fût éternelle entre les Ripuaires.

La grandeur du *fredum* se proportionna à la grandeur de la protection [1] : ainsi le *fredum* pour la protection du roi fut plus grand que celui accordé pour la protection du comte et des autres juges.

Je vois déja naître la justice des seigneurs. Les fiefs comprenoient de grands territoires, comme il paroît par une infinité de monumens. J'ai déja prouvé que les rois ne levoient rien sur les terres qui étoient du partage des Francs; encore moins pouvoient-ils se réserver des droits sur les fiefs. Ceux qui les obtinrent eurent, à cet égard, la jouissance la plus étendue; ils en tirèrent tous les fruits et tous les émolumens : et, comme un des plus considérables étoit les profits judiciaires *(freda)* que l'on recevoit par les usages des Francs [2], il suivoit que celui qui avoit le fief avoit aussi la justice, qui ne s'exerçoit que par des compositions aux parens, et des profits au seigneur; elle n'étoit autre chose que le droit de faire payer les compositions de la loi, et celui d'exiger les amendes de la loi.

On voit, par les formules qui portent la confirmation ou la translation à perpétuité d'un fief en faveur d'un leude ou fidèle [3], ou des privilèges des fiefs en faveur des églises [4], que les fiefs avoient ce droit. Cela paroît encore par une

[1] *Capitulare incerti anni*, chap. LVII, dans Baluze, tome I, page 515. Et il faut remarquer que ce qu'on appelle *fredum* ou *faida* dans les monumens de la première race, s'appelle *bannum* dans ceux de la seconde, comme il paroît par le capitulaire *de partibus Saxoniæ*, de l'an 789.

[2] Voyez le capitulaire de Charlemagne *de villis,* où il met ces *freda* au nombre des grands revenus de ce qu'on appeloit *villæ* ou domaines du roi.

[3] Voyez les formules 3, 4 et 17, liv. I, de Marculfe.

[4] *Idem,* form. 2, 3 et 4.

111. 7

infinité de chartres ¹ qui contiennent une défense aux
juges ou officiers du roi d'entrer dans le territoire pour
y exercer quelque acte de justice que ce fût, et y exiger
quelque émolument de justice que ce fût. Dès que les juges
royaux ne pouvoient plus rien exiger dans un district, ils
n'entroient plus dans ce district; et ceux à qui restoit ce
district y faisoient les fonctions que ceux-là y avoient faites.

Il est défendu aux juges royaux d'obliger les parties de
donner des cautions pour comparoître devant eux : c'étoit
donc à celui qui recevoit le territoire à les exiger. Il est dit
que les envoyés du roi ne pourroient plus demander de
logement; en effet, ils n'y avoient plus aucune fonction.

La justice fut donc, dans les fiefs anciens et dans les fiefs
nouveaux, un droit inhérent au fief même, un droit lucratif
qui en faisoit partie. C'est pour cela que, dans tous les
temps, elle a été regardée ainsi; d'où est né ce principe,
que les justices sont patrimoniales en France.

Quelques uns ont cru que les justices tiroient leur origine
des affranchissemens que les rois et les seigneurs firent de
leurs serfs. Mais les nations germaines, et celles qui en
sont descendues, ne sont pas les seules qui aient affranchi
des esclaves, et ce sont les seules qui aient établi des justices patrimoniales. D'ailleurs les formules de Marculfe ²
nous font voir des hommes libres dépendans de ces justices
dans les premiers temps : les serfs ont donc été justiciables,

---

¹ Voyez les recueils de ces chartres, sur-tout celui qui est à la fin du cin-quième volume des Historiens de France des PP. Bénédictins.

² Voyez la 3, 4 et 14 du liv. 1; et la chartre de Charlemagne de l'an 771, dans Martenne, tome I, Anecdot. col-lect. 11. *Præcipientes jubemus ut ullus judex publicus.... homines ipsius eccle-siæ et monasterii ipsius Morbacensis, tam ingenuos quàm et servos, et qui super eorum terras manere, etc.*

parce qu'ils se sont trouvés dans le territoire ; et ils n'ont pas donné l'origine aux fiefs pour avoir été englobés dans le fief.

D'autres gens ont pris une voie plus courte : les seigneurs ont usurpé les justices, ont-ils dit ; et tout a été dit. Mais n'y a-t-il eu sur la terre que les peuples descendus de la Germanie qui aient usurpé les droits des princes? L'histoire nous apprend assez que d'autres peuples ont fait des entreprises sur leurs souverains; mais on n'en voit pas naître ce que l'on a appelé les justices des seigneurs. C'étoit donc dans le fond des usages et des coutumes des Germains qu'il en falloit chercher l'origine.

Je prie de voir dans Loyseau [1] quelle est la manière dont il suppose que les seigneurs procédèrent pour former et usurper leurs diverses justices. Il faudroit qu'ils eussent été les gens du monde les plus raffinés, et qu'ils eussent volé, non pas comme les guerriers pillent, mais comme des juges de village et des procureurs se volent entre eux. Il faudroit dire que ces guerriers, dans toutes les provinces particulières du royaume, et dans tant de royaumes, auroient fait un système général de politique. Loyseau les fait raisonner comme dans son cabinet il raisonnoit lui-même.

Je le dirai encore : si la justice n'étoit point une dépendance du fief, pourquoi voit-on par-tout [2] que le service du fief étoit de servir le roi ou le seigneur, et dans leurs cours, et dans leurs guerres?

[1] Traité des justices de village.
[2] Voyez M. du Cange, au mot *hominium.*

CHAPITRE XXI.

De la justice territoriale des églises.

LES églises acquirent des biens très-considérables. Nous voyons que les rois leur donnèrent de grands fiscs, c'est-à-dire de grands fiefs; et nous trouvons d'abord les justices établies dans les domaines de ces églises. D'où auroit pris son origine un privilège si extraordinaire? Il étoit dans la nature de la chose donnée; le bien des ecclésiastiques avoit ce privilège, parce qu'on ne le lui ôtoit pas. On donnoit un fisc à l'église; et on lui laissoit les prérogatives qu'il auroit eues si on l'avoit donné à un leude : aussi fut-il soumis au service que l'état en auroit tiré s'il avoit été accordé au laïque, comme on l'a déja vu.

Les églises eurent donc le droit de faire payer les compositions dans leur territoire, et d'en exiger le *fredum*; et comme ces droits emportoient nécessairement celui d'empêcher les officiers royaux d'entrer dans le territoire pour exiger ces *freda* et y exercer tous actes de justice, le droit qu'eurent les ecclésiastiques de rendre la justice dans leur territoire fut appelé *immunité*, dans le style des formules [1], des chartres et des capitulaires.

La loi des Ripuaires [2] défend aux affranchis [3] des églises de tenir l'assemblée où la justice se rend [4], ailleurs que dans

[1] Voyez les formules 3 et 4 de Marculfe, liv. I.

[2] *Ne alicubi, nisi ad ecclesiam ubi relaxati sunt, mallum teneant.* (Tit. 58, paragr. 1.) Voyez aussi le paragr. 19, édit. de Lindenbrock.

[3] *Tabulariis.*

[4] *Mallum.*

l'église où ils ont été affranchis. Les églises avoient donc des justices, même sur les hommes libres, et tenoient leurs plaids dès les premiers temps de la monarchie.

Je trouve dans les *Vies des Saints* ' que Clovis donna à un saint personnage la puissance sur un territoire de six lieues de pays, et qu'il voulut qu'il fût libre de toute juris- diction quelconque. Je crois bien que c'est une fausseté, mais c'est une fausseté très-ancienne : le fond de la vie et les mensonges se rapportent aux mœurs et aux loix du temps; et ce sont ces mœurs et ces loix que l'on cherche ici '.

Clotaire II ordonne aux évêques ou aux grands ' qui pos- sèdent des terres dans des pays éloignés, de choisir dans le lieu même ceux qui doivent rendre la justice ou en rece- voir les émolumens.

Le même prince ' règle la compétence entre les juges des églises et ses officiers. Le capitulaire de Charlemagne de l'an 802 prescrit aux évêques et aux abbés les qualités que doivent avoir leurs officiers de justice. Un autre ' du même prince défend aux officiers royaux d'exercer aucune juris- diction sur ceux qui cultivent les terres ecclésiastiques ', à moins qu'ils n'aient pris cette condition en fraude et pour se soustraire aux charges publiques. Les évêques assemblés

---

' *Vita S. Germerii episcopi Tolosani, apud Bollandianos, 16 maii.*

' Voyez aussi la vie de S. Melanius, et celle de S. Déicole.

' Dans le concile de Paris, de l'an 615. *Episcopi vel potentes, qui in aliis possident regionibus, judices vel missos discussores de aliis provinciis non insti- tuant, nisi de loco, qui justitiam perci-*

piant et aliis reddant. (Art. 19.) Voyez aussi l'art. 12.

' Dans le concile de Paris, l'an 615, art. 5.

' Dans la loi des Lombards, liv 11, tit. 44, chap. 11, édit. de Lindenbrock.

' *Servi aldiones, libellarii antiqui, vel alii noviter facti.* (Ibid.)

à Reims déclarèrent que les vassaux des églises sont dans
leur immunité [1]. Le capitulaire de Charlemagne de l'an
806 [2] veut que les églises aient la justice criminelle et
civile sur tous ceux qui habitent dans leur territoire. Enfin
le capitulaire de Charles le Chauve distingue les jurisdictions du roi [3], celles des seigneurs, et celles des églises;
et je n'en dirai pas davantage.

CHAPITRE XXII.

Que les justices étoient établies avant la fin de la seconde race.

On a dit que ce fut dans le désordre de la seconde race,
que les vassaux s'attribuèrent la justice dans leurs fiscs : on
a mieux aimé faire une proposition générale que de l'examiner : il a été plus facile de dire que les vassaux ne possédoient pas, que de découvrir comment ils possédoient. Mais
les justices ne doivent point leur origine aux usurpations;
elles dérivent du premier établissement, et non pas de sa
corruption.

« Celui qui tue un homme libre, est-il dit dans la loi
» des Bavarois [4], paiera la composition à ses parens, s'il en

---

[1] Lettre de l'an 858, art. 7, dans les capitulaires, page 108. *Sicut illæ res et facultates in quibus vivunt clerici, ita et illæ sub consecratione immunitatis sunt de quibus debent militare vassalli.*

[2] Il est ajouté à la loi des Bavarois, art. 7. Voyez aussi l'art. 3 de l'édit. de Lindenbrock, page 444. *Imprimis omnium jubendum est ut habeant ecclesiæ*

earum justitias, et in vita illorum qui habitant in ipsis ecclesiis et post, tam in pecuniis quàm et in substantiis earum.

[3] De l'an 857, *in synodo apud Carisiacum*, art. 4, édition de Baluze, page 96.

[4] Tit. 3, chap. XIII, édit. de Lindenbrock.

» a; et s'il n'en a point, il la paiera au duc, ou à celui à
» qui il s'étoit recommandé pendant sa vie». On sait ce que
c'étoit que se recommander pour un bénéfice.

« Celui à qui on a enlevé son esclave, dit la loi des
» Allemands ', ira au prince auquel est soumis le ravisseur,
» afin qu'il en puisse obtenir la composition. »

« Si un centenier, est-il dit dans le décret de Childe-
» bert ², trouve un voleur dans une autre centaine que la
» sienne, ou dans les limites de nos fidèles, et qu'il ne l'en
» chasse pas, il représentera le voleur, ou se purgera par
» serment ». Il y avoit donc de la différence entre le territoire des centeniers et celui des fidèles.

Ce décret de Childebert explique la constitution de Clotaire ³ de la même année, qui, donnée pour le même cas
et sur le même fait, ne diffère que dans les termes, la
constitution appelant *in truste* ce que le décret appelle *in
terminis fidelium nostrorum.* MM. Bignon et du Cange ⁴, qui
ont cru que *in truste* signifioit le domaine d'un autre roi,
n'ont pas bien rencontré.

Dans une constitution ⁵ de Pepin, roi d'Italie, faite tant
pour les Francs que pour les Lombards, ce prince, après

' Tit. 85.

² De l'an 595, art. 11 et 12, édit. des
capitul. de Baluze, page 19. *Pari conditione convenit ut si una centena in aliâ
centena vestigium secuta fuerit et invenerit, vel in quibuscumque fidelium nostrorum terminis vestigium miserit, et
ipsum in aliam centenam minimè ex-
pellere potuerit, aut convictus reddat
latronem, etc.*

³ *Si vestigiis comprobatur latronis,
tamen præsentiæ nihil longè mulctando;*

*aut si persequens latronem suum com-
prehenderit, integram sibi compositio-
nem accipiat. Quòd si in truste inve-
nitur, medietatem compositionis trustis
adquirat, et capitale exigat à latrone.*
(Art. 2 et 3.)

⁴ Voyez le Glossaire, au mot *trustis.*

⁵ Insérée dans la loi des Lombards, liv.
II, tit. 52, paragr. 14. C'est le capitulaire
de l'an 793, dans Baluze, page 544, art.
10.

avoir imposé des peines aux comtes et autres officiers royaux qui prévariquent dans l'exercice de la justice, ou qui diffèrent de la rendre, ordonne que [1] s'il arrive qu'un Franc ou un Lombard ayant un fief ne veuille pas rendre la justice, le juge dans le district duquel il sera suspendra l'exercice de son fief; et que, dans cet intervalle, lui ou son envoyé rendront la justice.

Un capitulaire de Charlemagne [2] prouve que les rois ne levoient point par-tout les *freda*. Un autre [3] du même prince nous fait voir les règles féodales et la cour féodale déja établies. Un autre de Louis le Débonnaire veut que, lorsque celui qui a un fief ne rend pas la justice [4] ou empêche qu'on ne la rende, on vive à discrétion dans sa maison jusqu'à ce que la justice soit rendue. Je citerai encore deux capitulaires de Charles le Chauve : l'un de l'an 861 [5], où l'on voit des jurisdictions particulières établies, des juges et des officiers sous eux; l'autre [6] de l'an 864, où il fait la distinction de ses propres seigneuries d'avec celles des particuliers.

[1] *Et si forsitan Francus aut Longobardus habens beneficium justitiam facere noluerit, ille judex in cujus ministerio fuerit, contradicat illi beneficium suum, interim dum ipse aut missus ejus justitiam faciat.* Voyez encore la même loi des Lombards, liv. II, tit. 52, paragr. 2, qui se rapporte au capitulaire de Charlemagne de l'an 779, art. 21.

[2] Le troisième de l'an 812, art. 10.

[3] Le second capitulaire de l'an 813, art. 14 et 20, page 509.

[4] *Capitulare quintum anni 819*, art. 23, édit. de Baluze, page 617. *Ut ubicumque missi, aut episcopum, aut abbatem, aut alium quemlibet honore præditum, invenerint, qui justitiam facere noluit vel prohibuit, de ipsius rebus vivant quandiu in eo loco justitias facere debent.*

[5] *Edictum in Carisiaco*, dans Baluze; tome II, page 152. *Unusquisque advocatus pro omnibus de sua advocatione.... in convenientia ut cum ministerialibus de sua advocatione quos invenerit contra hunc bannum nostrum fecisse..... castiget.*

[6] *Edictum Pistense*, art. 18, édit. de Baluze, tome II, page 181. *Si in fiscum nostrum, vel in quamcumque immunitatem, aut alicujus potentis potestatem vel proprietatem, confugerit*, etc.

On n'a point de concessions originaires des fiefs, parce qu'ils furent établis par le partage qu'on sait avoir été fait entre les vainqueurs. On ne peut donc pas prouver par des contrats originaires que les justices, dans les commencemens, aient été attachées aux fiefs : mais si, dans les formules des confirmations ou des translations à perpétuité de ces fiefs, on trouve, comme on a dit, que la justice y étoit établie, il falloit bien que ce droit de justice fût de la nature du fief, et une de ses principales prérogatives.

Nous avons un plus grand nombre de monumens qui établissent la justice patrimoniale des églises dans leur territoire, que nous n'en avons pour prouver celle des bénéfices ou fiefs des leudes ou fidèles ; par deux raisons : la première, que la plupart des monumens qui nous restent ont été conservés ou recueillis par les moines pour l'utilité de leurs monastères : la seconde, que le patrimoine des églises ayant été formé par des concessions particulières et une espèce de dérogation à l'ordre établi, il falloit des chartres pour cela ; au lieu que les concessions faites aux leudes étant des conséquences de l'ordre politique, on n'avoit pas besoin d'avoir et encore moins de conserver une chartre particulière. Souvent même les rois se contentoient de faire une simple tradition par le sceptre, comme il paroît par la vie de saint Maur.

Mais la troisième formule * de Marculfe nous prouve assez que le privilège d'immunité, et par conséquent celui

---

* Liv. 1. *Maximum regni nostri augere credimus monimentum, si beneficia opportuna locis ecclesiarum , aut cui volueris dicere, benevolâ deliberatione concedimus.*

de la justice, étoient communs aux ecclésiastiques et aux
séculiers, puisqu'elle est faite pour les uns et pour les
autres. Il en est de même de la constitution de Clotaire II *.

CHAPITRE XXIII.

*Idée générale du livre de l'Établissement de la monarchie
françoise dans les Gaules , par M. l'abbé Dubos.*

Il est bon qu'avant de finir ce livre j'examine un peu
l'ouvrage de M. l'abbé Dubos , parce que mes idées sont
perpétuellement contraires aux siennes, et que , s'il a trouvé
la vérité, je ne l'ai pas trouvée.

Cet ouvrage a séduit beaucoup de gens , parce qu'il est
écrit avec beaucoup d'art; parce qu'on y suppose éternelle-
ment ce qui est en question; parce que plus on y manque
de 'preuves, plus on y multiplie les probabilités; parce
qu'une infinité de conjectures sont mises en principe , et
qu'on en tire comme conséquences d'autres conjectures :
le lecteur oublie qu'il a douté, pour commencer à croire.
Et comme une érudition sans fin est placée, non pas dans
le systême, mais à côté du systême, l'esprit est distrait par
des accessoires, et ne s'occupe plus du principal. D'ailleurs
tant de recherches ne permettent pas d'imaginer qu'on
n'ait rien trouvé ; la longueur du voyage fait croire qu'on
est enfin arrivé.

Mais, quand on examine bien, on trouve un colosse immense qui a des pieds d'argile; et c'est parce que les pieds

---

* Je l'ai citée dans le chapitre précédent : *Episcopi vel potentes.*

sont d'argille que le colosse est immense. Si le système de
M. l'abbé Dubos avoit eu de bons fondemens, il n'auroit
pas été obligé de faire trois mortels volumes pour le prouver; il auroit tout trouvé dans son sujet; et, sans aller chercher de toutes parts ce qui en étoit très-loin, la raison
elle-même se seroit chargée de placer cette vérité dans la
chaîne des autres vérités. L'histoire et nos loix lui auroient
dit : « Ne prenez pas tant de peine, nous rendrons témoi-
» gnage de vous. »

CHAPITRE XXIV.

Continuation du même sujet. Réflexion sur le fond du système.

M. l'abbé Dubos veut ôter toute espèce d'idée que les
Francs soient entrés dans les Gaules en conquérans : selon
lui, nos rois, appelés par les peuples, n'ont fait que se
mettre à la place et succéder aux droits des empereurs
romains.

Cette prétention ne peut pas s'appliquer au temps où
Clovis, entrant dans les Gaules, saccagea et prit les villes;
elle ne peut pas s'appliquer non plus au temps où il défit
Syagrius, officier romain, et conquit le pays qu'il tenoit:
elle ne peut donc se rapporter qu'à celui où Clovis, devenu
maître d'une grande partie des Gaules par la violence,
auroit été appelé par le choix et l'amour des peuples à la
domination du reste du pays. Et il ne suffit pas que Clovis
ait été reçu, il faut qu'il ait été appelé; il faut que M. l'abbé
Dubos prouve que les peuples ont mieux aimé vivre sous

la domination de Clovis que de vivre sous la domination des Romains, ou sous leurs propres loix. Or les
Romains de cette partie des Gaules qui n'avoit point encore été envahie par les barbares, étoient, selon M. l'abbé
Dubos, de deux sortes : les uns étoient de la confédération
armorique, et avoient chassé les officiers de l'empereur
pour se défendre eux-mêmes contre les barbares et se
gouverner par leurs propres loix; les autres obéissoient aux
officiers romains. Or M. l'abbé Dubos prouve-t-il que les
Romains, qui étoient encore soumis à l'empire, aient appelé Clovis? Point du tout. Prouve-t-il que la république
des Armoriques ait appelé Clovis, et fait même quelque
traité avec lui? Point du tout encore. Bien loin qu'il puisse
nous dire quelle fut la destinée de cette république, il n'en
sauroit pas même montrer l'existence; et quoiqu'il la suive
depuis le temps d'Honorius jusqu'à la conquête de Clovis,
quoiqu'il y rapporte avec un art admirable tous les évènemens de ces temps-là, elle est restée invisible dans les
auteurs : car il y a bien de la différence entre prouver, par
un passage de Zosime ¹, que, sous l'empire d'Honorius, la
contrée armorique et les autres provinces des Gaules se
révoltèrent et formèrent une espèce de république ², et
faire voir que, malgré les diverses pacifications des Gaules,
les Armoriques formèrent toujours une république particulière qui subsista jusqu'à la conquête de Clovis. Cependant il auroit besoin, pour établir son système, de preuves
bien fortes et bien précises : car, quand on voit un con-
quérant entrer dans un état et en soumettre une grande

¹ Hist. liv. vi.
² *Totusque tractus armoricus, aliœque Galliarum provinciœ.* (Ibid.)

partie par la force et par la violence, et qu'on voit, quelque temps après, l'état entier soumis, sans que l'histoire dise comment il l'a été, on a un très-juste sujet de croire que l'affaire a fini comme elle a commencé.

Ce point une fois manqué, il est aisé de voir que tout le système de M. l'abbé Dubos croule de fond en comble; et toutes les fois qu'il tirera quelque conséquence de ce principe, que les Gaules n'ont pas été conquises par les Francs, mais que les Francs ont été appelés par les Romains, on pourra toujours la lui nier.

M. l'abbé Dubos prouve son principe par les dignités romaines dont Clovis fut revêtu; il veut que Clovis ait succédé à Childéric, son père, dans l'emploi de maître de la milice. Mais ces deux charges sont purement de sa création. La lettre de saint Remi à Clovis, sur laquelle il se fonde *, n'est qu'une félicitation sur son avènement à la couronne. Quand l'objet d'un écrit est connu, pourquoi lui en donner un qui ne l'est pas?

Clovis, sur la fin de son règne, fut fait consul par l'empereur Anastase : mais quel droit pouvoit lui donner une autorité simplement annale? Il y a apparence, dit M. l'abbé Dubos, que, dans le même diplôme, l'empereur Anastase fit Clovis proconsul. Et moi je dirai qu'il y a apparence qu'il ne le fit pas. Sur un fait qui n'est fondé sur rien, l'autorité de celui qui le nie est égale à l'autorité de celui qui l'allègue. J'ai même une raison pour cela. Grégoire de Tours, qui parle du consulat, ne dit rien du proconsulat. Ce proconsulat n'auroit été même que d'environ six mois. Clovis mourut un an et demi après avoir été fait consul:

---

* Tome II, liv. III, chap. XVIII, page 270.

il n'est pas possible de faire du proconsulat une charge
héréditaire. Enfin, quand le consulat, et, si l'on veut, le
proconsulat, lui furent donnés, il étoit déja le maître de la
monarchie, et tous ses droits étoient établis.

La seconde preuve que M. l'abbé Dubos allègue, c'est la
cession faite par l'empereur Justinien aux enfans et aux
petits-enfans de Clovis de tous les droits de l'empire sur
les Gaules. J'aurois bien des choses à dire sur cette cession.
On peut juger de l'importance que les rois des Francs y
mirent, par la manière dont ils en exécutèrent les conditions. D'ailleurs les rois des Francs étoient maîtres des
Gaules ; ils étoient souverains paisibles : Justinien n'y possédoit pas un pouce de terre ; l'empire d'occident étoit
détruit depuis long-temps ; et l'empereur d'orient n'avoit
de droit sur les Gaules que comme représentant l'empereur d'occident : c'étoient des droits sur des droits. La monarchie des Francs étoit déja fondée ; le réglement de leur
établissement étoit fait ; les droits réciproques des personnes
et des diverses nations qui vivoient dans la monarchie
étoient convenus ; les loix de chaque nation étoient données, et même rédigées par écrit. Que faisoit cette cession
étrangère à un établissement déja formé ?

Que veut dire M. l'abbé Dubos avec les déclamations de
tous ces évêques qui, dans le désordre, la confusion, la
chûte totale de l'état, les ravages de la conquête, cherchent
à flatter le vainqueur ? Que suppose la flatterie, que la foiblesse de celui qui est obligé de flatter ? Que prouvent la
rhétorique et la poésie, que l'emploi même de ces arts ?
Qui ne seroit étonné de voir Grégoire de Tours, qui, après
avoir parlé des assassinats de Clovis, dit que cependant

Dieu prosternoit tous les jours ses ennemis, parce qu'il marchoit dans ses voies? Qui peut douter que le clergé n'ait
été bien aise de la conversion de Clovis, et qu'il n'en ait
même tiré de grands avantages? Mais qui peut douter, en
même temps, que les peuples n'aient essuyé tous les malheurs de la conquête, et que le gouvernement romain n'ait
cédé au gouvernement germanique? Les Francs n'ont point
voulu et n'ont pas même pu tout changer; et même peu de
vainqueurs ont eu cette manie. Mais, pour que toutes les
conséquences de M. l'abbé Dubos fussent vraies, il auroit
fallu que non seulement ils n'eussent rien changé chez les
Romains, mais encore qu'ils se fussent changés eux-mêmes.

Je m'engagerois bien, en suivant la méthode de M. l'abbé
Dubos, à prouver de même que les Grecs ne conquirent
pas la Perse. D'abord je parlerois des traités que quelques
unes de leurs villes firent avec les Perses : je parlerois des
Grecs qui furent à la solde des Perses, comme les Francs
furent à la solde des Romains. Que si Alexandre entra dans
le pays des Perses, assiégea, prit et détruisit la ville de
Tyr, c'étoit une affaire particulière comme celle de Syagrius. Mais voyez comment le pontife des Juifs vient au
devant de lui : écoutez l'oracle de Jupiter Ammon : res-
souvenez-vous comment il avoit été prédit à Gordium :
voyez comment toutes les villes courent, pour ainsi dire,
au devant de lui; comment les satrapes et les grands arrivent en foule. Il s'habille à la manière des Perses; c'est la
robe consulaire de Clovis. Darius ne lui offrit-il pas la
moitié de son royaume? Darius n'est-il pas assassiné comme
un tyran? La mère et la femme de Darius ne pleurent-elles
pas la mort d'Alexandre? Quinte-Curce, Arrien, Plutarque,

étoient-ils contemporains d'Alexandre? L'imprimerie ' ne nous a-t-elle pas donné des lumières qui manquoient à ces auteurs? Voilà l'*Histoire de l'établissement de la monarchie françoise dans les Gaules.*

CHAPITRE XXV.

De la noblesse françoise.

M. l'abbé Dubos soutient que, dans les premiers temps de notre monarchie, il n'y avoit qu'un seul ordre de citoyens parmi les Francs. Cette prétention injurieuse au sang de nos premières familles ne le seroit pas moins aux trois grandes maisons qui ont successivement régné sur nous. L'origine de leur grandeur n'iroit donc point se perdre dans l'oubli, la nuit et le temps : l'histoire éclaireroit des siècles où elles auroient été des familles communes; et pour que Childéric, Pepin et Hugues Capet, fussent gentilshommes, il faudroit aller chercher leur origine parmi les Romains ou les Saxons, c'est-à-dire parmi les nations subjuguées.

M. l'abbé Dubos fonde ² son opinion sur la loi salique. Il est clair, dit-il, par cette loi, qu'il n'y avoit point deux ordres de citoyens chez les Francs. Elle donnoit deux cents sous de composition pour la mort de quelque Franc que ce fût ³ : mais elle distinguoit chez les Romains le convive du

---

¹ Voyez le discours préliminaire de M. l'abbé Dubos.

² Voyez l'*Établissement de la monar-*
chie *françoise,* tome III, liv. VI, chap. IV, page 304.

³ Il cite le titre 44 de cette loi, et la loi des Ripuaires, tit. 7 et 36.

roi, pour la mort duquel elle donnoit trois cents sous de composition, du Romain possesseur, à qui elle en donnoit cent, et du Romain tributaire, à qui elle n'en donnoit que quarante-cinq. Et, comme la différence des compositions faisoit la distinction principale, il conclut que chez les Francs il n'y avoit qu'un ordre de citoyens, et qu'il y en avoit trois chez les Romains.

Il est surprenant que son erreur même ne lui ait pas fait découvrir son erreur. En effet, il eût été bien extraordinaire que les nobles romains qui vivoient sous la domination des Francs, y eussent eu une composition plus grande et y eussent été des personnages plus importans que les plus illustres des Francs et leurs plus grands capitaines. Quelle apparence que le peuple vainqueur eût eu si peu de respect pour lui-même, et qu'il en eût eu tant pour le peuple vaincu? De plus, M. l'abbé Dubos cite les loix des autres nations barbares, qui prouvent qu'il y avoit parmi eux divers ordres de citoyens. Il seroit bien extraordinaire que cette règle générale eût précisément manqué chez les Francs. Cela auroit dû lui faire penser qu'il entendoit mal ou qu'il appliquoit mal les textes de la loi salique; ce qui lui est effectivement arrivé.

On trouve, en ouvrant cette loi, que la composition pour la mort d'un antrustion *, c'est-à-dire d'un fidèle ou vassal du roi, étoit de six cents sous, et que celle pour la mort d'un Romain convive du roi n'étoit que de trois

---

* *Qui in truste dominica est,* tit. 44, paragr. 4, et cela se rapporte à la formule 13 de Marculfe, *de regis antrustione.* Voyez aussi le tit. 66 de la loi salique, paragr. 3 et 4; et le tit. 74; et la loi des Ripuaires, tit. 11; et le capitul. de Charles le Chauve, *apud Carisiacum,* de l'an 877, chap. xx.

cents[1]. On y trouve[2] que la composition pour la mort d'un simple Franc étoit de deux cents sous[3], et que celle pour la mort d'un Romain[4] d'une condition ordinaire n'étoit que de cent. On payoit encore pour la mort d'un Romain tributaire[5], espèce de serf ou d'affranchi, une composition de quarante-cinq sous; mais je n'en parlerai point, non plus que de celle pour la mort du serf franc ou de l'affranchi franc : il n'est point ici question de ce troisième ordre de personnes.

Que fait M. l'abbé Dubos? il passe sous silence le premier ordre de personnes chez les Francs, c'est-à-dire l'article qui concerne les antrustions; et ensuite, comparant le Franc ordinaire pour la mort duquel on payoit deux cents sous de composition, avec ceux qu'il appelle des trois ordres chez les Romains, et pour la mort desquels on payoit des compositions différentes, il trouve qu'il n'y avoit qu'un seul ordre de citoyens chez les Francs, et qu'il y en avoit trois chez les Romains.

Comme, selon lui, il n'y avoit qu'un seul ordre de personnes chez les Francs, il eût été bon qu'il n'y en eût eu qu'un aussi chez les Bourguignons, parce que leur royaume forma une des principales pièces de notre monarchie : mais il y a dans leurs codes trois sortes de compositions[6]; l'une pour le noble bourguignon ou romain, l'autre pour le

---

[1] *Loi salique*, tit. 44, paragr. 6.

[2] *Ibid.* paragr. 4.

[3] *Ibid.* paragr. 1.

[4] *Ibid.* paragr. 15.

[5] *Ibid.* paragr. 7.

[6] *Si quis, quolibet casu, dentem optimati burgundioni vel romano nobili excusserit, solidos viginti quinque cogatur exsolvere; de mediocribus personis ingenuis, tam Burgundionibus quàm Romanis, si dens excussus fuerit, decem solidis componatur; de inferioribus personis, quinque solidos.* (Art. 1, 2 et 3 du titre 26 de la loi des Bourguignons.)

Bourguignon ou Romain d'une condition médiocre, la troisième pour ceux qui étoient d'une condition inférieure dans les deux nations. M. l'abbé Dubos n'a point cité cette loi.

Il est singulier de voir comment il échappe aux passages qui le pressent de toutes parts[1]. Lui parle-t-on des grands, des seigneurs, des nobles? Ce sont, dit-il, de simples distinctions, et non pas des distinctions d'ordre; ce sont des choses de courtoisie, et non pas des prérogatives de la loi: ou bien, dit-il, les gens dont on parle étoient du conseil du roi; ils pouvoient même être des Romains : mais il n'y avoit toujours qu'un seul ordre de citoyens chez les Francs. D'un autre côté, s'il est parlé de quelque Franc d'un rang inférieur[2], ce sont des serfs; et c'est de cette manière qu'il interprète le décret de Childebert. Il est nécessaire que je m'arrête sur ce décret. M. l'abbé Dubos l'a rendu fameux, parce qu'il s'en est servi pour prouver deux choses : l'une, que toutes les compositions que l'on trouve dans les loix des barbares n'étoient que des intérêts civils ajoutés aux peines corporelles[3], ce qui renverse de fond en comble tous les anciens monumens; l'autre, que tous les hommes libres étoient jugés directement et immédiatement par le roi[4], ce qui est contredit par une infinité de passages et d'autorités qui nous font connoître l'ordre judiciaire de ces temps-là[5].

Il est dit dans ce décret, fait dans une assemblée de la nation[6], que si le juge trouve un voleur fameux, il le fera

---

[1] *Établissement de la monarchie françoise,* tome III, liv. VI, chap. IV et V.

[2] *Ibid.* chap. V, pages 319 et 320.

[3] *Ibid.* liv. VI, chap. IV, pages 307 et 308.

[4] Chap. IV, page 309; et au chap. suiv. pages 319 et 320.

[5] Voyez le liv. XXVIII de cet ouvrage, ch. XXVIII; et le liv. XXXI, chap. VIII.

[6] *Itaque colonia convenit et ita bannivimus, ut unusquisque judex crimino-*

lier pour être envoyé devant le roi, si c'est un Franc *(Francus)*; mais, si c'est une personne plus foible *(debilior persona)*, il sera pendu sur le lieu. Selon M. l'abbé Dubos, *Francus* est un homme libre, *debilior persona* est un serf. J'ignorerai pour un moment ce que peut signifier ici le mot *Francus*; et je commencerai par examiner ce qu'on peut entendre par ces mots, *une personne plus foible*. Je dis que, dans quelque langue que ce soit, tout comparatif suppose nécessairement trois termes, le plus grand, le moindre, et le plus petit. S'il n'étoit ici question que des hommes libres et des serfs, on auroit dit *un serf,* et non pas *un homme d'une moindre puissance.* Ainsi *debilior persona* ne signifie point là un serf, mais une personne au-dessous de laquelle doit être le serf. Cela posé, *Francus* ne signifiera pas un homme libre, mais un homme puissant : et *Francus* est pris ici dans cette acception, parce que parmi les Francs étoient toujours ceux qui avoient dans l'état une plus grande puissance, et qu'il étoit plus difficile au juge ou au comte de corriger. Cette explication s'accorde avec un grand nombre de capitulaires [1] qui donnent les cas dans lesquels les criminels pouvoient être renvoyés devant le roi, et ceux où ils ne le pouvoient pas.

On trouve dans la vie de Louis le Débonnaire, écrite par Tégan [2], que les évêques furent les principaux auteurs de l'humiliation de cet empereur, sur-tout ceux qui avoient été serfs et ceux qui étoient nés parmi les barbares. Tégan

---

sum latronem ut audierit, ad casam suam ambulet, et ipsum ligare faciat: ita ut, si Francus fuerit, ad nostram præsentiam dirigatur; et, si debilior persona fuerit, in loco pendatur. (Capitul. de l'édit. de Baluze, tom. I, p. 19.)

[1] Voyez le liv. XXVIII de cet ouvrage, chap. XXVIII; et le liv. XXXI, chap. VIII.

[2] Chap. XLIII et XLIV.

apostrophe ainsi Hébon, que ce prince avoit tiré de la servitude et avoit fait archevêque de Reims : « Quelle récom-
» pense l'empereur a-t-il reçue de tant de bienfaits '! Il t'a
» fait libre, et non pas noble ; il ne pouvoit pas te faire
» noble après t'avoir donné la liberté. »

Ce discours, qui prouve si formellement deux ordres de citoyens, n'embarrasse point M. l'abbé Dubos. Il répond ainsi ' : « Ce passage ne veut point dire que Louis le Débon-
» naire n'eût pas pu faire entrer Hébon dans l'ordre des
» nobles. Hébon, comme archevêque de Reims, eût été du
» premier ordre, supérieur à celui de la noblesse ». Je laisse au lecteur à décider si ce passage ne le veut point dire ; je lui laisse à juger s'il est ici question d'une préséance du clergé sur la noblesse. « Ce passage prouve seulement, con-
» tinue ' M. l'abbé Dubos, que les citoyens nés libres étoient
» qualifiés de nobles-hommes : dans l'usage du monde, noble-
» homme et homme né libre ont signifié long-temps la
» même chose ». Quoi ! sur ce que, dans nos temps modernes, quelques bourgeois ont pris la qualité de nobles-hommes, un passage de la vie de Louis le Débonnaire s'appliquera à ces sortes de gens ! « Peut-être aussi, ajoute-
» t-il encore ⁴, qu'Hébon n'avoit point été esclave dans la
» nation des Francs, mais dans la nation saxone, ou dans
» une autre nation germanique où les citoyens étoient
» divisés en plusieurs ordres ». Donc, à cause du *peut-être* de M. l'abbé Dubos, il n'y aura point eu de noblesse dans

---

' *O qualem remunerationem reddidisti ei! Fecit te liberum, non nobilem, quod impossibile est post libertatem.* (De gestis Ludovici Pii, cap. XLIII et XLIV.)

' *Établissement de la monarchie françoise,* tome III, liv. VI, chap. IV, page 316.
³ *Ibid.*
⁴ *Ibid.*

la nation des Francs. Mais il n'a jamais plus mal appliqué de
peut-être. On vient de voir que Tégan * distingue les évêques
qui avoient été opposés à Louis le Débonnaire, dont les
uns avoient été serfs, et les autres étoient d'une nation
barbare. Hébon étoit des premiers, et non pas des seconds.
D'ailleurs je ne sais comment on peut dire qu'un serf tel
qu'Hébon auroit été Saxon ou Germain : un serf n'a point
de famille, ni par conséquent de nation. Louis le Débonnaire affranchit Hébon; et, comme les serfs affranchis prenoient la loi de leur maître, Hébon devint Franc, et non
pas Saxon ou Germain.

Je viens d'attaquer, il faut que je me défende. On me dira
que le corps des antrustions formoit bien dans l'état un
ordre distingué de celui des hommes libres; mais que,
comme les fiefs furent d'abord amovibles, et ensuite à vie,
cela ne pouvoit pas former une noblesse d'origine, puisque
les prérogatives n'étoient point attachées à un fief héréditaire. C'est cette objection qui a sans doute fait penser à
M. de Valois qu'il n'y avoit qu'un seul ordre de citoyens
chez les Francs : sentiment que M. l'abbé Dubos a pris de
lui, et qu'il a absolument gâté à force de mauvaises preuves.
Quoi qu'il en soit, ce n'est point M. l'abbé Dubos qui
auroit pu faire cette objection : car, ayant donné trois
ordres de noblesse romaine, et la qualité de convive du
roi pour le premier, il n'auroit pas pu dire que ce titre
marquât plus une noblesse d'origine que celui d'antrustion. Mais il faut une réponse directe. Les antrustions ou

---

* *Omnes episcopi molesti fuerunt*   *qui ex barbaris nationibus ad hoc fas-*
Ludovico, et maximè ii quos è servili   *tigium perducti sunt.* (De gestis Ludo-
conditione honoratos habebat, cum his   vici Pii, cap. XLIII et XLIV.)

fidèles n'étoient pas tels parce qu'ils avoient un fief; mais
on leur donnoit un fief parce qu'ils étoient antrustions ou
fidèles. On se ressouvient de ce que j'ai dit dans les premiers chapitres de ce livre : ils n'avoient pas pour lors,
comme ils eurent dans la suite, le même fief; mais s'ils
n'avoient pas celui-là, ils en avoient un autre, et parce que
les fiefs se donnoient à la naissance, et parce qu'ils se donnoient souvent dans les assemblées de la nation, et enfin
parce que, comme il étoit de l'intérêt des nobles d'en avoir,
il étoit aussi de l'intérêt du roi de leur en donner. Ces
familles étoient distinguées par leur dignité de fidèles et
par la prérogative de pouvoir se recommander pour un
fief. Je ferai voir dans le livre suivant ' comment, par les
circonstances des temps, il y eut des hommes libres qui
furent admis à jouir de cette grande prérogative, et par
conséquent à entrer dans l'ordre de la noblesse. Cela n'étoit
point ainsi du temps de Gontran et de Childebert son
neveu; et cela étoit ainsi du temps de Charlemagne. Mais
quoique dès le temps de ce prince les hommes libres ne
fussent pas incapables de posséder des fiefs, il paroît, par
le passage de Tégan rapporté ci-dessus, que les serfs
affranchis en étoient absolument exclus. M. l'abbé Dubos ',
qui va en Turquie pour nous donner une idée de ce qu'étoit
l'ancienne noblesse françoise, nous dira-t-il qu'on se soit
jamais plaint en Turquie de ce qu'on y élevoit aux honneurs et aux dignités des gens de basse naissance, comme
on s'en plaignoit sous les règnes de Louis le Débonnaire et
de Charles le Chauve? On ne s'en plaignoit pas du temps

' Chap. XXIII.

' *Histoire de l'établissement de la* *monarchie françoise,* tome III, liv. VI, chap. IV, page 302.

de Charlemagne, parce que ce prince distingua toujours les anciennes familles d'avec les nouvelles; ce que Louis le Débonnaire et Charles le Chauve ne firent pas.

Le public ne doit pas oublier qu'il est redevable à M. l'abbé Dubos de plusieurs compositions excellentes. C'est sur ces beaux ouvrages qu'il doit le juger, et non pas sur celui-ci. M. l'abbé Dubos y est tombé dans de grandes fautes, parce qu'il a plus eu devant les yeux M. le comte de Boulainvilliers que son sujet. Je ne tirerai de toutes mes critiques que cette réflexion : Si ce grand homme a erré, que ne dois-je pas craindre?

LIVRE XXXI.

Théorie des loix féodales chez les Francs, dans le rapport qu'elles ont avec les révolutions de leur monarchie.

CHAPITRE PREMIER.

Changemens dans les offices et les fiefs.

D'ABORD les comtes n'étoient envoyés dans leurs districts que pour un an; bientôt ils achetèrent la continuation de leurs offices. On en trouve un exemple dès le règne des petits-enfans de Clovis. Un certain Peonius * étoit comte dans la ville d'Auxerre; il envoya son fils Mummolus porter de l'argent à Gontran pour être continué dans son emploi: le fils donna de l'argent pour lui-même, et obtint la place du père. Les rois avoient déja commencé à corrompre leurs propres graces.

Quoique par la loi du royaume les fiefs fussent amovibles, ils ne se donnoient pourtant ni ne s'ôtoient d'une manière capricieuse et arbitraire; et c'étoit ordinairement une des principales choses qui se traitoient dans les assemblées de la nation. On peut bien penser que la corruption

---

* Grégoire de Tours, liv. IV, chap. XLII.

se glissa dans ce point comme elle s'étoit glissée dans l'autre, et que l'on continua la possession des fiefs pour de l'argent, comme on continuoit la possession des comtés.

Je ferai voir, dans la suite de ce livre[1], qu'indépendamment des dons que les princes firent pour un temps, il y en eut d'autres qu'ils firent pour toujours. Il arriva que la cour voulut révoquer les dons qui avoient été faits : cela mit un mécontentement général dans la nation, et l'on en vit bientôt naître cette révolution fameuse dans l'histoire de France, dont la première époque fut le spectacle étonnant du supplice de Brunehauld.

Il paroît d'abord extraordinaire que cette reine, fille, sœur, mère de tant de rois, fameuse encore aujourd'hui par des ouvrages dignes d'un édile ou d'un proconsul romain, née avec un génie admirable pour les affaires, douée de qualités qui avoient été si long-temps respectées, se soit vue[*] tout-à-coup exposée à des supplices si longs, si honteux, si cruels, par un roi[3] dont l'autorité étoit assez mal affermie dans sa nation, si elle n'étoit tombée par quelque cause particulière dans la disgrace de cette nation. Clotaire lui reprocha la mort de dix rois[4] : mais il y en avoit deux qu'il fit lui-même mourir; la mort de quelques autres fut le crime du sort, ou de la méchanceté d'une autre reine; et une nation qui avoit laissé mourir Frédégonde dans son lit, qui s'étoit même opposée[5] à la punition de ses épouvantables crimes, devoit être bien froide sur ceux de Brunehauld.

[1] Chap. VII.
[2] *Chronique de Frédégaire*, ch. XLII.
[3] Clotaire II, fils de Chilpéric, et père de Dagobert.
[4] *Chronique de Frédégaire*, chap. XLII.
[5] Voyez Grégoire de Tours, liv. VIII, chap. XXXI.

Elle fut mise sur un chameau, et on la promena dans toute l'armée; marque certaine qu'elle étoit tombée dans la disgrace de cette armée. Frédégaire dit que Protaire, favori de Brunehauld, prenoit le bien des seigneurs et en gorgeoit le fisc, qu'il humilioit la noblesse, et que personne ne pouvoit être sûr de garder le poste qu'il avoit [1]. L'armée conjura contre lui, on le poignarda dans sa tente; et Brunehauld, soit par les vengeances [2] qu'elle tira de cette mort, soit par la poursuite du même plan, devint tous les jours plus odieuse à la nation [3].

Clotaire, ambitieux de régner seul, et plein de la plus affreuse vengeance, sûr de périr si les enfans de Brunehauld avoient le dessus, entra dans une conjuration contre lui-même; et, soit qu'il fût mal-habile, ou qu'il fût forcé par les circonstances, il se rendit accusateur de Brunehauld, et fit faire de cette reine un exemple terrible.

Warnachaire avoit été l'ame de la conjuration contre Brunehauld : il fut fait maire de Bourgogne; il exigea de Clotaire qu'il ne seroit jamais déplacé pendant sa vie [4]. Par-là le maire ne put plus être dans le cas où avoient été les seigneurs françois; et cette autorité commença à se rendre indépendante de l'autorité royale.

C'étoit la funeste régence de Brunehauld qui avoit sur-

---

[1] *Sæva illi fuit contra personas iniquitas, fisco nimiùm tribuens, de rebus personarum ingeniosè fiscum vellens implere.... ut nullus reperiretur qui gradum quem arripuerat potuisset adsumere.* (Chronique de Frédégaire, chap. XXVII, sur l'an 605.)

[2] *Ibid.* chap. XXVIII, sur l'an 607.

[3] *Burgundiæ farones, tam episcopi quàm cæteri leudes, timentes Brunichildem et odium in eam habentes, consilium inientes, etc.* (Chronique de Frédégaire, chap. XLI, sur l'an 613.)

[4] *Ibid.* chap. XLII, sur l'an 613. *Sacramento à Clotario accepto ne unquam vitæ suæ temporibus degradaretur.*

tout effarouché la nation. Tandis que les loix subsistèrent
dans leur force, personne ne put se plaindre de ce qu'on
lui ôtoit un fief, puisque la loi ne le lui donnoit pas pour
toujours : mais quand l'avarice, les mauvaises pratiques,
la corruption, firent donner des fiefs, on se plaignit de ce
qu'on étoit privé par de mauvaises voies des choses que
souvent on avoit acquises de même. Peut-être que si le
bien public avoit été le motif de la révocation des dons, on
n'auroit rien dit : mais on montroit l'ordre sans cacher la
corruption; on réclamoit le droit du fisc, pour prodiguer
les biens du fisc à sa fantaisie; les dons ne furent plus la
récompense ou l'espérance des services. Brunehauld, par
un esprit corrompu, voulut corriger les abus de la corruption ancienne. Ses caprices n'étoient point ceux d'un esprit
foible : les leudes et les grands officiers se crurent perdus;
ils la perdirent.

Il s'en faut bien que nous ayons tous les actes qui furent
passés dans ces temps-là; et les faiseurs de chroniques, qui
savoient à peu près de l'histoire de leur temps ce que les
villageois savent aujourd'hui de celle du nôtre, sont très-
stériles. Cependant nous avons une constitution de Clotaire,
donnée dans le concile de Paris [1] pour la réformation des
abus, qui fait voir que ce prince fit cesser les plaintes qui
avoient donné lieu à la révolution [2]. D'un autre côté, il y
confirme tous les dons qui avoient été faits ou confirmés
par les rois ses prédécesseurs [3]; et il ordonne, de l'autre,

---

[1] Quelque temps après le supplice de
Brunehauld, l'an 615. Voyez l'édition
des capitulaires de Baluze, page 21.

[2] *Quæ contra rationis ordinem acta
vel ordinata sunt, ne in antea, quod*
avertat divinitas, contingant, dispo-
suerimus, Christo præsule, per hujus
edicti nostri tenorem generaliter emen-
dare. (In procœmio, *ibid.* art. 16.)

[3] *Ibid.* art. 16.

que tout ce qui a été ôté à ses leudes ou fidèles leur soit rendu[1].

Ce ne fut pas la seule concession que le roi fit dans ce concile : il voulut que ce qui avoit été fait contre les privilèges des ecclésiastiques fût corrigé[2] ; il modéra l'influence de la cour dans les élections aux évêchés[3]. Le roi réforma de même les affaires fiscales : il voulut que tous les nouveaux cens fussent ôtés[4], qu'on ne levât aucun droit de passage établi depuis la mort de Gontran, Sigebert et Chilpéric[5] ; c'est-à-dire qu'il supprimoit tout ce qui avoit été fait pendant les régences de Frédégonde et de Brunehauld : il défendit que ses troupeaux fussent menés dans les forêts des particuliers[6] : et nous allons voir tout-à-l'heure que la réforme fut encore plus générale, et s'étendit aux affaires civiles.

[1] *Ibid.* art. 17.

[2] *Et quod per tempora ex hoc prætermissum est vel dehinc perpetualiter observetur.* (Ibid. in procœmio.)

[3] *Ita ut, episcopo decedente, in loco ipsius qui à metropolitano ordinari debet cum provincialibus, à clero et populo eligatur; et, si persona condigna fuerit, per ordinationem principis ordinetur; vel certè, si de palatio eligitur, per meritum personæ et doctrinæ ordinetur.* (Ibid. art. 1.)

[4] *Ut ubicumque census novus impiè additus est, emendetur.* (Art. 8.)

[5] *Ibid.* art. 9.

[6] *Ibid.* art. 21.

CHAPITRE II.

Comment le gouvernement civil fut réformé.

ON avoit vu jusqu'ici la nation donner des marques d'impatience et de légèreté sur le choix ou sur la conduite de ses maîtres; on l'avoit vue régler les différens de ses maîtres entre eux, et leur imposer la nécessité de la paix : mais ce qu'on n'avoit pas encore vu, la nation le fit pour lors; elle jeta les yeux sur sa situation actuelle, elle examina ses loix de sang-froid; elle pourvut à leur insuffisance; elle arrêta la violence; elle régla le pouvoir.

Les régences mâles, hardies et insolentes, de Frédégonde et de Brunehauld, avoient moins étonné cette nation qu'elles ne l'avoient avertie. Frédégonde avoit défendu ses méchancetés par ses méchancetés mêmes; elle avoit justifié le poison et les assassinats par le poison et les assassinats; elle s'étoit conduite de manière que ses attentats étoient encore plus particuliers que publics : Frédégonde fit plus de maux; Brunehauld en fit craindre davantage. Dans cette crise, la nation ne se contenta pas de mettre ordre au gouvernement féodal, elle voulut aussi assurer son gouvernement civil : car celui-ci étoit encore plus corrompu que l'autre; et cette corruption étoit d'autant plus dangereuse, qu'elle étoit plus ancienne, et tenoit plus, en quelque sorte, à l'abus des mœurs qu'à l'abus des loix.

L'histoire de Grégoire de Tours et les autres monumens nous font voir, d'un côté, une nation féroce et barbare, et, de l'autre, des rois qui ne l'étoient pas moins. Ces princes étoient meurtriers, injustes et cruels, parce que toute la nation l'étoit. Si le christianisme parut quelquefois les adoucir, ce ne fut que par les terreurs que le christianisme donne aux coupables : les églises se défendirent contre eux par les miracles et les prodiges de leurs saints. Les rois n'étoient point sacrilèges, parce qu'ils redoutoient les peines des sacrilèges ; mais d'ailleurs ils commirent, ou par colère, ou de sang-froid, toutes sortes de crimes et d'injustices, parce que ces crimes et ces injustices ne leur montroient pas la main de la divinité si présente. Les Francs, comme j'ai dit, souffroient des rois meurtriers, parce qu'ils étoient meurtriers eux-mêmes ; ils n'étoient point frappés des injustices et des rapines de leurs rois, parce qu'ils étoient ravisseurs et injustes comme eux. Il y avoit bien des loix établies ; mais les rois les rendoient inutiles par de certaines lettres appelées *préceptions*[1], qui renversoient ces mêmes loix : c'étoit à peu près comme les rescripts des empereurs romains, soit que les rois eussent pris d'eux cet usage, soit qu'ils l'eussent tiré du fond même de leur naturel. On voit dans Grégoire de Tours qu'ils faisoient des meurtres de sang-froid, et faisoient mourir des accusés qui n'avoient pas seulement été entendus ; ils donnoient des préceptions pour faire des mariages illicites[2] ; ils en donnoient pour transporter les successions ; ils en donnoient pour ôter le droit des parens ; ils en donnoient

---

[1] C'étoient des ordres que le roi envoyoit aux juges pour faire ou souffrir de certaines choses contre la loi.

[2] Voyez Grégoire de Tours, liv. IV, page 227. L'histoire et les chartres sont pleines de ceci ; et l'étendue de ces abus paroit sur.tout dans l'édit de Clotaire II, de l'an 615, donné pour les réformer. Voyez les capitulaires, édit. de Baluze, tome 1, page 22.

pour épouser des religieuses. Ils ne faisoient point, à la
vérité, des loix de leur seul mouvement; mais ils suspen-
doient la pratique de celles qui étoient faites.

L'édit de Clotaire redressa tous les griefs. Personne ne
put plus être condamné sans être entendu [1]; les parens
durent toujours succéder selon l'ordre établi par la loi [2];
toutes préceptions pour épouser des filles, des veuves ou
des religieuses, furent nulles, et on punit sévèrement ceux
qui les obtinrent et en firent usage [3]. Nous saurions peut-
être plus exactement ce qu'il statuoit sur ces préceptions,
si l'article 13 de ce décret et les deux suivans n'avoient
péri par le temps : nous n'avons que les premiers mots de
cet article 13, qui ordonne que les préceptions seront observées; ce qui ne peut pas s'entendre de celles qu'il venoit
d'abolir par la même loi. Nous avons une autre constitution du même prince [4], qui se rapporte à son édit, et corrige
de même de point en point tous les abus des préceptions.

Il est vrai que M. Baluze, trouvant cette constitution sans
date et sans le nom du lieu où elle a été donnée, l'a attri-
buée à Clotaire 1er. Elle est de Clotaire II. J'en donnerai
trois raisons.

1°. Il y est dit que le roi conservera les immunités accordées aux églises par son père et son aïeul [5]. Quelles immunités auroit pu accorder aux églises Childéric, aïeul de
Clotaire 1er, lui qui n'étoit pas chrétien, et qui vivoit avant

[1] Art. 22.
[2] *Ibid.* art. 6.
[3] *Ibid.* art. 18.
[4] Dans l'édition des capitulaires de
Baluze, tome 1, page 7.
[5] J'ai parlé au livre précédent de ces
immunités, qui étoient des concessions
de droits de justice, et qui contenoient
des défenses aux juges royaux de faire
aucune fonction dans le territoire, et
étoient équivalentes à l'érection ou
concession d'un fief.

que la monarchie eût été fondée? Mais si l'on attribue ce
décret à Clotaire II, on lui trouvera pour aïeul Clotaire Ier
lui-même, qui fit des dons immenses aux églises pour
expier la mort de son fils Cramne, qu'il avoit fait brûler
avec sa femme et ses enfans.

2°. Les abus que cette constitution corrige subsistèrent
après la mort de Clotaire Ier, et furent même portés à leur
comble pendant la foiblesse du règne de Gontran, la
cruauté de celui de Chilpéric, et les détestables régences
de Frédégonde et de Brunehauld. Or comment la nation
auroit-elle pu souffrir des griefs si solemnellement pros-
crits, sans s'être jamais récriée sur le retour continuel de
ces griefs? Comment n'auroit-elle pas fait pour lors ce
qu'elle fit lorsque Chilpéric II ayant repris les anciennes
violences[1], elle le pressa d'ordonner que, dans les jugemens,
on suivît la loi et les coutumes, comme on faisoit anciennement[2]?

Enfin cette constitution, faite pour redresser les griefs,
ne peut point concerner Clotaire Ier, puisqu'il n'y avoit
point sous son règne de plaintes dans le royaume à cet
égard, et que son autorité y étoit très-affermie, sur-tout
dans le temps où l'on place cette constitution; au lieu
qu'elle convient très-bien aux événemens qui arrivèrent
sous le règne de Clotaire II, qui causèrent une révolution
dans l'état politique du royaume. Il faut éclairer l'histoire
par les loix, et les loix par l'histoire.

---

[1] Il commença à régner vers l'an 670.　　[2] Voyez la vie de S. Léger.

CHAPITRE III.

Autorité des maires du palais.

J'AI dit que Clotaire II s'étoit engagé à ne point ôter à Warnachaire la place de maire pendant sa vie. La révolution eut un autre effet. Avant ce temps le maire étoit le maire du roi, il devint le maire du royaume; le roi le choisissoit, la nation le choisit. Protaire, avant la révolution, avoit été fait maire par Théodéric [1], et Landéric par Frédégonde [2]; mais, depuis, la nation fut en possession d'élire [3].

Ainsi il ne faut pas confondre, comme ont fait quelques auteurs, ces maires du palais avec ceux qui avoient cette dignité avant la mort de Brunehauld, les maires du roi avec les maires du royaume. On voit, par la loi des Bourguignons, que chez eux la charge de maire n'étoit point une des premières de l'état [4]; elle ne fut pas non plus une des plus éminentes chez les premiers rois francs [5].

Clotaire rassura ceux qui possédoient des charges et des fiefs; et, après la mort de Warnachaire, ce prince ayant demandé aux seigneurs assemblés à Troyes qui ils vouloient

---

[1] *Instigante Brunichilde, Theoderico jubente, etc.* (Frédégaire, chap. XXVII, sur l'an 605.)

[2] *Gesta regum Francorum,* chapitre XXXVI.

[3] Voyez Frédégaire, *Chronique,* chap. LIV, sur l'an 626; et son continuateur anonyme, chap. CI, sur l'an 695; et chap. CV, sur l'an 715; Aimoin,

liv. IV, chap. XV; Eginhard, *Vie de Charlemagne,* chap. XLVIII; *Gesta regum Francorum,* chap. XLV.

[4] Voyez la loi des Bourguignons, *in præfat.* et le second supplément à cette loi, tit. 13.

[5] Voyez Grégoire de Tours, liv. IX, chap. XXXVI.

mettre en sa place, ils s'écrièrent tous qu'ils n'éliroient point[1]; et, lui demandant sa faveur, ils se mirent entre ses mains.

Dagobert réunit, comme son père, toute la monarchie : la nation se reposa sur lui, et ne lui donna point de maire. Ce prince se sentit en liberté; et, rassuré d'ailleurs par ses victoires, il reprit le plan de Brunehauld. Mais cela lui réussit si mal, que les leudes d'Austrasie se laissèrent battre par les Sclavons[2], s'en retournèrent chez eux, et les marches de l'Austrasie furent en proie aux barbares.

Il prit le parti d'offrir aux Austrasiens de céder l'Austrasie à son fils Sigebert avec un trésor, et de mettre le gouvernement du royaume et du palais entre les mains de Cunibert, évêque de Cologne, et du duc Adalgise. Frédégaire n'entre point dans le détail des conventions qui furent faites pour lors : mais le roi les confirma toutes par ses chartres, et d'abord l'Austrasie fut mise hors de danger[3].

Dagobert, se sentant mourir, recommanda à Æga sa femme Nentechilde et son fils Clovis. Les leudes de Neustrie et de Bourgogne choisirent ce jeune prince pour leur roi[4]. Æga et Nentechilde gouvernèrent le palais[5]; ils ren-

[1] *Eo anno, Clotarius cum proceribus et leudibus Burgundiæ Trecassinis conjungitur, cùm eorum esset sollicitus si vellent jam, Warnachario discesso, alium in ejus honoris gradum sublimare : sed omnes unanimiter denegantes se nequaquam velle majorem domûs eligere, regis gratiam obnixè petentes, cum rege transegere.* (Chronique de Frédégaire, chap. LIV, sur l'an 626.)

[2] *Istam victoriam quam Vinidi contra Francos meruerunt, non tantùm*

Sclavinorum fortitudo obtinuit, quantùm dementatio Austrasiorum, dum se cernebant cum Dagoberto odium incurrisse, et assiduè exspoliorentur.* (Ibid. chap. LXVIII, sur l'an 630.)

[3] *Deinceps Austrasii eorum studio limitem et regnum Francorum contra Vinidos utiliter defensasse noscuntur.* (Ibid. chap. LXXV, sur l'an 632.)

[4] *Ibid.* chap. LXXIX, sur l'an 638.

[5] *Ibid.*

dirent tous les biens que Dagobert avoit pris [1]; et les plaintes cessèrent en Neustrie et en Bourgogne, comme elles avoient cessé en Austrasie.

Après la mort d'Æga, la reine Nentechilde engagea les seigneurs de Bourgogne à élire Floachatus pour leur maire [2]. Celui-ci envoya aux évêques et aux principaux seigneurs du royaume de Bourgogne des lettres, par lesquelles il leur promettoit de leur conserver pour toujours, c'est-à-dire pendant leur vie, leurs honneurs et leurs dignités [3]. Il confirma sa parole par un serment. C'est ici que l'auteur du livre *des Maires de la maison royale* met le commencement de l'administration du royaume par des maires du palais [4].

Frédégaire, qui étoit Bourguignon, est entré dans de plus grands détails sur ce qui regarde les maires de Bourgogne dans les temps de la révolution dont nous parlons, que sur les maires d'Austrasie et de Neustrie : mais les conventions qui furent faites en Bourgogne furent, par les mêmes raisons, faites en Neustrie et en Austrasie.

La nation crut qu'il étoit plus sûr de mettre la puissance entre les mains d'un maire qu'elle élisoit, et à qui elle pouvoit imposer des conditions, qu'entre celles d'un roi dont le pouvoir étoit héréditaire.

[1] Chronique de Frédégaire, chapitre LXXX, sur l'an 639.

[2] *Ibid.* chapitre LXXXIX, sur l'an 641.

[3] Ibid. *Floachatus cunctis ducibus à regno Burgundiæ, seu et pontificibus, per epistolam etiam et sacramentis firmavit unicuique gradum honoris et* dignitatem, seu et amicitiam, perpetuò conservare.

[4] *Deinceps à temporibus Clodovei, qui fuit filius Dagoberti inclyti regis, pater verò Theoderici, regnum Francorum decidens per majores domûs cœpit ordinari.* (De majoribus domûs regiæ.)

C H A P I T R E   I V.

Quel étoit à l'égard des maires le génie de la nation.

Un gouvernement dans lequel une nation qui avoit un roi élisoit celui qui devoit exercer la puissance royale, paroît bien extraordinaire : mais, indépendamment des circonstances où l'on se trouvoit, je crois que les Francs tiroient à cet égard leurs idées de bien loin.

Ils étoient descendus des Germains, dont Tacite dit que, dans le choix de leur roi, ils se déterminoient par sa noblesse *, et, dans le choix de leur chef, par sa vertu. Voilà les rois de la première race, et les maires du palais; les premiers étoient héréditaires, les seconds étoient électifs.

On ne peut douter que ces princes qui, dans l'assemblée de la nation, se levoient et se proposoient pour chefs de quelque entreprise à tous ceux qui voudroient les suivre, ne réunissent, pour la plupart, dans leur personne, et l'autorité du roi et la puissance du maire. Leur noblesse leur avoit donné la royauté; et leur vertu, les faisant suivre par plusieurs volontaires qui les prenoient pour chefs, leur donnoit la puissance du maire. C'est par la dignité royale que nos premiers rois furent à la tête des tribunaux et des assemblées, et donnèrent des loix du consentement de ces assemblées : c'est par la dignité de duc ou de chef qu'ils firent leurs expéditions et commandèrent leurs armées.

Pour connoître le génie des premiers Francs à cet égard,

---

* *Reges ex nobilitate, duces ex virtute, sumunt.* (De moribus Germanorum.)

il n'y a qu'à jeter les yeux sur la conduite que tint Arbogaste [1], Franc de nation, à qui Valentinien avoit donné le
commandement de l'armée. Il enferma l'empereur dans le
palais; il ne permit à qui que ce fût de lui parler d'aucune
affaire civile ou militaire. Arbogaste fit pour lors ce que les
Pepins firent depuis.

CHAPITRE V.

Comment les maires obtinrent le commandement des armées.

PENDANT que les rois commandèrent les armées, la nation
ne pensa point à se choisir un chef. Clovis et ses quatre
fils furent à la tête des François, et les menèrent de victoire
en victoire. Thibauld, fils de Théodebert, prince jeune,
foible et malade, fut le premier des rois qui resta dans
son palais [2]. Il refusa de faire une expédition en Italie contre
Narsès, et il eut le chagrin de voir les Francs se choisir
deux chefs qui les y menèrent [3]. Des quatre enfans de
Clotaire 1ᵉʳ, Gontran fut celui qui négligea le plus de commander les armées [4] : d'autres rois suivirent cet exemple ;
et, pour remettre sans péril le commandement en d'autres
mains, ils le donnèrent à plusieurs chefs ou ducs [5].

On en vit naître des inconvéniens sans nombre : il n'y

---

[1] Voyez Sulpicius Alexander dans Grégoire de Tours, liv. II.

[2] L'an 552.

[3] *Leutheris verò et Butilinus, tametsi id regi ipsorum minimè placebat, belli cum eis societatem inierunt.* (Agathias,

liv. I; Grégoire de Tours, liv. IV, chap. IX.)

[4] Gontran ne fit pas même l'expédition contre Gondovalde, qui se disoit
fils de Clotaire, et demandoit sa part
du royaume.

[5] Quelquefois au nombre de vingt.

eut plus de discipline, on ne sut plus obéir, les armées ne
furent plus funestes qu'à leur propre pays; elles étoient
chargées de dépouilles avant d'arriver chez les ennemis.
On trouve dans Grégoire de Tours une vive peinture de
tous ces maux [1]. « Comment pourrons-nous obtenir la vic-
» toire, disoit Gontran [2], nous qui ne conservons pas ce que
» nos pères ont acquis? notre nation n'est plus la même»...
Chose singulière! elle étoit dans la décadence dès le temps
des petits-fils de Clovis.

Il étoit donc naturel qu'on en vînt à faire un duc unique;
un duc qui eût de l'autorité sur cette multitude infinie de
seigneurs et de leudes qui ne connoissoient plus leurs engagemens; un duc qui rétablît la discipline militaire, et qui
menât contre l'ennemi une nation qui ne savoit plus faire
la guerre qu'à elle-même. On donna la puissance aux maires
du palais.

La première fonction des maires du palais fut le gouvernement économique des maisons royales. Ils eurent,
concurremment avec d'autres officiers, le gouvernement
politique des fiefs; et, à la fin, ils en disposèrent seuls [3].
Ils eurent aussi l'administration des affaires de la guerre
et le commandement des armées; et ces deux fonctions se
trouvèrent nécessairement liées avec les deux autres. Dans

Voyez Grégoire de Tours, liv. V, chap.
XXVII; liv. VIII, chap. XVIII et XXX;
liv. X, chap. III. Dagobert, qui n'avoit
point de maire en Bourgogne, eut la
même politique, et envoya contre les
Gascons dix ducs, et plusieurs comtes
qui n'avoient point de ducs sur eux.
(Chronique de Frédégaire, chapitre
LXXVIII, sur l'an 636.)

[2] Grégoire de Tours, liv. VIII, chap.
XXX; et liv. X, chap. III; *ibid.* liv.
VIII, chap. XXX.

[2] *Ibid.*

[3] Voyez le second supplément à la loi
des Bourguignons, tit. 13; et Grégoire
de Tours, liv. IX, chap. XXXVI.

ces temps-là, il étoit plus difficile d'assembler les armées
que de les commander : et quel autre que celui qui dispo-
soit des graces pouvoit avoir cette autorité ? Dans cette
nation indépendante et guerrière, il falloit plutôt inviter
que contraindre ; il falloit donner ou faire espérer les fiefs
qui vaquoient par la mort du possesseur, récompenser sans
cesse, faire craindre les préférences : celui qui avoit la sur-
intendance du palais devoit donc être le général de l'armée.

CHAPITRE VI.

Seconde époque de l'abaissement des rois de la première race.

DEPUIS le supplice de Brunehauld, les maires avoient été
administrateurs du royaume sous les rois ; et, quoiqu'ils
eussent la conduite de la guerre, les rois étoient pourtant
à la tête des armées, et le maire et la nation combattoient
sous eux. Mais la victoire du duc Pepin sur Théodéric et
son maire [1] acheva de dégrader les rois [2] ; celle que remporta [3] Charles Martel sur Chilpéric et son maire Rainfroy
confirma cette dégradation. L'Austrasie triompha deux fois
de la Neustrie et de la Bourgogne ; et la mairie d'Austrasie
étant comme attachée à la famille des Pepins, cette mairie
s'éleva sur toutes les autres mairies, et cette maison sur
toutes les autres maisons. Les vainqueurs craignirent que
quelque homme accrédité ne se saisît de la personne des

---

[1] Voyez les annales de Metz, sur les
années 687 et 688.

[2] *Illis quidem nomina regum impo-*
nens, ipse totius regni habens privile-
gium, etc. (*Ibid.* sur l'an 695.)

[3] *Ibid.* sur l'an 719.

rois pour exciter des troubles : ils les tinrent dans une maison royale comme dans une espèce de prison[1]. Une fois
chaque année ils étoient montrés au peuple. Là ils faisoient des ordonnances, mais c'étoient celles du maire[2];
ils répondoient aux ambassadeurs, mais c'étoient les réponses du maire. C'est dans ce temps que les historiens
nous parlent du gouvernement des maires sur les rois qui
leur étoient assujettis[3].

Le délire de la nation pour la famille de Pepin alla si
loin, qu'elle élut pour maire un de ses petits-fils qui étoit
encore dans l'enfance[4]; elle l'établit sur un certain Dagobert,
et mit un fantôme sur un fantôme.

C H A P I T R E   V I I.

Des grands offices et des fiefs sous les maires du palais.

Les maires du palais n'eurent garde de rétablir l'amovibi-
lité des charges et des offices; ils ne régnoient que par la
protection qu'ils accordoient à cet égard à la noblesse:
ainsi les grands offices continuèrent à être donnés pour la
vie, et cet usage se confirma de plus en plus.

[1] *Sedemque illi regalem sub sua di-
tione concessit.* (Annales de Metz, sur
l'an 719.)
[2] *Ex Chronico Centulensi,* lib. II. *Ut
responsa quæ erat edoctus, vel potiùs
. jussus, ex suâ velut pote tate redderet.*
[3] Annales de Metz, sur l'an 691. *Anno
principatûs Pippini super Theoderi-
cum.....* Annales de Fulde ou de Lauris-

han. *Pippinus, dux Francorum, obtinuit regnum Francorum per annos 27
cum regibus sibi subjectis.*
[4] *Posthæc Theudoaldus, filius ejus
(Grimoaldi) parvulus, in loco ipsius,
cum prædicto rege Dagoberto, major
domûs palotii effectus est.* (Le continuateur anonyme de Frédégaire, sur
l'an 714, chap. CIV.)

Mais j'ai des réflexions particulières à faire sur les fiefs. Je ne puis douter que dès ce temps-là la plupart n'eussent été rendus héréditaires.

Dans le traité d'Andely[1], Gontran et son neveu Childebert s'obligent de maintenir les libéralités faites aux leudes et aux églises par les rois leurs prédécesseurs; et il est permis aux reines, aux filles, aux veuves des rois, de disposer par testament et pour toujours des choses qu'elles tiennent du fisc[2].

Marculfe écrivoit ses formules du temps des maires[3]. On en voit plusieurs où les rois donnent et à la personne et aux héritiers[4] : et, comme les formules sont les images des actions ordinaires de la vie, elles prouvent que, sur la fin de la première race, une partie des fiefs passoit déja aux héritiers. Il s'en falloit bien que l'on eût dans ces temps-là l'idée d'un domaine inaliénable ; c'est une chose très-moderne, et qu'on ne connoissoit alors ni dans la théorie ni dans la pratique.

On verra bientôt sur cela des preuves de fait : et, si je montre un temps où il ne se trouva plus de bénéfices pour l'armée, ni aucun fonds pour son entretien, il faudra bien convenir que les anciens bénéfices avoient été aliénés. Ce temps est celui de Charles Martel, qui fonda de nouveaux fiefs, qu'il faut bien distinguer des premiers.

[1] Rapporté par Grégoire de Tours, liv. IX. Voyez aussi l'édit de Clotaire II, de l'an 615, art. 16.

[2] *Ut si quid de agris fiscalibus vel speciebus atque præsidio pro arbitrii sui voluntate facere, aut cuiquam conferre voluerint, fixâ stabilitate perpetuò conservetur.*

[3] Voyez la 24 et la 34 du liv. I.

[4] Voyez la formule 14 du liv. I, qui s'applique également à des biens fiscaux donnés directement pour toujours, ou donnés d'abord en bénéfice et ensuite pour toujours : *Sicut ab illo aut à fisco nostro fuit possessa.* Voyez aussi la formule 17, *ibid.*

Lorsque les rois commencèrent à donner pour toujours, soit par la corruption qui se glissa dans le gouvernement, soit par la constitution même qui faisoit que les rois étoient obligés de récompenser sans cesse, il étoit naturel qu'ils commençassent plutôt à donner à perpétuité les fiefs que les comtés. Se priver de quelques terres étoit peu de chose; renoncer aux grands offices, c'étoit perdre la puissance même.

CHAPITRE VIII.

Comment les aleux furent changés en fiefs.

LA manière de changer un aleu en fief se trouve dans une formule de Marculfe[1]. On donnoit sa terre au roi; il la rendoit au donateur en usufruit ou bénéfice, et celui-ci désignoit au roi ses héritiers.

Pour découvrir les raisons que l'on eut de dénaturer ainsi son aleu, il faut que je cherche, comme dans des abîmes, les anciennes prérogatives de cette noblesse qui, depuis onze siècles, est couverte de poussière, de sang et de sueur.

Ceux qui tenoient des fiefs avoient de très-grands avantages. La composition pour les torts qu'on leur faisoit étoit plus forte que celle des hommes libres. Il paroît, par les formules de Marculfe, que c'étoit un privilège du vassal du roi, que celui qui le tueroit paieroit six cents sous de composition. Ce privilège étoit établi par la loi salique[2] et

[1] Liv. I, formule 13.
[2] Tit. 44. Voyez aussi le titre 66, paragr. 3 et 4, et le titre 74.

par celle des Ripuaires [1]; et pendant que ces deux loix
ordonnoient six cents sous pour la mort du vassal du roi,
elles n'en donnoient que deux cents pour la mort d'un ingénu, Franc, barbare, ou homme vivant sous la loi salique [2],
et que cent pour celle d'un Romain.

Ce n'étoit pas le seul privilège qu'eussent les vassaux du
roi. Il faut savoir que quand un homme étoit cité en jugement, et qu'il ne se présentoit point, ou n'obéissoit point
aux ordonnances des juges, il étoit appelé devant le roi [3]; et
s'il persistoit dans sa contumace, il étoit mis hors de la
protection du roi, et personne ne pouvoit le recevoir chez
soi, ni même lui donner du pain [4] : or, s'il étoit d'une condition ordinaire, ses biens étoient confisqués [5]; mais s'il
étoit vassal du roi, ils ne l'étoient pas [6]. Le premier, par
sa contumace, étoit censé convaincu du crime, et non pas
le second. Celui-là, dans les moindres crimes, étoit soumis
à la preuve par l'eau bouillante [7]; celui-ci n'y étoit condamné que dans le cas du meurtre [8]. Enfin un vassal du
roi ne pouvoit être contraint de jurer en justice contre un
autre vassal [9]. Ces privilèges augmentèrent toujours; et le
capitulaire de Carloman fait cet honneur aux vassaux du
roi, qu'on ne peut les obliger de jurer eux-mêmes, mais
seulement par la bouche de leurs propres vassaux [10]. De
plus, lorsque celui qui avoit les honneurs ne s'étoit pas

[1] Tit. 11.

[2] Voyez la loi des Ripuaires, tit. 7;
et la loi salique, tit. 44, art. 1 et 4.

[3] Loi salique, tit. 59 et 76.

[4] *Extra sermonem regis.* (Loi salique,
tit. 59 et 76.)

[5] *Ibid.* tit. 59, paragr. 1.

[6] Loi salique, titre 76, paragr. 1.

[7] *Ibid.* tit. 56 et 59.

[8] *Ibid.* tit. 76, paragr. 1.

[9] *Ibid.* tit. 76, paragr. 2.

[10] *Apud Vernis palatium,* de l'an 883,
art. 4 et 11.

rendu à l'armée, sa peine étoit de s'abstenir de chair et de
vin autant de temps qu'il avoit manqué au service : mais
l'homme libre qui n'avoit pas suivi le comte [1] payoit une
composition de soixante sous, et étoit mis en servitude jusqu'à ce qu'il l'eût payée [2].

Il est donc aisé de penser que les Francs qui n'étoient point
vassaux du roi, et encore plus les Romains, cherchèrent à
le devenir; et qu'afin qu'ils ne fussent pas privés de leurs
domaines, on imagina l'usage de donner son aleu au roi,
de le recevoir de lui en fief, et de lui désigner ses héritiers. Cet usage continua toujours; et il eut sur-tout lieu
dans les désordres de la seconde race, où tout le monde
avoit besoin d'un protecteur, et vouloit faire corps avec
d'autres seigneurs [3], et entrer, pour ainsi dire, dans la
monarchie féodale, parce qu'on n'avoit plus la monarchie
politique.

Ceci continua dans la troisième race, comme on le voit
par plusieurs chartres [4], soit qu'on donnât son aleu et qu'on
le reprît par le même acte, soit qu'on le déclarât aleu et
qu'on le reconnût en fief. On appeloit ces fiefs *fiefs de
reprise.*

Cela ne signifie pas que ceux qui avoient des fiefs les
gouvernassent en bons pères de famille; et quoique les
hommes libres cherchassent beaucoup à avoir des fiefs, ils
traitoient ce genre de biens comme on administre aujour-

---

[1] Capitulaire de Charlemagne, qui
est le second de l'an 812, articles 1
et 3.

[2] *Heribannum.*

[3] *Non infirmis reliquit hæredibus,* dit

Lambert d'Ardres, dans du Cange, au
mot *alodis.*

[4] Voyez celles que du Cange cite au
mot *alodis;* et celles que rapporte Galland, *Traité du franc-aleu,* page 14
et suivantes.

d'hui les usufruits. C'est ce qui fit faire à Charlemagne, prince le plus vigilant et le plus attentif que nous ayons eu, bien des réglemens pour empêcher qu'on ne dégradât les fiefs en faveur de ses propriétés [1]. Cela prouve seulement que, de son temps, la plupart des bénéfices étoient encore à vie, et que par conséquent on prenoit plus de soin des aleux que des bénéfices : mais cela n'empêche pas que l'on n'aimât encore mieux être vassal du roi qu'homme libre. On pouvoit avoir des raisons pour disposer d'une certaine portion particulière d'un fief; mais on ne vouloit pas perdre sa dignité même.

Je sais bien encore que Charlemagne se plaint dans un capitulaire que, dans quelques lieux, il y avoit des gens qui donnoient leurs fiefs en propriété, et les rachetoient ensuite en propriété [2]. Mais je ne dis point qu'on n'aimât mieux une propriété qu'un usufruit : je dis seulement que lorsqu'on pouvoit faire d'un aleu un fief qui passât aux héritiers, ce qui est le cas de la formule dont j'ai parlé, on avoit de grands avantages à le faire.

---

[1] Capitulaire II de l'an 802, art. 10; et le capitulaire VII de l'an 803, article 3; et le capitul. I, *incerti anni*, article 49 ; et le capitulaire de l'an 806, art. 7.

[2] Le cinquième de l'an 806, art. 8.

C H A P I T R E I X.

Comment les biens ecclésiastiques furent convertis en fiefs.

LES biens fiscaux n'auroient dû avoir d'autre destination
que de servir aux dons que les rois pouvoient faire pour
inviter les Francs à de nouvelles entreprises, lesquelles
augmentoient d'un autre côté les biens fiscaux; et cela
étoit, comme j'ai dit, l'esprit de la nation : mais les dons
prirent un autre cours. Nous avons un discours de Chilpéric,
petit-fils de Clovis, qui se plaignoit déja que ses biens
avoient été presque tous donnés aux églises [1]. «Notre fisc
» est devenu pauvre, disoit-il; nos richesses ont été trans-
» portées aux églises [2]. Il n'y a plus que les évêques qui
» règnent; ils sont dans la grandeur, et nous n'y sommes
» plus. »

Cela fit que les maires, qui n'osoient attaquer les seigneurs, dépouillèrent les églises : et une des raisons qu'allégua Pepin pour entrer en Neustrie, fut qu'il y avoit été
invité par les ecclésiastiques pour arrêter les entreprises
des rois, c'est-à-dire des maires, qui privoient l'église de
tous ses biens [3].

Les maires d'Austrasie, c'est-à-dire la maison des Pepins,

---

[1] Dans Grégoire de Tours, liv. VI,
chap. XLVI.
[2] Cela fit qu'il annulla les testamens
faits en faveur des églises, et même les
dons faits par son père : Gontran les
rétablit, et fit même de nouveaux dons.

(Grégoire de Tours, liv. VII, chap. VII.)
[3] Voyez les annales de Metz, sur l'an
687. *Excitor imprimis querelis sacerdo-
tum et servorum Dei, qui me sæpiùs
adierunt ut pro sublatis injustè patri-
moniis, etc.*

avoient traité l'église avec plus de modération qu'on n'avoit
fait en Neustrie et en Bourgogne ; et cela est bien clair
par nos chroniques, où les moines ne peuvent se lasser
d'admirer la dévotion et la libéralité des Pepins[1]. Ils avoient
occupé eux-mêmes les premières places de l'église. « Un
» corbeau ne crève pas les yeux à un corbeau », comme
disoit Chilpéric aux évêques[2].

Pepin soumit la Neustrie et la Bourgogne : mais ayant
pris, pour détruire les maires et les rois, le prétexte de l'oppression des églises, il ne pouvoit plus les dépouiller sans
contredire son titre et faire voir qu'il se jouoit de la nation.
Mais la conquête de deux grands royaumes et la destruction du parti opposé lui fournirent assez de moyens de
contenter ses capitaines.

Pepin se rendit maître de la monarchie en protégeant
le clergé : Charles Martel, son fils, ne put se maintenir
qu'en l'opprimant. Ce prince, voyant qu'une partie des
biens royaux et des biens fiscaux avoit été donnée à vie ou
en propriété à la noblesse, et que le clergé, recevant des
mains des riches et des pauvres, avoit acquis une grande
partie des allodiaux mêmes, il dépouilla les églises ; et les
fiefs du premier partage ne subsistant plus, il forma une
seconde fois des fiefs[3]. Il prit pour lui et pour ses capitaines les biens des églises et les églises mêmes, et fit cesser
un abus qui, à la différence des maux ordinaires, étoit
d'autant plus facile à guérir, qu'il étoit extrême.

[1] Voyez les annales de Metz, sur l'an
687.

[2] Dans Grégoire de Tours.

[3] *Karolus, plurima juri ecclesiastico
detrahens, prædia fisco sociavit, ac
dein demilitibus dispertivit.* (Ex Chronico Centulensi, lib. II.)

C H A P I T R E   X.

Richesses du clergé.

LE clergé recevoit tant, qu'il faut que, dans les trois races, on lui ait donné plusieurs fois tous les biens du royaume. Mais si les rois, la noblesse et le peuple, trouvèrent le moyen de leur donner tous leurs biens, ils ne trouvèrent pas moins celui de les leur ôter. La piété fit fonder les églises dans la première race : mais l'esprit militaire les fit donner aux gens de guerre, qui les partagèrent à leurs enfans. Combien ne sortit-il pas de terres de la mense du clergé ! Les rois de la seconde race ouvrirent leurs mains, et firent encore d'immenses libéralités. Les Normands arrivent, pillent et ravagent, persécutent sur-tout les prêtres et les moines, cherchent les abbayes, regardent où ils trouveront quelque lieu religieux : car ils attribuoient aux ecclésiastiques la destruction de leurs idoles, et toutes les violences de Charlemagne, qui les avoit obligés, les uns après les autres, de se réfugier dans le nord. C'étoient des haines que quarante ou cinquante années n'avoient pu leur faire oublier. Dans cet état des choses, combien le clergé perdit-il de biens ! A peine y avoit-il des ecclésiastiques pour les redemander. Il resta donc encore à la piété de la troisième race assez de fondations à faire et de terres à donner : les opinions répandues et crues dans ces temps-là auroient privé les laïques de tout leur bien, s'ils avoient été assez honnêtes gens. Mais si les ecclésiastiques avoient de l'ambition, les laïques en avoient aussi : si le mourant donnoit, le successeur vouloit reprendre. On ne voit que querelles entre les seigneurs et les évêques, les gentilshommes et les abbés; et il falloit qu'on pressât vivement les ecclésiastiques , puisqu'ils furent obligés de se mettre sous la protection de certains seigneurs, qui les défendoient pour un moment, et les opprimoient après.

Déja une meilleure police, qui s'établissoit dans le cours de la troisième race , permettoit aux ecclésiastiques d'augmenter leur bien. Les calvinistes parurent, et firent battre de la monnoie de tout ce qui se trouva d'or et d'argent dans les églises. Comment le clergé auroit-il été assuré de sa fortune? Il ne l'étoit pas de son existence; il traitoit des matières de controverse, et l'on brûloit ses archives. Que servit-il de redemander à une noblesse toujours ruinée ce qu'elle n'avoit plus, ou ce qu'elle avoit hypothéqué de mille manières? Le clergé a toujours acquis, il a toujours rendu, et il acquiert encore.

CHAPITRE XI.

État de l'Europe du temps de Charles Martel.

CHARLES MARTEL, qui entreprit de dépouiller le clergé, se trouva dans les circonstances les plus heureuses. Il étoit craint et aimé des gens de guerre, et il travailloit pour eux; il avoit le prétexte de ses guerres contre les Sarrasins *;

---

* Voyez les annales de Metz.

quelque haï qu'il fût du clergé, il n'en avoit aucun besoin;
le pape, à qui il étoit nécessaire, lui tendoit les bras : on
sait la célèbre ambassade[1] que lui envoya Grégoire III. Ces
deux puissances furent très-unies, parce qu'elles ne pouvoient se passer l'une de l'autre : le pape avoit besoin des
Francs pour le soutenir contre les Lombards et contre les
Grecs; Charles Martel avoit besoin du pape pour humilier
les Grecs, embarrasser les Lombards, se rendre plus respectable chez lui, et accréditer les titres qu'il avoit, et
ceux que lui ou ses enfans pourroient prendre[2]. Il ne pouvoit donc manquer son entreprise.

Saint Eucher, évêque d'Orléans, eut une vision qui étonna
les princes. Il faut que je rapporte à ce sujet la lettre[3] que
les évêques, assemblés à Reims, écrivirent à Louis le Germanique, qui étoit entré dans les terres de Charles le
Chauve, parce qu'elle est très-propre à nous faire voir quel
étoit, dans ces temps-là, l'état des choses, et la situation
des esprits. Ils disent[4] que « saint Eucher ayant été ravi
» dans le ciel, il vit Charles Martel tourmenté dans l'enfer
» inférieur par l'ordre des saints qui doivent assister avec
» Jésus-Christ au jugement dernier; qu'il avoit été con-
» damné à cette peine avant le temps pour avoir dépouillé

---

[1] *Epistolam quoque, decreto romanorum principum, sibi prædictus præsul
Gregorius miserat, quòd sese populus
romanus, relictâ imperatoris domina-
tione, ad suam defensionem et invictam
clementiam convertere voluisset.* (Annales de Metz, sur l'an 741....) *Eo pacto
patrato, ut à partibus imperatoris rece-
deret.* (Frédégaire.)

[2] On peut voir dans les auteurs de ces

temps-là l'impression que l'autorité
de tant de papes fit sur l'esprit des
François. Quoique le roi Pepin eût
déja été couronné par l'archevêque de
Mayence, il regarda l'onction qu'il reçut
du pape Étienne comme une chose qui
le confirmoit dans tous ses droits.

[3] *Anno 858, apud Carisiacum,* édit.
de Baluze, tome II, page 101.

[4] *Ibid.* tome II, art. 7, page 109.

» les églises de leurs biens, et s'être par-là rendu coupable
» des péchés de tous ceux qui les avoient dotées; que le
» roi Pepin fit tenir à ce sujet un concile; qu'il fit rendre
» aux églises tout ce qu'il put retirer des biens ecclésias-
» tiques; que, comme il n'en put ravoir qu'une partie à
» cause de ses démêlés avec Vaifre, duc d'Aquitaine, il fit
» faire en faveur des églises des lettres précaires du reste ',
» et régla que les laïques paieroient une dîme des biens qu'ils
» tenoient des églises, et douze deniers pour chaque mai-
» son; que Charlemagne ne donna point les biens de
» l'église; qu'il fit, au contraire, un capitulaire par lequel
» il s'engagea, pour lui et ses successeurs, de ne les donner
» jamais; que tout ce qu'ils avancent est écrit, et que même
» plusieurs d'entre eux l'avoient entendu raconter à Louis
» le Débonnaire, père des deux rois. »

Le réglement du roi Pepin, dont parlent les évêques, fut
fait dans le concile tenu à Leptines '. L'église y trouvoit cet
avantage, que ceux qui avoient reçu de ces biens ne les
tenoient plus que d'une manière précaire; et que d'ailleurs
elle en recevoit la dîme, et douze deniers pour chaque case
qui lui avoit appartenu. Mais c'étoit un remède palliatif, et
le mal restoit toujours.

Cela même trouva de la contradiction, et Pepin fut obligé
de faire un autre capitulaire ', où il enjoignit à ceux qui

' *Precaria, quòd precibus utendum
conceditur,* dit Cujas dans ses notes sur
le livre I des fiefs. Je trouve dans un
diplôme du roi Pepin, daté de la troisième année de son règne, que ce prince
n'établit pas le premier ces lettres précaires; il en cite une faite par le maire
Ébroin, et continuée depuis. Voyez le
diplôme de ce roi dans le tome V des
Historiens de France des Bénédictins,
art. 6.

' L'an 743. Voyez le livre V des capitulaires, art. 3, édit. de Baluze, page
825.

' Celui de Metz, de l'an 756, art. 4.

tenoient de ces bénéfices de payer cette dîme et cette redevance, et même d'entretenir les maisons de l'évêché ou du
monastère, sous peine de perdre les biens donnés. Charlemagne renouvela les réglemens de Pepin [1].

Ce que les évêques disent dans la même lettre, que
Charlemagne promit, pour lui et ses successeurs, de ne plus
partager les biens des églises aux gens de guerre, est conforme au capitulaire de ce prince, donné à Aix-la-Chapelle
l'an 803, fait pour calmer les terreurs des ecclésiastiques à
cet égard : mais les donations déja faites subsistèrent toujours [2]. Les évêques ajoutent, et avec raison, que Louis le
Débonnaire suivit la conduite de Charlemagne, et ne donna
point les biens de l'église aux soldats.

Cependant les anciens abus allèrent si loin, que, sous les
enfans de Louis le Débonnaire, les laïques établissoient des
prêtres dans leurs églises, ou les chassoient, sans le consentement des évêques [3]. Les églises se partageoient entre
les héritières [4]; et quand elles étoient tenues d'une manière
indécente, les évêques n'avoient d'autre ressource que d'en
retirer les reliques [5].

Le capitulaire de Compiègne [6] établit que l'envoyé du roi

[1] Voyez son capitulaire de l'an 803,
donné à Worms, édit. de Baluze, page
411, où il règle le contrat précaire; et
celui de Francfort, de l'an 794, page
267, art. 24, sur les réparations des maisons; et celui de l'an 800, page 330.

[2] Comme il paroît par la note précé-
dente, et par le capitulaire de Pepin,
roi d'Italie, où il est dit que le roi donneroit en fief les monastères à ceux qui
se recommanderoient pour des fiefs. Il
est ajouté à la loi des Lombards, liv. III,

tit. 1, paragr. 30, et aux loix saliques,
recueil des loix de Pepin dans Eccard,
page 195, tit. 26, art. 4.

[3] Voyez la constitution de Lothaire I,
dans la loi des Lombards, liv. III, loi I,
paragr. 43.

[4] *Ibid.* paragr. 44.

[5] *Ibid.*

[6] Donné la vingt-huitième année du
règne de Charles le Chauve, l'an 868,
édit. de Baluze, page 203.

pourroit faire la visite de tous les monastères avec l'évêque, de l'avis et en présence de celui qui le tenoit[1]; et cette règle générale prouve que l'abus étoit général.

Ce n'est pas qu'on manquât de loix pour la restitution des biens des églises. Le pape ayant reproché aux évêques leur négligence sur le rétablissement des monastères, ils écrivirent[2] à Charles le Chauve qu'ils n'avoient point été touchés de ce reproche, parce qu'ils n'en étoient pas coupables, et ils l'avertirent de ce qui avoit été promis, résolu et statué dans tant d'assemblées de la nation. Effectivement ils en citent neuf.

On disputoit toujours. Les Normands arrivèrent, et mirent tout le monde d'accord.

CHAPITRE XII.

Établissement des dîmes.

LES réglemens faits sous le roi Pepin avoient plutôt donné à l'église l'espérance d'un soulagement qu'un soulagement effectif : et comme Charles Martel trouva tout le patrimoine public entre les mains des ecclésiastiques, Charlemagne trouva les biens des ecclésiastiques entre les mains des gens de guerre. On ne pouvoit faire restituer à ceux-ci ce qu'on leur avoit donné; et les circonstances où l'on étoit pour lors rendoient la chose encore plus impraticable qu'elle n'étoit

---

[1] *Cum concilio et consensu ipsius qui locum retinet.*

[2] *Concilium apud Bonoilum,* seizième année de Charles le Chauve, l'an 856, édit. de Baluze, page 78.

de sa nature. D'un autre côté, le christianisme ne devoit pas périr, faute de ministres, de temples et d'instructions [1].

Cela fit que Charlemagne établit les dîmes, nouveau genre de bien, qui eut cet avantage pour le clergé, qu'étant singulièrement donné à l'église, il fut plus aisé dans la suite d'en reconnoître les usurpations [2].

On a voulu donner à cet établissement des dates bien plus reculées : mais les autorités que l'on cite me semblent être des témoins contre ceux qui les allèguent. La constitution [3] de Clotaire dit seulement qu'on ne leveroit point de certaines dîmes [4] sur les biens de l'église : bien loin donc que l'église levât des dîmes dans ces temps-là, toute sa prétention étoit de s'en faire exempter. Le second concile de Mâcon [5], tenu l'an 585, qui ordonne que l'on paie les dîmes, dit, à la vérité, qu'on les avoit payées dans les temps anciens; mais il dit aussi que, de son temps, on ne les payoit plus.

Qui doute qu'avant Charlemagne on n'eût ouvert la Bible,

---

[1] Dans les guerres civiles qui s'élevèrent du temps de Charles Martel, les biens de l'église de Reims furent donnés aux laïques. On laissa le clergé *subsister comme il pourroit*, est-il dit dans la vie de saint Remy. (Surius, tome 1, page 279.)

[2] Loi des Lombards, liv. III, tit. 3, paragr. 1 et 2.

[3] C'est celle dont j'ai tant parlé au chapitre IV ci-dessus, que l'on trouve dans l'édition des capitulaires de Baluze, tome 1, art. 11, page 9.

[4] *Agraria et pascuaria, vel decimas porcorum, ecclesiæ concedimus; ita ut*

actor aut decimator in rebus ecclesiæ nullus accedat. Le capitulaire de Charlemagne, de l'an 800, édit. de Baluze, page 336, explique très-bien ce que c'étoit que cette sorte de dîme dont Clotaire exempte l'église ; c'étoit le dixième des cochons que l'on mettoit dans les forêts du roi pour engraisser: et Charlemagne veut que ses juges le paient comme les autres, afin de donner l'exemple. On voit que c'étoit un droit seigneurial ou économique.

[5] *Canone V, ex tomo 1 Conciliorum antiquorum Galliæ, operâ Jacobi Sirmundi.*

et prêché les dons et les offrandes du Lévitique? Mais je dis qu'avant ce prince les dîmes pouvoient être prêchées, mais qu'elles n'étoient point établies.

J'ai dit que les réglemens faits sous le roi Pepin avoient soumis au paiement des dîmes et aux réparations des églises ceux qui possédoient en fief les biens ecclésiastiques. C'étoit beaucoup d'obliger, par une loi dont on ne pouvoit disputer la justice, les principaux de la nation à donner l'exemple.

Charlemagne fit plus : et on voit, par le capitulaire *de villis* [1], qu'il obligea ses propres fonds au paiement des dîmes. C'étoit encore un grand exemple.

Mais le bas peuple n'est guère capable d'abandonner ses intérêts par des exemples. Le synode de Francfort [2] lui présenta un motif plus pressant pour payer les dîmes. On y fit un capitulaire dans lequel il est dit que, dans la dernière famine, on avoit trouvé les épis de bled vuides [3], qu'ils avoient été dévorés par les démons, et qu'on avoit entendu leurs voix qui reprochoient de n'avoir pas payé la dîme : et, en conséquence, il fut ordonné à tous ceux qui tenoient les biens ecclésiastiques, de payer la dîme; et, en conséquence encore, on l'ordonna à tous.

Le projet de Charlemagne ne réussit pas d'abord : cette charge parut accablante [4]. Le paiement des dîmes chez les

---

[1] Art. 6, édit. de Baluze, page 332. Il fut donné l'an 800.

[2] Tenu sous Charlemagne, l'an 794.

[3] *Experimento enim didicimus in anno quo illa valida fames irrepsit, ebullire vacuas annonas à dæmonibus devoratas, et voces exprobrationis au-* ditas, etc. (Édit. de Baluze, page 267, art. 23.)

[4] Voyez entre autres le capitulaire de Louis le Débonnaire de l'an 829, édit. de Baluze, page 663, contre ceux qui, dans la vue de ne pas payer la dîme, ne cultivoient point leurs terres;

Juifs étoit entré dans le plan de la fondation de leur république : mais ici le paiement des dîmes étoit une charge
indépendante de celles de l'établissement de la monarchie.
On peut voir, dans les dispositions ajoutées à la loi des
Lombards, la difficulté qu'il y eut à faire recevoir les dîmes
par les loix civiles [1] : on peut juger, par les différens canons
des conciles, de celle qu'il y eut à les faire recevoir par les
loix ecclésiastiques.

Le peuple consentit enfin à payer les dîmes, à condition
qu'il pourroit les racheter. La constitution de Louis le Débonnaire [2] et celle de l'empereur Lothaire [3] son fils ne le
permirent pas.

Les loix de Charlemagne sur l'établissement des dîmes
étoient l'ouvrage de la nécessité ; la religion seule y eut part,
et la superstition n'en eut aucune.

La fameuse division [4] qu'il fit des dîmes en quatre parties, pour la fabrique des églises, pour les pauvres, pour
l'évêque, pour les clercs, prouve bien qu'il vouloit donner à
l'église cet état fixe et permanent qu'elle avoit perdu.

Son testament [5] fait voir qu'il voulut achever de réparer
les maux que Charles Martel, son aïeul, avoit faits. Il fit
trois parties égales de ses biens mobiliers : il voulut que
deux de ces parties fussent divisées en vingt-une, pour les
vingt-une métropoles de son empire ; chaque partie devoit

---

et art. 5 : *Nonis quidem et decimis, unde
et genitor noster et nos frequenter in
diversis placitis admonitionem fecimus.*

[1] Entre autres, celle de Lothaire, liv.
III, tit. 3, chap. VI.

[2] De l'an 829, art. 7, dans Baluze,
tome I, page 663.

[3] Loi des Lombards, liv. III, tit. 3,
paragr. 8.

[4] *Ibid.* liv. III, tit. 3, paragr. 4.

[5] C'est une espèce de codicille rapporté par Éginhart, et qui est différent
du testament même qu'on trouve dans
Goldast et Baluze.

être subdivisée entre la métropole et les évêchés qui en dépendoient. Il partagea le tiers qui restoit en quatre parties; il en donna une à ses enfans et ses petits-enfans, une autre fut ajoutée aux deux tiers déja donnés, les deux autres furent employées en œuvres pies. Il sembloit qu'il regardât le don immense qu'il venoit de faire aux églises, moins comme une action religieuse, que comme une dispensation politique.

CHAPITRE XIII.

Des élections aux évêchés et abbayes.

LES églises étant devenues pauvres, les rois abandonnèrent les élections aux évêchés et autres bénéfices ecclésiastiques [1]. Les princes s'embarrassèrent moins d'en nommer les ministres, et les compétiteurs réclamèrent moins leur autorité. Ainsi l'église recevoit une espèce de compensation pour les biens qu'on lui avoit ôtés.

Et si Louis le Débonnaire [2] laissa au peuple romain le droit d'élire les papes, ce fut un effet de l'esprit général de son temps : on se gouverna à l'égard du siège de Rome comme on faisoit à l'égard des autres.

[1] Voyez le capitulaire de Charlemagne de l'an 803, art. 2, édition de Baluze, page 379; et l'édit de Louis le Débonnaire de l'an 834, dans Goldast, *Constitutions impériales,* tome I.

[2] Cela est dit dans le fameux canon, *ego Ludovicus,* qui est visiblement supposé. Il est dans l'édition de Baluze, page 591, sur l'an 817.

C H A P I T R E X I V.

Des fiefs de Charles Martel.

Je ne dirai point si Charles Martel donnant les biens de l'église en fief, il les donna à vie ou à perpétuité. Tout ce que je sais, c'est que du temps de Charlemagne[1] et de Lothaire 1er[2] il y avoit de ces sortes de biens qui passoient aux héritiers et se partageoient entre eux.

Je trouve de plus qu'une partie[3] fut donnée en aleu, et l'autre partie en fief.

J'ai dit que les propriétaires des aleux étoient soumis au service comme les possesseurs des fiefs. Cela fut sans doute en partie cause que Charles Martel donna en aleu aussi bien qu'en fief.

[1] Comme il paroît par son capitulaire de l'an 801, art. 17, dans Baluze, tome 1, page 366.

[2] Voyez sa constitution insérée dans le code des Lombards, liv. III, tit. I, paragr. 44.

[3] Voyez la constitution ci-dessus, et le capitulaire de Charles le Chauve de l'an 846, chap. XX, in villa Sparnaco, édition de Baluze, tome II, page 31; et celui de l'an 853, chap. III et V, dans le synode de Soissons, édition de Baluze, tome II, page 54; et celui de l'an 854, apud Attiniacum, chap. X, édition de Baluze, tome II, page 70. Voyez aussi le capitulaire premier de Charlemagne, incerti unni, art. 49 et 56, édition de Baluze, tome I, page 519.

CHAPITRE XV.

Continuation du même sujet.

Il faut remarquer que les fiefs ayant été changés en biens d'église, et les biens d'église ayant été changés en fief, les fiefs et les biens d'église prirent réciproquement quelque chose de la nature de l'un et de l'autre. Ainsi les biens d'église eurent les privilèges des fiefs, et les fiefs eurent les privilèges des biens d'église : tels furent les droits * honorifiques dans les églises, qu'on vit naître dans ces temps-là. Et, comme ces droits ont toujours été attachés à la haute-justice préférablement à ce que nous appelons aujourd'hui le fief, il suit que les justices patrimoniales étoient établies dans le temps même de ces droits.

CHAPITRE XVI.

Confusion de la royauté et de la mairie. Seconde race.

L'ordre des matières a fait que j'ai troublé l'ordre des temps, de sorte que j'ai parlé de Charlemagne avant d'avoir parlé de cette époque fameuse de la translation de la couronne aux Carlovingiens, faite sous le roi Pepin; chose qui,

---

* Voyez les capitulaires, liv. v, art. 44; et l'édit de Pistes, de l'an 866, art. 8 et 9, où l'on voit les droits honorifiques des seigneurs établis tels qu'ils sont aujourd'hui.

à la différence des évènemens ordinaires, est peut-être plus remarquée aujourd'hui qu'elle ne le fut dans le temps même qu'elle arriva.

Les rois n'avoient point d'autorité, mais ils avoient un nom; le titre de roi étoit héréditaire, et celui de maire étoit électif. Quoique les maires, dans les derniers temps, eussent mis sur le trône celui des Mérovingiens qu'ils vouloient, ils n'avoient point pris de roi dans une autre famille; et l'ancienne loi qui donnoit la couronne à une certaine famille n'étoit point effacée du cœur des Francs : la personne du roi étoit presque inconnue dans la monarchie; mais la royauté ne l'étoit pas. Pepin, fils de Charles Martel, crut qu'il étoit à propos de confondre ces deux titres; confusion qui laisseroit toujours de l'incertitude si la royauté nouvelle étoit héréditaire, ou non : et cela suffisoit à celui qui joignoit à la royauté une grande puissance. Pour lors l'autorité du maire fut jointe à l'autorité royale. Dans le mélange de ces deux autorités, il se fit une espèce de conciliation. Le maire avoit été électif, et le roi héréditaire : la couronne, au commencement de la seconde race, fut élective, parce que le peuple choisit; elle fut héréditaire, parce qu'il choisit toujours dans la même famille [1].

Le père le Cointe, malgré la foi de tous les monumens [2], nie [3] que le pape ait autorisé ce grand changement : une de

---

[1] Voyez le testament de Charlemagne; et le partage que Louis le Débonnaire fit à ses enfans dans l'assemblée des états tenue à Quierzy, rapportée par Goldast : *Quem populus eligere velit, ut patri suo succedat in regni hœreditate.*

[2] L'anonyme, sur l'an 752; et *Chron. Centul.* sur l'an 754.

[3] *Fabella quæ post Pippini mortem excogitata est, æquitati ac sanctitati Zachariæ papæ plurimùm adversatur....* (Annales ecclésiastiques des François, tome II, page 319.)

ses raisons est qu'il auroit fait une injustice. Eh! il est admirable de voir un historien juger de ce que les hommes ont fait, par ce qu'ils auroient dû faire. Avec cette manière de raisonner, il n'y auroit plus d'histoire.

Quoi qu'il en soit, il est certain que, dès le moment de la victoire du duc Pepin, sa famille fut régnante, et que celle des Mérovingiens ne le fut plus. Quand son-petit-fils Pepin fut couronné roi, ce ne fut qu'une cérémonie de plus et un fantôme de moins : il n'acquit rien par-là que les or-nemens royaux; il n'y eut rien de changé dans la nation.

J'ai dit ceci pour fixer le moment de la révolution, afin qu'on ne se trompe pas en regardant comme une révolu-tion ce qui n'étoit qu'une conséquence de la révolution.

Quand Hugues Capet fut couronné roi au commence-ment de la troisième race, il y eut un plus grand change-ment, parce que l'état passa de l'anarchie à un gouverne-ment quelconque : mais, quand Pepin prit la couronne, on passa d'un gouvernement au même gouvernement.

Quand Pepin fut couronné roi, il ne fit que changer de nom : mais, quand Hugues Capet fut couronné roi, la chose changea, parce qu'un grand fief uni à la couronne fit cesser l'anarchie.

Quand Pepin fut couronné roi, le titre de roi fut uni au plus grand office; quand Hugues Capet fut couronné, le titre de roi fut uni au plus grand fief.

CHAPITRE XVII.

Chose particulière dans l'élection des rois de la seconde race.

On voit, dans la formule de la consécration de Pepin[1], que Charles et Carloman furent aussi oints et bénis, et que les seigneurs françois s'obligèrent, sous peine d'interdiction et d'excommunication, de n'élire jamais personne d'une autre race[2].

Il paroît, par les testamens de Charlemagne et de Louis le Débonnaire, que les Francs choisissoient entre les enfans des rois; ce qui se rapporte très-bien à la clause ci-dessus. Et, lorsque l'empire passa dans une autre maison que celle de Charlemagne, la faculté d'élire, qui étoit restreinte et conditionnelle, devint pure et simple, et on s'éloigna de l'ancienne constitution.

Pepin, se sentant près de sa fin, convoqua les seigneurs ecclésiastiques et laïques à Saint-Denis[3], et partagea son royaume à ses deux fils, Charles et Carloman. Nous n'avons point les actes de cette assemblée : mais on trouve ce qui s'y passa dans l'auteur de l'ancienne collection historique mise au jour par Canisius[4], et celui des annales de Metz, comme l'a remarqué[5] M. Baluze. Et j'y vois deux choses en quelque façon contraires, qu'il fit le partage du consente-

---

[1] Tome v des Historiens de France, par les pères Bénédictins, page 9.

[2] *Ut nunquam de alterius lumbis regem in ævo præsumant eligere, sed ex ipsorum.* (Ibid. page 10.)

[3] L'an 768.

[4] Tome II, *Lectiones antiquæ.*

[5] Édit. des capitulaires, tome I, page 188.

ment des grands, et ensuite qu'il le fit par un droit paternel. Cela prouve ce que j'ai dit, que le droit du peuple,
dans cette race, étoit d'élire dans la famille : c'étoit, à
proprement parler, plutôt un droit d'exclure qu'un droit
d'élire.

Cette espèce de droit d'élection se trouve confirmée par
les monumens de la seconde race. Tel est ce capitulaire de
la division de l'empire que Charlemagne fait entre ses trois
enfans, où, après avoir formé leur partage, il dit[1] que, « si
» un des trois frères a un fils tel que le peuple veuille l'élire
» pour qu'il succède au royaume de son père, ses oncles y
» consentiront. »

Cette même disposition se trouve dans le partage que
Louis le Débonnaire fit[2] entre ses trois enfans Pepin, Louis
et Charles, l'an 837, dans l'assemblée d'Aix-la-Chapelle, et
encore dans un autre partage du même empereur[3], fait
vingt ans auparavant, entre Lothaire, Pepin et Louis. On
peut voir encore le serment que Louis le Bègue fit à Compiègne, lorsqu'il y fut couronné. « Moi, Louis[4], constitué
» roi par la miséricorde de Dieu et l'élection du peuple, je
» promets..... ». Ce que je dis est confirmé par les actes
du concile de Valence[5], tenu l'an 890, pour l'élection de
Louïs, fils de Boson, au royaume d'Arles. On y élit Louis;

---

[1] Dans le capitulaire premier de l'an
806, édition de Baluze, page 439, art. 5.

[2] Dans Goldast, Constitutions impériales, tome II, page 19.

[3] Édition de Baluze, page 574, art.
14. Si verò aliquis illorum decedens legitimos filios reliquerit, non inter eos
potestas ipsa dividatur : sed potiùs po

pulus, pariter conveniens, unum ex eis
quem Dominus voluerit, eligat; et hunc
senior frater in loco fratris et filii suscipiat.

[4] Capitulaire de l'an 877, édition de
Baluze, page 272.

[5] Dans Dumont, Corps diplomatique,
tome I, art. 36.

et on donne pour principales raisons de son élection, qu'il étoit de la famille impériale *, que Charles le Gros lui avoit donné la dignité de roi, et que l'empereur Arnoul l'avoit investi par le sceptre et par le ministère de ses ambassadeurs. Le royaume d'Arles, comme les autres démembrés ou dépendans de l'empire de Charlemagne, étoit électif et héréditaire.

CHAPITRE XVIII.

CHARLEMAGNE.

CHARLEMAGNE songea à tenir le pouvoir de la noblesse dans ses limites, et à empêcher l'oppression du clergé et des hommes libres. Il mit un tel tempérament dans les ordres de l'état, qu'ils furent contre-balancés, et qu'il resta le maître. Tout fut uni par la force de son génie. Il mena continuellement la noblesse d'expédition en expédition; il ne lui laissa pas le temps de former des desseins, et l'occupa toute entière à suivre les siens. L'empire se maintint par la grandeur du chef : le prince étoit grand, l'homme l'étoit davantage. Les rois ses enfans furent ses premiers sujets, les instrumens de son pouvoir, et les modèles de l'obéissance. Il fit d'admirables réglemens; il fit plus, il les fit exécuter. Son génie se répandit sur toutes les parties de l'empire. On voit dans les loix de ce prince un esprit de prévoyance qui comprend tout, et une certaine force qui

* Par femmes.

III.   15

entraîne tout. Les prétextes ' pour éluder les devoirs sont
ôtés, les négligences corrigées, les abus réformés ou pré-
venus. Il savoit punir; il savoit encore mieux pardonner.
Vaste dans ses desseins, simple dans l'exécution, personne
n'eut à un plus haut degré l'art de faire les plus grandes
choses avec facilité, et les difficiles avec promptitude. Il
parcouroit sans cesse son vaste empire, portant la main
par-tout où il alloit tomber. Les affaires renaissoient de
toutes parts; il les finissoit de toutes parts. Jamais prince
ne sut mieux braver les dangers; jamais prince ne les sut
mieux éviter. Il se joua de tous les périls, et particulièrement de ceux qu'éprouvent presque toujours les grands
conquérans; je veux dire les conspirations. Ce prince prodigieux étoit extrêmement modéré; son caractère étoit
doux, ses manières simples; il aimoit à vivre avec les gens
de sa cour. Il fut peut-être trop sensible au plaisir des
femmes : mais un prince qui gouverna toujours par lui-
même, et qui passa sa vie dans les travaux, peut mériter
plus d'excuses. Il mit une règle admirable dans sa dépense;
il fit valoir ses domaines avec sagesse, avec attention, avec
économie : un père de famille pourroit apprendre ' dans
ses loix à gouverner sa maison. On voit dans ses capitulaires la source pure et sacrée d'où il tira ses richesses. Je
ne dirai plus qu'un mot : il ordonnoit ' qu'on vendît les œufs

---

' Voyez son capitulaire III de l'an 811,
page 486, art. 1, 2, 3, 4, 5, 6, 7 et 8; et
le capitulaire 1 de l'an 812, page 490,
art. 1; et le capitulaire de la même année, page 494, art. 9 et 11, et autres.

' Voyez le capitulaire *de villis*, de

l'an 800; son capitulaire 11 de l'an 813,
art. 6 et 19; et le liv. v des capitulaires,
art. 303.

' Capitulaire *de villis*, art. 39. Voyez
tout ce capitulaire, qui est un chef-
d'œuvre de prudence, de bonne administration et d'économie.

des basses-cours de ses domaines et les herbes inutiles de
ses jardins ; et il avoit distribué à ses peuples toutes les
richesses des Lombards, et les immenses trésors de ces Huns
qui avoient dépouillé l'univers.

CHAPITRE XIX.

Continuation du même sujet.

CHARLEMAGNE et ses premiers successeurs craignirent
que ceux qu'ils placeroient dans des lieux éloignés ne fussent portés à la révolte ; ils crurent qu'ils trouveroient plus
de docilité dans les ecclésiastiques : ainsi ils érigèrent en
Allemagne un grand nombre d'évêchés [1], et y joignirent de
grands fiefs. Il paroît, par quelques chartres, que les clauses
qui contenoient les prérogatives de ces fiefs n'étoient pas
différentes de celles qu'on mettoit ordinairement dans ces
concessions [2], quoiqu'on voie aujourd'hui les principaux
ecclésiastiques d'Allemagne revêtus de la puissance souveraine. Quoi qu'il en soit, c'étoient des pièces qu'ils mettoient
en avant contre les Saxons. Ce qu'ils ne pouvoient attendre
de l'indolence ou des négligences d'un leude, ils crurent
devoir l'attendre du zèle et de l'attention agissante d'un
évêque : outre qu'un tel vassal, bien loin de se servir
contre eux des peuples assujettis, auroit, au contraire,
besoin d'eux pour se soutenir contre ses peuples.

---

[1] Voyez, entre autres, la fondation de
l'archevêché de Brême, dans le capitulaire de 789, édit. de Baluze, page
245.

[2] Par exemple, la défense aux juges
royaux d'entrer dans le territoire pour
exiger les *freda* et autres droits. J'en ai
beaucoup parlé au livre précédent.

CHAPITRE XX.

LOUIS LE DÉBONNAIRE.

AUGUSTE, étant en Égypte, fit ouvrir le tombeau d'Alexandre. On lui demanda s'il vouloit qu'on ouvrît ceux des Ptolomées; il dit qu'il avoit voulu voir le roi, et non pas les morts. Ainsi, dans l'histoire de cette seconde race, on cherche Pepin et Charlemagne; on voudroit voir les rois, et non pas les morts.

Un prince, jouet de ses passions et dupe de ses vertus mêmes, un prince qui ne connut jamais sa force ni sa foiblesse, qui ne sut se concilier ni la crainte ni l'amour, qui, avec peu de vices dans le cœur, avoit toutes sortes de défauts dans l'esprit, prit en main les rênes de l'empire que Charlemagne avoit tenues.

Dans le temps que l'univers est en larmes pour la mort de son père, dans cet instant d'étonnement où tout le monde demande Charles et ne le trouve plus, dans le temps qu'il hâte ses pas pour aller remplir sa place, il envoie devant lui des gens affidés pour arrêter ceux qui avoient contribué au désordre de la conduite de ses sœurs. Cela causa de sanglantes tragédies *. C'étoient des imprudences bien précipitées. Il commença à venger les crimes domestiques avant d'être arrivé au palais, et à révolter les esprits avant d'être le maître.

---

* L'auteur incertain de la vie de Louis le Débonnaire, dans le recueil de Duchesne, tome II, page 295.

Il fit crever les yeux à Bernard, roi d'Italie, son neveu, qui étoit venu implorer sa clémence, et qui mourut quelques jours après : cela multiplia ses ennemis. La crainte qu'il en eut le détermina à faire tondre ses frères : cela en augmenta encore le nombre. Ces deux derniers articles lui furent bien reprochés [1] : on ne manqua pas de dire qu'il avoit violé son serment et les promesses solemnelles qu'il avoit faites à son père le jour de son couronnement [2].

Après la mort de l'impératrice Hirmengarde, dont il avoit trois enfans, il épousa Judith : il en eut un fils; et bientôt, mêlant les complaisances d'un vieux mari avec toutes les foiblesses d'un vieux roi, il mit un désordre dans sa famille qui entraîna la chûte de la monarchie.

Il changea sans cesse les partages qu'il avoit faits à ses enfans. Cependant ces partages avoient été confirmés tour à tour par ses sermens, ceux de ses enfans, et ceux des seigneurs. C'étoit vouloir tenter la fidélité de ses sujets; c'étoit chercher à mettre de la confusion, des scrupules et des équivoques, dans l'obéissance ; c'étoit confondre les droits divers des princes, dans un temps sur tout où, les forteresses étant rares, le premier rempart de l'autorité étoit la foi promise et la foi reçue.

Les enfans de l'empereur, pour maintenir leurs partages, sollicitèrent le clergé, et lui donnèrent des droits inouis jusqu'alors. Ces droits étoient spécieux; on faisoit entrer le clergé en garantie d'une chose qu'on avoit voulu qu'il

[1] Voyez le procès-verbal de sa dégradation, dans le recueil de Duchesne, tome II, page 333.

[2] Il lui ordonna d'avoir pour ses sœurs, ses frères et ses neveux, une clémence sans bornes, *indeficientem misericordiam.* (Tégan, dans le recueil de Duchesne, tome II, page 276.)

autorisât. Agobard[1] représenta à Louis le Débonnaire qu'il avoit envoyé Lothaire à Rome pour le faire déclarer empereur ; qu'il avoit fait des partages à ses enfans après avoir consulté le ciel par trois jours de jeûnes et de prières. Que pouvoit faire un prince superstitieux, attaqué d'ailleurs par la superstition même? On sent quel échec l'autorité souveraine reçut deux fois par la prison de ce prince et sa pénitence publique. On avoit voulu dégrader le roi, on dégrada la royauté.

On a d'abord de la peine à comprendre comment un prince qui avoit plusieurs bonnes qualités, qui ne manquoit pas de lumières, qui aimoit naturellement le bien, et, pour tout dire enfin, le fils de Charlemagne, put avoir des ennemis si nombreux[2], si violens, si irréconciliables, si ardens à l'offenser, si insolens dans son humiliation, si déterminés à le perdre : et ils l'auroient perdu deux fois sans retour, si ses enfans, dans le fond plus honnêtes gens qu'eux, eussent pu suivre un projet et convenir de quelque chose.

[1] Voyez ses lettres.
[2] Voyez le procès-verbal de sa dégradation, dans le recueil de Duchesne, tome 11, page 331. Voyez aussi sa vie écrite par Tégan. *Tanto enim odio laborabat, ut tæderet eos vita ipsius*, dit l'auteur incertain, dans Duchesne, tome 11, page 307.

CHAPITRE XXI.

Continuation du même sujet.

La forcé que Charlemagne avoit mise dans la nation subsista assez sous Louis le Débonnaire pour que l'état pût se maintenir dans sa grandeur et être respecté des étrangers. Le prince avoit l'esprit foible; mais la nation étoit guerrière. L'autorité se perdoit au dedans sans que la puissance parût diminuer au dehors.

Charles Martel, Pepin et Charlemagne, gouvernèrent l'un après l'autre la monarchie. Le premier flatta l'avarice des gens de guerre; les deux autres celle du clergé : Louis le Débonnaire mécontenta tous les deux.

Dans la constitution françoise, le roi, la noblesse et le clergé, avoient dans leurs mains toute la puissance de l'état. Charles Martel, Pepin et Charlemagne, se joignirent quelquefois d'intérêts avec l'une des deux parties pour contenir l'autre, et presque toujours avec toutes les deux : mais Louis le Débonnaire détacha de lui l'un et l'autre de ces corps. Il indisposa les évêques par des réglemens qui leur parurent rigides, parce qu'il alloit plus loin qu'ils ne vouloient aller eux-mêmes. Il y a de très-bonnes loix faites mal à propos. Les évêques, accoutumés dans ces temps-là à aller à la guerre contre les Sarrasins et les Saxons *, étoient bien éloi-

---

* « Pour lors les évêques et les clercs « commencèrent à quitter les ceintures et « les baudriers d'or, les couteaux enri- « chis de pierreries qui y étoient sus- « pendus, les habillemens d'un goût « exquis, les éperons dont la richesse

gnés de l'esprit monastique. D'un autre côté, ayant perdu toute sorte de confiance pour sa noblesse, il éleva des gens de néant[1], il la priva de ses emplois[2], la renvoya du palais, appela des étrangers. Il s'étoit séparé de ces deux corps, il en fut abandonné.

CHAPITRE XXII.

Continuation du même sujet.

Mais ce qui affoiblit sur-tout la monarchie, c'est que ce prince en dissipa les domaines[3]. C'est ici que Nitard, un des plus judicieux historiens que nous ayons; Nitard, petit-fils de Charlemagne, qui étoit attaché au parti de Louis le Débonnaire, et qui écrivoit l'histoire par ordre de Charles le Chauve, doit être écouté.

Il dit « qu'un certain Adelhard avoit eu pendant un » temps un tel empire sur l'esprit de l'empereur, que ce » prince suivoit sa volonté en toutes choses; qu'à l'instiga- » tion de ce favori il avoit donné les biens fiscaux[4] à tous

» accabloit leurs talons. Mais l'ennemi » du genre humain ne souffrit point une » telle dévotion, qui souleva contre elle » les ecclésiastiques de tous les ordres, et » se fit à elle-même la guerre ». (L'au-teur incertain de la vie de Louis le Dé-bonnaire, dans le recueil de Duchesne, tome II, page 298.)

[1] Tégan dit que ce qui se faisoit très-rarement sous Charlemagne se fit com-munément sous Louis.

[2] Voulant contenir la noblesse, il prit pour son chambrier un certain Benard, qui acheva de la désespérer.

[3] *Villas regias, quæ erant sui et avi et tritavi, fidelibus suis tradidit eas in possessiones sempiternas : fecit enim hoc diu tempore.* (Tégan, *de Gestis Ludovici Pii.*)

[4] *Hinc libertates, hinc publica in pro-priis usibus distribuere suasit.* (Nitard, liv. IV, à la fin.)

» ceux qui en avoient voulu, et par-là avoit anéanti la ré-
» publique [1] ». Ainsi il fit dans tout l'empire ce que j'ai dit
qu'il avoit fait en Aquitaine; chose que Charlemagne répara,
et que personne ne répara plus.

L'état fut mis dans cet épuisement où Charles Martel le
trouva lorsqu'il parvint à la mairie ; et l'on étoit dans ces
circonstances, qu'il n'étoit plus question d'un coup d'autorité pour le rétablir.

Le fisc se trouva si pauvre, que, sous Charles le Chauve,
on ne maintenoit personne dans les honneurs [3], on n'accordoit la sûreté à personne, que pour de l'argent : quand
on pouvoit détruire les Normands [4], on les laissoit échapper
pour de l'argent : et le premier conseil que Hincmar donne
à Louis le Bègue, c'est de demander dans une assemblée de
quoi soutenir les dépenses de sa maison.

CHAPITRE XXIII.

Continuation du même sujet.

LE clergé eut sujet de se repentir de la protection qu'il
avoit accordée aux enfans de Louis le Débonnaire. Ce
prince, comme j'ai dit, n'avoit jamais donné de préceptions
des biens de l'église aux laïques [5] : mais bientôt Lothaire en
Italie, et Pepin en Aquitaine, quittèrent le plan de Charle-

---

[1] *Rem publicam penitùs annullavit.*
(Nitard, liv. IV, à la fin.)
[2] Voyez le liv. XXX, chap. XIII.
[3] Hincmar, *lettre 1 à Louis le Bègue.*
[4] Voyez le fragment de la chronique

du monastère de S. Serge d'Angers,
dans Duchesne, tome II, page 461.
[5] Voyez ce que disent les évêques dans
le synode de l'an 845, *apud Teudonis
villam*, art. 4.

magne, et reprirent celui de Charles Martel. Les ecclésiastiques eurent recours à l'empereur contre ses enfans : mais
ils avoient affoibli eux-mêmes l'autorité qu'ils réclamoient.
En Aquitaine on eut quelque condescendance; en Italie on
n'obéit pas.

Les guerres civiles qui avoient troublé la vie de Louis
le Débonnaire furent le germe de celles qui suivirent sa
mort. Les trois frères, Lothaire, Louis et Charles, cherchèrent chacun de leur côté à attirer les grands dans
leur parti et à se faire des créatures. Ils donnèrent à
ceux qui voulurent les suivre, des préceptions des biens
de l'église ; et, pour gagner la noblesse, ils lui livrèrent le
clergé.

On voit dans les capitulaires [1] que ces princes furent
obligés de céder à l'importunité des demandes, et qu'on
leur arracha souvent ce qu'ils n'auroient pas voulu donner:
on y voit que le clergé se croyoit plus opprimé par la
noblesse que par les rois. Il paroît encore que Charles le
Chauve [2] fut celui qui attaqua le plus le patrimoine du
clergé, soit qu'il fût le plus irrité contre lui parce qu'il
avoit dégradé son père à son occasion, soit qu'il fût le plus

---

[1] Voyez le synode de l'an 845, *apud
Teudonis villam,* art. 3 et 4, qui décrit très-bien l'état des choses ; aussi-
bien que celui de la même année, tenu
au palais de Vernes, art. 12 ; et le synode de Beauvais, encore de la même
année, art. 3, 4 et 6 ; et le capitulaire
in villa Sparnaco, de l'an 846, art. 20 ;
et la lettre que les évêques assemblés à
Reims écrivirent l'an 858 à Louis le
Germanique, art. 8.

[2] Voyez le capitulaire *in villa Spar-*

naco, de l'an 846. La noblesse avoit
irrité le roi contre les évêques, de sorte
qu'il les chassa de l'assemblée : on choisit quelques canons des synodes, et on
leur déclara que ce seroient les seuls
qu'on observeroit ; on ne leur accorda
que ce qu'il étoit impossible de leur
refuser. Voyez les art. 20, 21 et 22.
Voyez aussi la lettre que les évêques
assemblés écrivirent, l'an 858, à Louis
le Germanique, art. 8 ; et l'édit de
Pistes, de l'an 864, art. 5.

timide. Quoi qu'il en soit, on voit, dans les capitulaires[1], des querelles continuelles entre le clergé qui demandoit ses biens, et la noblesse qui refusoit, qui éludoit, ou qui différoit de les rendre; et les rois entre deux.

C'est un spectacle digne de pitié de voir l'état des choses en ces temps-là. Pendant que Louis le Débonnaire faisoit aux églises des dons immenses de ses domaines, ses enfans distribuoient les biens du clergé aux laïques. Souvent la même main qui fondoit des abbayes nouvelles dépouilloit les anciennes. Le clergé n'avoit point un état fixe. On lui ôtoit; il regagnoit : mais la couronne perdoit toujours.

Vers la fin du règne de Charles le Chauve, et depuis ce règne, il ne fut plus guère question des démêlés du clergé et des laïques sur la restitution des biens de l'église. Les évêques jetèrent bien encore quelques soupirs dans leurs remontrances à Charles le Chauve, que l'on trouve dans le capitulaire de l'an 856, et dans la lettre[2] qu'ils écrivirent à Louis le Germanique l'an 858 : mais ils proposoient des choses et ils réclamoient des promesses tant de fois éludées, que l'on voit qu'ils n'avoient aucune espérance de les obtenir.

Il ne fut plus question[3] que de réparer en général les

[1] Voyez le même capitulaire de l'an 846, *in villa Sparnaco.* Voyez aussi le capitulaire de l'assemblée tenue *apud Marsnam,* de l'an 847, art. 4, dans laquelle le clergé se retrancha à demander qu'on le remit en possession de tout ce dont il avoit joui sous le règne de Louis le Débonnaire. Voyez aussi le capitulaire de l'an 851, *apud Marsnam,* art. 6 et 7, qui maintient la noblesse et le clergé dans leurs possessions;

et celui *apud Bonoilum,* de l'an 856, qui est une remontrance des évêques au roi sur ce que les maux, après tant de loix faites, n'avoient pas été réparés; et enfin la lettre que les évêques assemblés à Reims écrivirent, l'an 858, à Louis le Germanique, art. 8.

[2] Art. 8.

[3] Voyez le capitulaire de l'an 851, art. 6 et 7.

torts faits dans l'église et dans l'état. Les rois s'engageoient
de ne point ôter aux leudes leurs hommes libres, et de ne
plus donner les biens ecclésiastiques par des préceptions [1];
de sorte que le clergé et la noblesse parurent s'unir d'intérêts.

Les étranges ravages des Normands, comme j'ai dit,
contribuèrent beaucoup à mettre fin à ces querelles.

Les rois, tous les jours moins accrédités, et par les causes
que j'ai dites, et par celles que je dirai, crurent n'avoir
d'autre parti à prendre que de se mettre entre les mains
des ecclésiastiques. Mais le clergé avoit affoibli les rois, et
les rois avoient affoibli le clergé.

En vain Charles le Chauve et ses successeurs appelèrent-
ils le clergé [2] pour soutenir l'état et en empêcher la chûte ;
en vain se servirent-ils du respect que les peuples avoient
pour ce corps [3], pour maintenir celui qu'on devoit avoir
pour eux ; en vain cherchèrent-ils à donner de l'autorité à
leurs loix par l'autorité des canons [4] ; en vain joignirent-ils

---

[1] Charles le Chauve, dans le synode
de Soissons, dit qu'il avoit promis aux
évêques de ne plus donner de préceptions des biens de l'église. (Capitul. de
l'an 853, art. 11, édit. de Baluze, tome
11, page 56.)

[2] Voyez dans Nitard, liv. IV, comment, après la fuite de Lothaire, les
rois Louis et Charles consultèrent les
évêques pour savoir s'ils pourroient
prendre et partager le royaume qu'il
avoit abandonné. En effet, comme les
évêques formoient entre eux un corps
plus uni que les leudes, il convenoit
à ces princes d'assurer leurs droits par
une résolution des évêques, qui pour-

roient engager tous les autres seigneurs
à les suivre.

[3] Voyez le capitulaire de Charles le
Chauve, *apud Saponarias*, de l'an 859,
art. 3. Venilon, que j'avois fait archevêque de Sens, m'a sacré ; et je ne de-
vois être chassé du royaume par personne, *saltem sine audientia et judicio
episcoporum, quorum ministerio in regem sum consecratus, et qui throni Dei
sunt dicti, in quibus Deus sedet, et per
quos sua decernit judicia ; quorum pa-
ternis correctionibus et castigatoriis ju-
diciis me subdere fui paratus, et in præ-
senti sum subditus.*

[4] Voyez le capitulaire de Charles le

les peines ecclésiastiques aux peines civiles [1]; en vain, pour contre-balancer l'autorité du comte, donnèrent-ils à chaque évêque la qualité de leur envoyé dans les provinces [2] : il fut impossible au clergé de réparer le mal qu'il avoit fait ; et un étrange malheur, dont je parlerai bientôt, fit tomber la couronne à terre.

C H A P I T R E   X X I V.

Que les hommes libres furent rendus capables de posséder des fiefs.

J'AI dit que les hommes libres alloient à la guerre sous leur comte, et les vassaux sous leur seigneur. Cela faisoit que les ordres de l'état se balançoient les uns les autres ; et, quoique les leudes eussent des vassaux sous eux, ils pouvoient être contenus par le comte, qui étoit à la tête de tous les hommes libres de la monarchie.

D'abord [3] ces hommes libres ne purent pas se recommander pour un fief, mais ils le purent dans la suite ; et je trouve que ce changement se fit dans le temps qui s'écoula depuis le règne de Gontran jusqu'à celui de Charlemagne. Je le prouve par la comparaison qu'on peut faire du traité d'Andely [4], passé entre Gontran, Childebert et la

Chauve, *de Carisiaco*, de l'an 857, édit. de Baluze, tome II, page 88, art. 1, 2, 3, 4 et 7.

[2] Voyez le synode de Pistes, de l'an 862, art. 4; et le capitulaire de Carloman et de Louis II, *apud Vernis palatium*, de l'an 883, art. 4 et 5.

[1] Capitulaire de l'an 876, sous Charles le Chauve, *in synodo Pontigonensi*, édit. de Baluze, art. 12.

[3] Voyez ce que j'ai dit ci-devant au liv. XXX, chap. dernier, vers la fin.

[4] De l'an 587, dans Grégoire de Tours, liv. IX.

reine Brunehauld, et le partage fait par Charlemagne à ses enfans, et un partage pareil fait par Louis le Débonnaire *. Ces trois actes contiennent des dispositions à peu près pareilles à l'égard des vassaux ; et, comme on y règle les mêmes points et à peu près dans les mêmes circonstances, l'esprit et la lettre de ces trois traités se trouvent à peu près les mêmes à cet égard.

Mais, pour ce qui concerne les hommes libres, il s'y trouve une différence capitale. Le traité d'Andely ne dit point qu'ils pussent se recommander pour un fief ; au lieu qu'on trouve, dans les partages de Charlemagne et de Louis le Débonnaire, des clauses expresses pour qu'ils pussent s'y recommander : ce qui fait voir que, depuis le traité d'Andely, un nouvel usage s'introduisoit, par lequel les hommes libres étoient devenus capables de cette grande prérogative.

Cela dut arriver, lorsque Charles Martel ayant distribué les biens de l'église à ses soldats, et les ayant donnés, partie en fief, partie en aleu, il se fit une espèce de révolution dans les loix féodales. Il est vraisemblable que les nobles qui avoient déja des fiefs trouvèrent plus avantageux de recevoir les nouveaux dons en aleu, et que les hommes libres se trouvèrent encore trop heureux de les recevoir en fief.

---

* Voyez le chapitre suivant, où je parle plus au long de ces partages, et les notes où ils sont cités.

. C H A P I T R E   X X V.

CAUSE PRINCIPALE DE L'AFFOIBLISSEMENT
DE LA SECONDE RACE.

Changement dans les aleux.

Charlemagne, dans le partage dont j'ai parlé au chapitre
précédent[1], régla qu'après sa mort les hommes de chaque
roi recevroient des bénéfices dans le royaume de leur roi,
et non dans le royaume d'un autre[2]; au lieu qu'on conser-
veroit ses aleux dans quelque royaume que ce fût. Mais il
ajoute que tout homme libre pourroit, après la mort de
son seigneur, se recommander pour un fief dans les trois
royaumes à qui il voudroit, de même que celui qui n'avoit
jamais eu de seigneur[3]. On trouve les mêmes dispositions
dans le partage que fit Louis le Débonnaire à ses enfans
l'an 817[4].

Mais, quoique les hommes libres se recommandassent
pour un fief, la milice du comte n'en étoit point affoiblie:
il falloit toujours que l'homme libre contribuât pour son
aleu, et préparât des gens qui en fissent le service à raison

[1] De l'an 806, entre Charles, Pepin et
Louis. Il est rapporté par Goldast, et
par Baluze, tome 1, page 439.

[2] Art. 9, page 443. Ce qui est conforme
au traité d'Andely, dans Grégoire de
Tours, liv. ix.

[3] Art. 10. Et il n'est point parlé de ceci
dans le traité d'Andely.

[4] Dans Baluze, tome 1, page 174. *Li-
centiam habeat unusquisque liber homo,
qui seniorem non habuerit, cuicumque
ex his tribus fratribus voluerit se com-
mendandi.* (Art. 9.) Voyez aussi le partage que fit le même empereur l'an 837,
art. 6, édit. de Baluze, page 686.

d'un homme pour quatre manoirs, ou bien qu'il préparât un homme qui servît pour lui le fief : et quelques abus s'étant introduits là-dessus, ils furent corrigés, comme il paroît par les constitutions[1] de Charlemagne et par celle de Pepin, roi d'Italie[2], qui s'expliquent l'une l'autre.

Ce que les historiens ont dit, que la bataille de Fontenay causa la ruine de la monarchie, est très-vrai. Mais qu'il me soit permis de jeter un coup d'œil sur les funestes conséquences de cette journée.

Quelque temps après cette bataille, les trois frères, Lothaire, Louis et Charles, firent un traité dans lequel je trouve des clauses qui durent changer tout l'état politique chez les François[3].

Dans l'annonciation[4] que Charles fit au peuple de la partie de ce traité qui le concernoit, il dit que tout homme libre pourroit choisir pour seigneur qui il voudroit, du roi ou des autres seigneurs[5]. Avant ce traité, l'homme libre pouvoit se recommander pour un fief, mais son aleu restoit toujours sous la puissance immédiate du roi, c'est-à-dire sous la jurisdiction du comte; et il ne dépendoit du seigneur auquel il s'étoit recommandé, qu'à raison du fief qu'il en avoit obtenu. Depuis ce traité, tout homme libre

---

[1] De l'an 811, édit. de Baluze, tome I, page 486, art. 7 et 8; et celle de l'an 812, *ibid.* page 490, art. I. *Ut omnis liber homo qui quatuor mansos vestitos de proprio suo, sive de alicujus beneficio, habet, ipse se præparet, et ipse in hostem pergat, sive cum seniore suo, etc.* Voyez aussi le capitulaire de l'an 807, édition de Baluze, tome I, page 458.

[2] De l'an 793, insérée dans la loi des Lombards, livre III, titre 9, chap. IX.

[3] En l'an 847, rapporté par Aubert le Mire, et Baluze, tome II, pag. 42, *conventus apud Marsnam.*

[4] *Adnuntiatio.*

[5] *Ut unusquisque liber homo in nostro regno seniorem quem voluerit, in nobis et in nostris fidelibus, accipiat.* (Art. 2 de l'annonciation de Charles.)

put soumettre son aleu au roi, ou à un autre seigneur, à son choix. Il n'est point question de ceux qui se recommandoient pour un fief, mais de ceux qui changeoient leur aleu en fief, et sortoient, pour ainsi dire, de la jurisdiction civile, pour entrer dans la puissance du roi, ou du seigneur qu'ils vouloient choisir.

Ainsi ceux qui étoient autrefois nuement sous la puissance du roi, en qualité d'hommes libres sous le comte, devinrent insensiblement vassaux les uns des autres, puisque chaque homme libre pouvoit choisir pour seigneur qui il vouloit, ou du roi, ou des autres seigneurs.

2°. Qu'un homme changeant en fief une terre qu'il possédoit à perpétuité, ces nouveaux fiefs ne pouvoient plus être à vie. Aussi voyons-nous, un moment après, une loi générale pour donner les fiefs aux enfans du possesseur; elle est de Charles le Chauve, un des trois princes qui contractèrent [1].

Ce que j'ai dit de la liberté qu'eurent tous les hommes de la monarchie, depuis le traité des trois frères, de choisir pour seigneur qui ils vouloient, du roi ou des autres seigneurs, se confirme par les actes passés depuis ce temps-là.

Du temps de Charlemagne, lorsqu'un vassal avoit reçu d'un seigneur une chose, ne valût-elle qu'un sou, il ne pouvoit plus le quitter [2]. Mais, sous Charles le Chauve, les vassaux purent impunément suivre leurs intérêts ou leur caprice : et ce prince s'exprime si fortement là-dessus, qu'il

---

[1] Capitulaire de l'an 877, tit. 53, art. 9 et 10, *opud Carisiacum : Similiter et de nostris vassallis faciendum est, etc.* Ce capitulaire se rapporte à un autre de la même année et du même lieu, art. 3.

[2] Capitulaire d'Aix-la-Chapelle, de l'an 813, art. 16: *Quòd nullus seniorem suum dimittat, postquam ab eo acceperit valente solidum unum.* Et le capitulaire de Pepin, de l'an 783, art. 5.

III.   17

semble plutôt les inviter à jouir de cette liberté qu'à la restreindre[1]. Du temps de Charlemagne, les bénéfices étoient plus personnels que réels; dans la suite, ils devinrent plus réels que personnels.

CHAPITRE XXVI.

Changemens dans les fiefs.

IL n'arriva pas de moindres changemens dans les fiefs que dans les aleux. On voit par le capitulaire de Compiègne, fait sous le roi Pepin[1], que ceux à qui le roi donnoit un bénéfice donnoient eux-mêmes une partie de ce bénéfice à divers vassaux; mais ces parties n'étoient point distinguées du tout. Le roi les ôtoit lorsqu'il ôtoit le tout; et à la mort du leude le vassal perdoit aussi son arrière-fief; un nouveau bénéficiaire venoit qui établissoit aussi de nouveaux arrière-vassaux. Ainsi l'arrière-fief ne dépendoit point du fief; c'étoit la personne qui dépendoit. D'un côté, l'arrière-vassal revenoit au roi, parce qu'il n'étoit pas attaché pour toujours au vassal; et l'arrière-fief revenoit de même au roi, parce qu'il étoit le fief même, et non pas une dépendance du fief.

Tel étoit l'arrière-vasselage lorsque les fiefs étoient amo-

---

[1] Voyez le capitulaire *de Carisiaco*, de l'an 856, art. 10 et 13, édition de Baluze, tome 11, page 83, dans lequel le roi et les seigneurs ecclésiastiques et laïques convinrent de ceci : *Si aliquis de vobis talis est cui suus senioratus non placet, et illi simulat ut ad alium seniorem meliùs quàm ad illum acaptaré possit, veniat ad illum, et ipse tranquillo et pacifico animo donat illi commeatum.... et quod Deus illi cupierit, ut ad alium seniorem acaptare potuerit, pacificè habeat.*

[1] De l'an 757, art. 6, édit. de Baluze, page 181.

vibles; tel il étoit encore pendant que les fiefs furent à
vie. Cela changea lorsque les fiefs passèrent aux héritiers,
et que les arrière-fiefs y passèrent de même. Ce qui relevoit
du roi immédiatement n'en releva plus que médiatement ;
et la puissance royale se trouva, pour ainsi dire, reculée
d'un degré, quelquefois de deux, et souvent davantage.

On voit dans les livres *des Fiefs* [1] que, quoique les vassaux
du roi pussent donner en fief, c'est-à-dire en arrière-fief
du roi, cependant ces arrière-vassaux ou petits vavasseurs
ne pouvoient pas de même donner en fief; de sorte que ce
qu'ils avoient donné, ils pouvoient toujours le reprendre.
D'ailleurs une telle concession ne passoit point aux enfans
comme les fiefs, parce qu'elle n'étoit point censée faite
selon la loi des fiefs.

Si l'on compare l'état où étoit l'arrière-vasselage du
temps que les deux sénateurs de Milan écrivoient ces livres,
avec celui où il étoit du temps du roi Pepin, on trouvera
que les arrière-fiefs conservèrent plus long-temps leur nature primitive que les fiefs [2].

Mais, lorsque ces sénateurs écrivirent, on avoit mis des
exceptions si générales à cette règle, qu'elles l'avoient presque anéantie : car, si celui qui avoit reçu un fief du petit
vavasseur l'avoit suivi à Rome dans une expédition, il ac-
quéroit tous les droits de vassal; de même, s'il avoit donné
de l'argent au petit vavasseur pour obtenir le fief, celui-ci
ne pouvoit le lui ôter, ni l'empêcher de le transmettre à
son fils, jusqu'à ce qu'il lui eût rendu son argent [3]. Enfin
cette règle n'étoit plus suivie dans le sénat de Milan [4].

---

[1] Liv. I, chap. I.
[2] Au moins en Italie et en Allemagne.
[3] Liv. I *des Fiefs,* chap. I.
[4] *Ibid.*

CHAPITRE XXVII.

Autre changement arrivé dans les fiefs.

Du temps de Charlemagne[1], on étoit obligé, sous de grandes peines, de se rendre à la convocation pour quelque guerre que ce fût; on ne recevoit point d'excuses; et le comte qui auroit exempté quelqu'un auroit été puni lui-même. Mais le traité des trois frères mit là-dessus une restriction[2] qui tira, pour ainsi dire, la noblesse de la main du roi[3] : on ne fut plus tenu de suivre le roi à la guerre que quand cette guerre étoit défensive. Il fut libre, dans les autres, de suivre son seigneur, ou de vaquer à ses affaires. Ce traité se rapporte à un autre fait cinq ans auparavant entre les deux frères Charles le Chauve et Louis roi de Germanie, par lequel ces deux frères dispensèrent leurs vassaux de les suivre à la guerre, èn cas qu'ils fissent quelque entreprise l'un contre l'autre; chose que les deux princes jurèrent, et qu'ils firent jurer aux deux armées[4].

La mort de cent mille François à la bataille de Fontenay fit penser à ce qui restoit encore de noblesse[5], que, par les querelles particulières de ses rois sur leur partage, elle

---

[1] Capitulaire de l'an 802, art. 7, édit. de Baluze, page 365.

[2] *Apud Marsnam*, l'an 847, édit. de Baluze, page 42.

[3] *Volumus ut cujuscumque nostrûm homo, in cujuscumque regno sit, cum seniore suo in hostem, vel aliis suis utilitatibus, pergat; nisi talis regni invasio quam* lantuveri *dicunt, quod absit, acciderit, ut omnis populus illius regni ad eam repellendam communiter pergat.* (Art. 5, *ibid.* page 44.)

[4] *Apud Argentoratum*, dans Baluze, capitulaires, tome II, page 39.

[5] Effectivement, ce fut la noblesse qui fit ce traité. Voyez Nitard, liv. IV.

seroit enfin exterminée, et que leur ambition et leur jalousie feroient verser tout ce qu'il y avoit encore de sang à
répandre. On fit cette loi, que la noblesse ne seroit con-
trainte de suivre les princes à la guerre que lorsqu'il s'agi-
roit de défendre l'état contre une invasion étrangère. Elle
fut en usage pendant plusieurs siècles [1].

CHAPITRE XXVIII.

Changemens arrivés dans les grands offices et dans les fiefs.

Il sembloit que tout prît un vice particulier et se corrom-
pît en même temps. J'ai dit que, dans les premiers temps,
plusieurs fiefs étoient aliénés à perpétuité : mais c'étoient
des cas particuliers; et les fiefs, en général, conservoient
toujours leur propre nature; et si la couronne avoit perdu
des fiefs, elle en avoit substitué d'autres. J'ai dit encore que
la couronne n'avoit jamais aliéné les grands offices à perpétuité [2].

Mais Charles le Chauve fit un réglement général qui
affecta également et les grands offices et les fiefs : il établit
dans ses capitulaires que les comtés seroient donnés aux
enfans du comte; et il voulut que ce réglement eût encore
lieu pour les fiefs [3].

[1] Voyez la loi de Guy, roi des Romains, parmi celles qui ont été ajoutées à la loi salique et à celle des Lombards, tit. 6, paragr. 2, dans Eccard.

[2] Des auteurs ont dit que la comté de
Toulouse avoit été donnée par Charles
Martel, et passa d'héritier en héritier
jusqu'au dernier Raymond : mais si cela

est, ce fut l'effet de quelques circonstances qui purent engager à choisir les
comtes de Toulouse parmi les enfans
du dernier possesseur.

[3] Voyez son capitulaire de l'an 877,
tit. 53, art. 9 et 10, *apud Carisiacum.*
Ce capitulaire se rapporte à un autre de
la même année et du même lieu, art. 3.

On verra tout-à-l'heure que ce réglement reçut une plus grande extension; de sorte que les grands offices et les fiefs passèrent à des parens plus éloignés. Il suivit de là que la plupart des seigneurs, qui relevoient immédiatement de la couronne, n'en relevèrent plus que médiatement. Ces comtes qui rendoient autrefois la justice dans les plaids du roi, ces comtes qui menoient les hommes libres à la guerre, se trouvèrent entre le roi et ses hommes libres; et la puissance se trouva encore reculée d'un degré.

Il y a plus : il paroît, par les capitulaires, que les comtes avoient des bénéfices attachés à leurs comtés, et des vassaux sous eux [1]. Quand les comtés furent héréditaires, ces vassaux du comte ne furent plus les vassaux immédiats du roi; les bénéfices attachés aux comtés ne furent plus les bénéfices du roi; les comtes devinrent plus puissans, parce que les vassaux qu'ils avoient déja les mirent en état de s'en procurer d'autres.

Pour bien sentir l'affoiblissement qui en résulta à la fin de la seconde race, il n'y a qu'à voir ce qui arriva au commencement de la troisième, où la multiplication des arrière-fiefs mit les grands vassaux au désespoir.

C'étoit une coutume du royaume, que quand les aînés avoient donné des partages à leurs cadets, ceux-ci en faisoient hommage à l'aîné [2]; de manière que le seigneur dominant ne les tenoit plus qu'en arrière-fief. Philippe Auguste, le duc de Bourgogne, les comtes de Nevers, de Boulogne,

---

[1] Le capitulaire III de l'an 812, art. 7; et celui de l'an 815, art. 6, sur les Espagnols; le recueil des capitulaires, livre V, article 228; et le capitulaire de l'an 869, article 2; et celui de l'an 877, article 13, édition de Baluze.

[2] Comme il paroît par Othon de Frissingue, *des Gestes de Frédéric*, liv. II, chap. XXIX.

de Saint-Paul, de Dampierre, et autres seigneurs, déclarèrent que dorénavant, soit que le fief fût divisé par succession ou autrement, le tout releveroit toujours du même
seigneur, sans aucun seigneur moyen [1]. Cette ordonnance
ne fut pas généralement suivie; car, comme j'ai dit ailleurs,
il étoit impossible de faire dans ces temps-là des ordonnances générales : mais plusieurs de nos coutumes se ré-
glèrent là-dessus.

CHAPITRE XXIX.

De la nature des fiefs depuis le règne de Charles le Chauve.

J'AI dit que Charles le Chauve voulut que quand le possesseur d'un grand office ou d'un fief laisseroit en mourant
un fils, l'office ou le fief lui fût donné. Il seroit difficile de
suivre le progrès des abus qui en résultèrent, et de l'extension qu'on donna à cette loi dans chaque pays. Je trouve
dans les livres *des Fiefs* [2], qu'au commencement du règne
de l'empereur Conrad II, les fiefs, dans les pays de sa domination, ne passoient point aux petits-fils; ils passoient
seulement à celui des enfans du dernier possesseur que le
seigneur avoit choisi [3] : ainsi les fiefs furent donnés par une
espèce d'élection que le seigneur fit entre ses enfans.

J'ai expliqué, au chapitre XVII de ce livre, comment, dans

[1] Voyez l'ordonnance de Philippe
Auguste, de l'an 1209, dans le nouveau
recueil.

[2] Liv. I, tit. I.

[3] *Sic progressum est, ut ad filios
deveniret in quem dominus hoc vellet
beneficium confirmare.* (Ibid.)

la seconde race, la couronne se trouvoit à certains égards élective, et à certains égards héréditaire. Elle étoit héréditaire, parce qu'on prenoit toujours les rois dans cette race; elle l'étoit encore, parce que les enfans succédoient: elle étoit élective, parce que le peuple choisissoit entre les enfans. Comme les choses vont toujours de proche en proche, et qu'une loi politique a toujours du rapport à une autre loi politique, on suivit pour la succession des fiefs le même esprit que l'on avoit suivi pour la succession à la couronne [1]. Ainsi les fiefs passèrent aux enfans et par droit de succession et par droit d'élection; et chaque fief se trouva, comme la couronne, électif et héréditaire.

Ce droit d'élection dans la personne du seigneur ne subsistoit [2] pas du temps des auteurs des livres des Fiefs [3], c'est-à-dire sous le règne de l'empereur Frédéric 1er.

CHAPITRE XXX.

Continuation du même sujet.

Il est dit dans le livre des Fiefs [4] que, quand l'empereur Conrad partit pour Rome, les fidèles qui étoient à son service lui demandèrent de faire une loi pour que les fiefs qui passoient aux enfans passassent aussi aux petits-enfans, et que celui dont le frère étoit mort sans héritiers légitimes

---

[1] Au moins en Italie et en Allemagne.

[2] *Quod hodie ita stabilitum est, ut ad omnes æqualiter veniat.* (Liv. 1 des *Fiefs*, tit. 1.)

[3] *Gerardus Niger, et Aubertus de Orto.*

[4] Liv. 1 des *Fiefs*, tit. 1.

pût succéder au fief qui avoit appartenu à leur père commun : cela fut accordé.

On y ajoute, et il faut se souvenir que ceux qui parlent vivoient [1] du temps de l'empereur Frédéric 1er, « que les » anciens jurisconsultes avoient toujours tenu que la suc- » cession des fiefs en ligne collatérale ne passoit point au- » delà des frères germains, quoique, dans des temps mo- » dernes, on l'eût portée jusqu'au septième degré ; comme, » par le droit nouveau, on l'avoit portée en ligne directe » jusqu'à l'infini [2] ». C'est ainsi que la loi de Conrad reçut peu à peu des extensions.

Toutes ces choses supposées, la simple lecture de l'histoire de France fera voir que la perpétuité des fiefs s'établit plutôt en France qu'en Allemagne. Lorsque l'empereur Conrad II commença à régner en 1024, les choses se trouvèrent encore en Allemagne comme elles étoient déja en France sous le règne de Charles le Chauve, qui mourut en 877. Mais en France, depuis le règne de Charles le Chauve, il se fit de tels changemens, que Charles le Simple se trouva hors d'état de disputer à une maison étrangère ses droits incontestables à l'empire; et qu'enfin, du temps de Hugues Capet, la maison régnante, dépouillée de tous ses domaines, ne put pas même soutenir la couronne.

La foiblesse d'esprit de Charles le Chauve mit en France une égale foiblesse dans l'état. Mais comme Louis le Germanique son frère, et quelques uns de ceux qui lui succédèrent, eurent de plus grandes qualités, la force de leur état se soutint plus long-temps.

---

[1] Cujas l'a très-bien prouvé.　　[2] Liv. 1 *des Fiefs,* tit. 1.

Que dis-je? Peut-être que l'humeur flegmatique, et, si j'ose le dire, l'immutabilité de l'esprit de la nation allemande, résista plus long-temps que celui de la nation françoise à cette disposition des choses, qui faisoit que les fiefs, comme par une tendance naturelle, se perpétuoient dans les familles.

J'ajoute que le royaume d'Allemagne ne fut pas dévasté, et, pour ainsi dire, anéanti, comme le fut celui de France, par ce genre particulier de guerre que lui firent les Normands et les Sarrasins. Il y avoit moins de richesses en Allemagne, moins de villes à saccager, moins de côtes à parcourir, plus de marais à franchir, plus de forêts à pénétrer. Les princes, qui ne virent pas à chaque instant l'état prêt à tomber, eurent moins besoin de leurs vassaux; c'est-à-dire, en dépendirent moins. Et il y a apparence que, si les empereurs d'Allemagne n'avoient été obligés de s'aller faire couronner à Rome, et de faire des expéditions continuelles en Italie, les fiefs auroient conservé plus long-temps chez eux leur nature primitive.

CHAPITRE XXXI.

Comment l'empire sortit de la maison de Charlemagne.

L'EMPIRE, qui, au préjudice de la branche de Charles le Chauve, avoit déja été donné aux bâtards de celle de Louis le Germanique *, passa encore dans une maison étrangère

* Arnoul et son fils Louis IV.

par l'élection de Conrad, duc de Franconie, l'an 912. La branche qui régnoit en France, et qui pouvoit à peine disputer des villages, étoit encore moins en état de disputer l'empire. Nous avons un accord passé entre Charles le Simple et l'empereur Henri 1er, qui avoit succédé à Conrad. On l'appelle le pacte de Bonn *. Les deux princes se rendirent dans un navire qu'on avoit placé au milieu du Rhin, et se jurèrent une amitié éternelle. On employa un *mezzo termine* assez bon. Charles prit le titre de roi de la France occidentale, et Henri celui de roi de la France orientale. Charles contracta avec le roi de Germanie, et non avec l'empereur.

CHAPITRE XXXII.

Comment la couronne de France passa dans la maison de Hugues Capet.

L'hérédité des fiefs et l'établissement général des arrière-fiefs éteignirent le gouvernement politique, et formèrent le gouvernement féodal. Au lieu de cette multitude innombrable de vassaux que les rois avoient eus, ils n'en eurent plus que quelques uns, dont les autres dépendirent. Les rois n'eurent presque plus d'autorité directe : un pouvoir qui devoit passer par tant d'autres pouvoirs, et par de si grands pouvoirs, s'arrêta ou se perdit avant d'arriver à son terme. De si grands vassaux n'obéirent plus, et ils se servirent même de leurs arrière-vassaux pour ne plus obéir.

---

* De l'an 926, rapporté par Aubert le Mire, cod. *donationum piarum,* chap. XXVII.

Les rois, privés de leurs domaines, réduits aux villes de
Reims et de Laon, restèrent à leur merci. L'arbre étendit
trop loin ses branches, et la tête se sécha. Le royaume se
trouva sans domaine, comme est aujourd'hui l'empire. On
donna la couronne à un des plus puissans vassaux.

Les Normands ravageoient le royaume ; ils venoient sur
des espèces de radeaux ou de petits bâtimens, entroient par
l'embouchure des rivières, les remontoient, et dévastoient
le pays des deux côtés. Les villes d'Orléans et de Paris arrê-
toient ces brigands [1] ; et ils ne pouvoient avancer ni sur la
Seine ni sur la Loire. Hugues Capet, qui possédoit ces deux
villes, tenoit dans ses mains les deux clefs des malheureux
restes du royaume ; on lui déféra une couronne qu'il étoit
seul en état de défendre. C'est ainsi que depuis on a donné
l'empire à la maison qui tient immobiles les frontières des
Turcs.

L'empire étoit sorti de la maison de Charlemagne dans
le temps que l'hérédité des fiefs ne s'établissoit que comme
une condescendance. Elle fut même plus tard en usage
chez les Allemands que chez les François [2] : cela fit que
l'empire, considéré comme un fief, fut électif. Au contraire,
quand la couronne de France sortit de la maison de Charlemagne, les fiefs étoient réellement héréditaires dans ce
royaume : la couronne, comme un grand fief, le fut aussi.

Du reste, on a eu grand tort de rejeter sur le moment
de cette révolution tous les changemens qui étoient arrivés

[1] Voyez le capitulaire de Charles le Chauve, de l'an 877, *apud Carisiacum,* sur
l'importance de Paris, de Saint-Denys, et des châteaux sur la Loire, dans ces
temps-là.

[2] Voyez ci-devant le chap. XXX, page 136.

ou qui arrivèrent depuis. Tout se réduisit à deux événemens; la famille régnante changea, et la couronne fut unie
à un grand fief.

CHAPITRE XXXIII.

Quelques conséquences de la perpétuité des fiefs.

Il suivit de la perpétuité des fiefs que le droit d'aînesse
et de primogéniture s'établit parmi les François. On ne le
connoissoit point dans la première race [1] : la couronne se
partageoit entre les frères, les aleux se divisoient de même;
et les fiefs, amovibles ou à vie, n'étant pas un objet de succession, ne pouvoient pas être un objet de partage.

Dans la seconde race, le titre d'empereur qu'avoit Louis
le Débonnaire, et dont il honora Lothaire son fils aîné,
lui fit imaginer de donner à ce prince une espèce de pri-
mauté sur ses cadets. Les deux rois devoient aller trouver
l'empereur chaque année, lui porter des présens [2], et en
recevoir de lui de plus grands; ils devoient conférer avec
lui sur les affaires communes. C'est ce qui donna à Lothaire
ces prétentions qui lui réussirent si mal. Quand Agobard
écrivit pour ce prince [3], il allégua la disposition de l'empereur même, qui avoit associé Lothaire à l'empire, après
que, par trois jours de jeûne et par la célébration des

---

[1] Voyez la loi salique et la loi des Ripuaires, au titre *des Aleux.*

[2] Voyez le capitulaire de l'an 817, qui
contient le premier partage que Louis

le Débonnaire fit entre ses enfans.

[3] Voyez ses deux lettres à ce sujet,
dont l'une a pour titre *de divisione im-
perii.*

saints sacrifices, par des prières et des aumônes, Dieu avoit
été consulté ; que la nation lui avoit prêté serment ; qu'elle
ne pouvoit point se parjurer ; qu'il avoit envoyé Lothaire
à Rome pour être confirmé par le pape. Il pèse sur tout
ceci, et non pas sur le droit d'aînesse. Il dit bien que l'empereur avoit désigné un partage aux cadets, et qu'il avoit
préféré l'aîné : mais en disant qu'il avoit préféré l'aîné,
c'étoit dire en même temps qu'il auroit pu préférer les
cadets.

Mais quand les fiefs furent héréditaires, le droit d'aînesse
s'établit dans la succession des fiefs, et, par la même raison,
dans celle de la couronne, qui étoit le grand fief. La loi
ancienne qui formoit des partages ne subsista plus : les
fiefs étant chargés d'un service, il falloit que le possesseur
fût en état de le remplir. On établit un droit de primogéniture ; et la raison de la loi féodale força celle de la loi
politique ou civile.

Les fiefs passant aux enfans du possesseur, les seigneurs
perdoient la liberté d'en disposer ; et, pour s'en dédomma-
ger, ils établirent un droit qu'on appela le droit de rachat,
dont parlent nos coutumes, qui se paya d'abord en ligne
directe, et qui, par usage, ne se paya plus qu'en ligne collatérale.

Bientôt les fiefs purent être transportés aux étrangers
comme un bien patrimonial. Cela fit naître le droit de lods
et ventes, établi dans presque tout le royaume. Ces droits
furent d'abord arbitraires : mais quand la pratique d'accorder ces permissions devint générale, on les fixa dans chaque
contrée.

Le droit de rachat devoit se payer à chaque mutation

d'héritier, et se paya même d'abord en ligne directe [1]. La coutume la plus générale l'avoit fixé à une année du revenu. Cela étoit onéreux et incommode au vassal, et affectoit, pour ainsi dire, le fief. Il obtint souvent dans l'acte d'hommage que le seigneur ne demanderoit plus pour le rachat qu'une certaine somme d'argent [2], laquelle, par les changemens arrivés aux monnoies, est devenue de nulle importance : ainsi le droit de rachat se trouve aujourd'hui presque réduit à rien, tandis que celui de lods et ventes a subsisté dans toute son étendue. Ce droit-ci ne concernant ni le vassal ni ses héritiers, mais étant un cas fortuit qu'on ne devoit ni prévoir ni attendre, on ne fit point ces sortes de stipulations, et on continua à payer une certaine portion du prix.

Lorsque les fiefs étoient à vie, on ne pouvoit pas donner une partie de son fief pour le tenir pour toujours en arrière-fief; il eût été absurde qu'un simple usufruitier eût disposé de la propriété de la chose. Mais, lorsqu'ils devinrent perpétuels, cela fut permis [3], avec de certaines restrictions que mirent les coutumes [4], ce qu'on appela se jouer de son fief.

La perpétuité des fiefs ayant fait établir le droit de rachat, les filles purent succéder à un fief, au défaut des mâles. Car le seigneur donnant le fief à sa fille, il multiplioit les cas de son droit de rachat, parce que le mari devoit le payer

---

[1] Voyez l'ordonnance de Philippe Auguste, de l'an 1209, sur les fiefs.

[2] On trouve dans les chartres plusieurs de ces conventions, comme dans le capitulaire de Vendôme, et celui de l'abbaye de Saint-Cyprien en Poitou, dont M. Galland, page 55, a donné des extraits.

[3] Mais on ne pouvoit pas abréger le fief, c'est-à-dire en éteindre une portion.

[4] Elles fixèrent la portion dont on pouvoit se jouer.

comme la femme[1]. Cette disposition ne pouvoit avoir lieu
pour la couronne; car, comme elle ne relevoit de personne,
il ne pouvoit point y avoir de droit de rachat sur elle.

La fille de Guillaume v, comte de Toulouse, ne succéda
pas à la comté. Dans la suite, Aliénor succéda à l'Aquitaine,
et Mathilde à la Normandie : et le droit de la succession
des filles parut dans ces temps-là si bien établi, que Louis
le Jeune, après la dissolution de son mariage avec Aliénor,
ne fit aucune difficulté de lui rendre la Guienne. Comme
ces deux derniers exemples suivirent de très-près le premier, il faut que la loi générale qui appeloit les femmes
à la succession des fiefs se soit introduite plus tard dans
la comté de Toulouse que dans les autres provinces du
royaume[2].

La constitution de divers royaumes de l'Europe a suivi
l'état actuel où étoient les fiefs dans les temps que ces
royaumes ont été fondés. Les femmes ne succédèrent ni à
la couronne de France ni à l'empire, parce que, dans
l'établissement de ces deux monarchies, les femmes ne
pouvoient succéder aux fiefs : mais elles succédèrent dans
les royaumes dont l'établissement suivit celui de la perpétuité des fiefs, tels que ceux qui furent fondés par les conquêtes des Normands, ceux qui le furent par les conquêtes
faites sur les Maures; d'autres enfin qui, au-delà des limites
de l'Allemagne et dans des temps assez modernes, prirent,
en quelque façon, une seconde naissance par l'établissement
du christianisme.

---

[1] C'est pour cela que le seigneur con-
traignoit la veuve de se remarier.

[2] La plupart des grandes maisons
avoient leurs loix de succession particulières. Voyez ce que M. de la Thaumas-
sière nous dit sur les maisons du Berri.

Quand les fiefs étoient amovibles, on les donnoit à des gens qui étoient en état de les servir; et il n'étoit point question des mineurs : mais, quand ils furent perpétuels, les seigneurs prirent le fief jusqu'à la majorité, soit pour augmenter leurs profits, soit pour faire élever le pupille dans l'exercice des armes[1]. C'est ce que nos coutumes appellent la garde-noble, laquelle est fondée sur d'autres principes que ceux de la tutèle, et en est entièrement distincte.

Quand les fiefs étoient à vie, on se recommandoit pour un fief; et la tradition réelle, qui se faisoit par le sceptre, constatoit le fief, comme fait aujourd'hui l'hommage. Nous ne voyons pas que les comtes, ou même les envoyés du roi, reçussent les hommages dans les provinces; et cette fonction ne se trouve pas dans les commissions de ces officiers, qui nous ont été conservées dans les capitulaires. Ils faisoient bien quelquefois prêter le serment de fidélité à tous les sujets[2]; mais ce serment étoit si peu un hommage de la nature de ceux qu'on établit depuis, que, dans ces derniers, le serment de fidélité étoit une action jointe à l'hommage, qui tantôt suivoit et tantôt précédoit l'hommage, qui n'avoit point lieu dans tous les hommages, qui fut moins solemnelle que l'hommage, et en étoit entièrement distincte[3].

---

[1] On voit dans le capitulaire de l'année 877, *apud Carisiacum*, art. 3, édition de Baluze, tome II, page 269, le moment où les rois firent administrer les fiefs pour les conserver aux mineurs : exemple qui fut suivi par les seigneurs, et donna l'origine à ce que nous appelons la garde-noble.

[2] On en trouve la formule dans le ca-pitulaire 11 de l'an 802. Voyez aussi celui de l'an 854, art. 13, et autres.

[3] M. du Cange, au mot *hominium*, page 1163, et au mot *fidelitas*, page 474, cite les chartres des anciens hommages où ces différences se trouvent, et grand nombre d'autorités qu'on peut voir. Dans l'hommage, le vassal mettoit sa main dans celle du seigneur, et ju-

Les comtes et les envoyés du roi faisoient encore, dans les occasions, donner aux vassaux dont la fidélité étoit suspecte, une assurance qu'on appeloit *firmitas*[1]; mais cette assurance ne pouvoit être un hommage, puisque les rois se la donnoient entre eux[2].

Que si l'abbé Suger parle d'une chaire de Dagobert où, selon le rapport de l'antiquité, les rois de France avoient coutume de recevoir les hommages des seigneurs[3], il est clair qu'il emploie ici les idées et le langage de son temps.

Lorsque les fiefs passèrent aux héritiers, la reconnoissance du vassal, qui n'étoit dans les premiers temps qu'une chose occasionnelle, devint une action réglée : elle fut faite d'une manière plus éclatante, elle fut remplie de plus de formalités, parce qu'elle devoit porter la mémoire des devoirs réciproques du seigneur et du vassal dans tous les âges.

Je pourrois croire que les hommages commencèrent à s'établir du temps du roi Pepin, qui est le temps où j'ai dit que plusieurs bénéfices furent donnés à perpétuité : mais je le croirois avec précaution, et dans la supposition seule que les auteurs des anciennes annales des Francs n'aient pas été des ignorans, qui, décrivant les cérémonies de l'acte de fidélité que Tassillon, duc de Bavière, fit à Pepin[4], aient parlé suivant les usages qu'ils voyoient pratiquer de leur temps.[5]

roit : le serment de fidélité se faisoit en jurant sur les évangiles. L'hommage se faisoit à genoux ; le serment de fidélité debout. Il n'y avoit que le seigneur qui pût recevoir l'hommage ; mais ses officiers pouvoient prendre le serment de fidélité. Voyez Litleton, sect. 91 et 92. *Foi et hommage,* c'est fidélité et hommage.

[1] Capitulaire de Charles le Chauve, de l'an 860, *post reditum à Confluentibus,* art. 3, édition de Baluze, page 145.

[2] *Ibid.* art. 1.

[3] *Lib. de administratione sua.*

[4] *Anno* 757, chap. XVII.

[5] Tassillo *venit in vassallatico se commendans, per manus sacramenta juravit*

CHAPITRE XXXIV.

Continuation du même sujet.

QUAND les fiefs étoient amovibles ou à vie, ils n'appartenoient guère qu'aux loix politiques; c'est pour cela que
dans les loix civiles de ces temps-là il est fait si peu de
mention des loix des fiefs. Mais lorsqu'ils devinrent héréditaires, qu'ils purent se donner, se vendre, se léguer, ils
appartinrent et aux loix politiques et aux loix civiles. Le
fief, considéré comme une obligation au service militaire,
tenoit au droit politique; considéré comme un genre de
bien qui étoit dans le commerce, il tenoit au droit civil.
Cela donna naissance aux loix civiles sur les fiefs.

Les fiefs étant devenus héréditaires, les loix concernant
l'ordre des successions dûrent être relatives à la perpétuité
des fiefs. Ainsi s'établit, malgré la disposition du droit romain et de la loi salique [1], cette règle du droit françois,
propres ne remontent point [2]. Il falloit que le fief fût servi;
mais un aïeul, un grand-oncle, auroient été de mauvais
vassaux à donner au seigneur : aussi cette règle n'eut-elle
d'abord lieu que pour les fiefs, comme nous l'apprenons
de Boutillier [3].

Les fiefs étant devenus héréditaires, les seigneurs, qui

---

*multa et innumerabilia, reliquiis sanc-
torum manus imponens, et fidelitatem
promisit Pippino.* Il sembleroit qu'il y
auroit là un hommage et un serment de
fidélité. Voyez à la page 145 la note [3].

[1] Au titre *des Aleux*.
[2] Liv. IV, *de Feudis*, tit. 59.
[3] *Somme rurale,* liv. I, tit. 76, p. 447.

devoient veiller à ce que le fief fût servi, exigèrent que les
filles qui devoient succéder au fief[1], et, je crois, quelquefois les mâles, ne pussent se marier sans leur consentement; de sorte que les contrats de mariage devinrent pour
les nobles une disposition féodale et une disposition civile.
Dans un acte pareil fait sous les yeux du seigneur, on fit
des dispositions pour la succession future, dans la vue que
le fief pût être servi par les héritiers : aussi les seuls nobles
eurent-ils d'abord la liberté de disposer des successions
futures par contrat de mariage, comme l'ont remarqué
Boyer[2] et Aufrérius[3].

Il est inutile de dire que le retrait lignager, fondé sur
l'ancien droit des parens, qui est un mystère de notre ancienne jurisprudence françoise que je n'ai pas le temps de
développer, ne put avoir lieu à l'égard des fiefs que lorsqu'ils devinrent perpétuels.

Italiam, Italiam[4].... Je finis le traité des fiefs où la plupart des auteurs l'ont commencé.

[1] Suivant une ordonnance de S. Louis,
de l'an 1246, pour constater les coutumes d'Anjou et du Maine, ceux qui
auront le bail d'une fille héritière d'un
fief donneront assurance au seigneur

qu'elle ne sera mariée que de son consentement.

[2] *Décis.* 155, n°. 8; et 204, n°. 38.

[3] *In capell. Thol.* décision 453.

[4] *Énéide,* liv. III, vers 523.

FIN DE L'ESPRIT DES LOIX.

DÉFENSE

DE

L'ESPRIT DES LOIX.

DÉFENSE

DE

L'ESPRIT DES LOIX.

PREMIÈRE PARTIE.

On a divisé cette *Défense* en trois parties : dans la première on a répondu aux reproches généraux qui ont été faits à l'auteur de *l'Esprit des Loix ;* dans la seconde on répond aux reproches particuliers; la troisième contient des réflexions sur la manière dont on l'a critiqué. Le public va connoître l'état des choses; il pourra juger.

I.

Quoique *l'Esprit des Loix* soit un ouvrage de pure politique et de pure jurisprudence, l'auteur a eu souvent occasion d'y parler de la religion chrétienne : il l'a fait de manière à en faire sentir toute la grandeur; et, s'il n'a pas eu pour objet de travailler à la faire croire, il a cherché à la faire aimer.

Cependant, dans deux feuilles périodiques qui ont paru coup sur coup *, on lui a fait les plus affreuses imputations.

---

* L'une du 9 octobre 1749, l'autre du 16 du même mois.

Il ne s'agit pas moins que de savoir s'il est spinosiste et déiste : et, quoique ces deux accusations soient par elles-mêmes contradictoires, on le mène sans cesse de l'une à l'autre. Toutes les deux, étant incompatibles, ne peuvent pas le rendre plus coupable qu'une seule; mais toutes les deux peuvent le rendre plus odieux.

Il est donc spinosiste, lui qui, dès le premier article de son livre, a distingué le monde matériel d'avec les intelligences spirituelles.

Il est donc spinosiste, lui qui, dans le second article, a attaqué l'athéisme. *Ceux qui ont dit qu'une fatalité aveugle a produit tous les effets que nous voyons dans le monde, ont dit une grande absurdité : car quelle plus grande absurdité qu'une fatalité aveugle qui auroit produit des êtres intelligens?*

Il est donc spinosiste, lui qui a continué par ces paroles: *Dieu a du rapport avec l'univers comme créateur et comme con-servateur* [1] *: les loix selon lesquelles il a créé sont celles selon lesquelles il conserve. Il agit selon ces règles, parce qu'il les connoît; il les connoît, parce qu'il les a faites; il les a faites, parce qu'elles ont du rapport avec sa sagesse et sa puissance.*

Il est donc spinosiste, lui qui a ajouté : *Comme nous voyons que le monde, formé par le mouvement de la matière, et privé d'intelligence, subsiste toujours, etc.* [2].

Il est donc spinosiste, lui qui a démontré, contre Hobbes et Spinosa, *que les rapports de justice et d'équité étoient antérieurs à toutes les loix positives* [3].

Il est donc spinosiste, lui qui a dit, au commencement

[1] Liv. 1, chap. 1,
[2] *Ibid.*
[3] *Ibid.*

du chapitre second : *Cette loi qui, en imprimant dans nous-mêmes l'idée d'un créateur, nous porte vers lui, est la première des loix naturelles par son importance.*

Il est donc spinosiste, lui qui a combattu de toutes ses forces le paradoxe de Bayle, qu'il vaut mieux être athée qu'idolâtre ; paradoxe dont les athées tireroient les plus dangereuses conséquences.

Que dit-on après des passages si formels? Et l'équité naturelle demande que le degré de preuve soit proportionné à la grandeur de l'accusation.

PREMIÈRE OBJECTION.

L'auteur tombe dès le premier pas. Les loix, dans la signification la plus étendue, dit-il, sont les rapports nécessaires qui dérivent de la nature des choses. Les loix des rapports! cela se conçoit-il?.... Cependant l'auteur n'a pas changé la définition ordinaire des loix sans dessein. Quel est donc son but? le voici. Selon le nouveau systême, il y a entre tous les êtres qui forment ce que Pope appelle le grand tout, un enchaînement si nécessaire, que le moindre dérangement porteroit la confusion jusqu'au trône du premier être. C'est ce qui fait dire à Pope que les choses n'ont pu être autrement qu'elles ne sont, et que tout est bien comme il est. Cela posé, on entend la signification de ce langage nouveau, que les loix sont les rapports nécessaires qui dérivent de la nature des choses. A quoi l'on ajoute que, dans ce sens, tous les êtres ont leurs loix; la divinité a ses loix; le monde matériel a ses loix; les intelligences supérieures à l'homme ont leurs loix; les bêtes ont leurs loix; l'homme a ses loix.

III.   20

RÉPONSE.

Les ténèbres mêmes ne sont pas plus obscures que ceci.
Le critique a qui dire que Spinosa admettoit un principe
aveugle et nécessaire qui gouvernoit l'univers : il ne lui en
faut pas davantage ; dès qu'il trouvera le mot nécessaire, ce
sera du spinosisme. L'auteur a dit que les loix étoient un
rapport nécessaire : voilà donc du spinosisme, parce que
voilà du nécessaire. Et ce qu'il y a de surprenant, c'est que
l'auteur, chez le critique, se trouve spinosiste à cause de
cet article, quoique cet article combatte expressément les
systêmes dangereux. L'auteur a eu en vue d'attaquer le sys-
têème de Hobbes ; système terrible, qui, faisant dépendre
toutes les vertus et tous les vices de l'établissement des loix
que les hommes se sont faites, et voulant prouver que les
hommes naissent tous en état de guerre, et que la première
loi naturelle est la guerre de tous contre tous, renverse,
comme Spinosa, et toute religion et toute morale. Sur cela,
l'auteur a établi, premièrement, qu'il y avoit des loix de
justice et d'équité avant l'établissement des loix positives :
il a prouvé que tous les êtres avoient des loix ; que, même
avant leur création, ils avoient des loix possibles ; que Dieu
lui-même avoit des loix, c'est-à-dire les loix qu'il s'étoit
faites. Il a démontré qu'il étoit faux que les hommes na-
quissent en état de guerre * ; il a fait voir que l'état de guerre
n'avoit commencé qu'après l'établissement des sociétés ; il
a donné là-dessus des principes clairs. Mais il en résulte toujours que l'auteur a attaqué les erreurs de Hobbes et les

* Liv. I, chap. II.

conséquences de celles de Spinosa, et qu'il lui est arrivé qu'on l'a si peu entendu, que l'on a pris pour des opinions de Spinosa les objections qu'il fait contre le spinosisme. Avant d'entrer en dispute, il faudroit commencer par se mettre au fait de l'état de la question, et savoir du moins si celui qu'on attaque est ami ou ennemi.

SECONDE OBJECTION.

Le critique continue : *Sur quoi l'auteur cite Plutarque, qui dit que la loi est la reine de tous les mortels et immortels. Mais est-ce d'un païen?* etc.

RÉPONSE.

Il est vrai que l'auteur a cité Plutarque, qui dit que la loi est la reine de tous les mortels et immortels.

TROISIÈME OBJECTION.

L'auteur a dit que *la création, qui paroît être un acte arbitraire, suppose des règles aussi invariables que la fatalité des athées.* De ces termes le critique conclut que l'auteur admet la fatalité des athées.

RÉPONSE.

Un moment auparavant il a détruit cette fatalité par ces paroles : *Ceux qui ont dit qu'une fatalité aveugle gouverne l'univers ont dit une grande absurdité; car quelle plus grande*

absurdité qu'une fatalité aveugle qui a produit des êtres intelli-
gens? De plus, dans le passage qu'on censure, on ne peut
faire parler l'auteur que de ce dont il parle. Il ne parle
point des causes, et il ne compare point les causes; mais
il parle des effets, et il compare les effets. Tout l'article,
celui qui le précède et celui qui le suit, font voir qu'il n'est
question ici que des règles du mouvement, que l'auteur dit
avoir été établies par Dieu : elles sont invariables, ces règles,
et toute la physique le dit avec lui; elles sont invariables,
parce que Dieu a voulu qu'elles fussent telles, et qu'il a
voulu conserver le monde. Il n'en dit ni plus ni moins.

Je dirai toujours que le critique n'entend jamais le sens
des choses, et ne s'attache qu'aux paroles. Quand l'auteur
a dit que la création, qui paroissoit être un acte arbitraire,
supposoit des règles aussi invariables que la fatalité des
athées, on n'a pas pu l'entendre comme s'il disoit que la
création fût un acte nécessaire comme la fatalité des athées,
puisqu'il a déja combattu cette fatalité. De plus, les deux
membres d'une comparaison doivent se rapporter; ainsi il
faut absolument que la phrase veuille dire : La création,
qui paroît d'abord devoir produire des règles de mouvement variables, en a d'aussi invariables que la fatalité des
athées. Le critique, encore une fois, n'a vu et ne voit que
les mots.

I I.

IL n'y a donc point de spinosisme dans *l'Esprit des Loix.*
Passons à une autre accusation; et voyons s'il est vrai que
l'auteur ne reconnoisse pas la religion révélée. L'auteur, à la
fin du chapitre premier, parlant de l'homme, qui est une

intelligence finie, sujette à l'ignorance et à l'erreur, a dit: *Un tel être pouvoit, à tous les instans, oublier son créateur; Dieu l'a rappelé à lui par les loix de la religion.*

Il a dit au chapitre premier du livre XXIV : *Je n'examinerai les diverses religions du monde que par rapport au bien que l'on en tire dans l'état civil, soit que je parle de celle qui a sa racine dans le ciel, ou bien de celles qui ont la leur sur la terre.*

Il ne faudra que très-peu d'équité pour voir que je n'ai jamais prétendu faire céder les intérêts de la religion aux intérêts politiques, mais les unir : or, pour les unir, il faut les connoître. La religion chrétienne, qui ordonne aux hommes de s'aimer, veut sans doute que chaque peuple ait les meilleures loix politiques et les meilleures loix civiles, parce qu'elles sont, après elle, le plus grand bien que les hommes puissent donner et recevoir.

Et au chapitre second du même livre : *Un prince qui aime la religion et qui la craint est un lion qui cède à la main qui le flatte, ou à la voix qui l'appaise : celui qui craint la religion et qui la hait est comme les bêtes sauvages qui mordent la chaîne qui les empêche de se jeter sur ceux qui passent : celui qui n'a point du tout de religion est cet animal terrible qui ne sent sa liberté que lorsqu'il déchire et qu'il dévore.*

Au chapitre troisième du même livre : *Pendant que les princes mahométans donnent sans cesse la mort ou la reçoivent, la religion chez les chrétiens rend les princes moins timides, et par conséquent moins cruels. Le prince compte sur ses sujets, et les sujets sur le prince. Chose admirable! la religion chrétienne, qui ne semble avoir d'objet que la félicité de l'autre vie, fait encore notre bonheur dans celle-ci.*

Au chapitre quatrième du même livre : *Sur le caractère de la religion chrétienne et celui de la mahométane, l'on doit, sans autre examen, embrasser l'une et rejeter l'autre.* On prie de continuer.

Dans le chapitre sixième : *M. Bayle, après avoir insulté toutes les religions, flétrit la religion chrétienne : il ose avancer que de véritables chrétiens ne formeroient pas un état qui pût subsister. Pourquoi non? Ce seroient des citoyens infiniment éclairés sur leurs devoirs, et qui auroient un très-grand zèle pour les remplir; ils sentiroient très-bien les droits de la défense naturelle; plus ils croiroient devoir à la religion, plus ils penseroient devoir à la patrie. Les principes du christianisme, bien gravés dans le cœur, seroient infiniment plus forts que ce faux honneur des monarchies, ces vertus humaines des républiques, et cette crainte servile des états despotiques.*

Il est étonnant que ce grand homme n'ait pas su distinguer les ordres pour l'établissement du christianisme d'avec le christianisme même, et qu'on puisse lui imputer d'avoir méconnu l'esprit de sa propre religion. Lorsque le législateur, au lieu de donner des loix, a donné des conseils, c'est qu'il a vu que ses conseils, s'ils étoient ordonnés comme des loix, seroient contraires à l'esprit de ses loix.

Au chapitre dixième : *Si je pouvois un moment cesser de penser que je suis chrétien, je ne pourrois m'empêcher de mettre la destruction de la secte de Zénon au nombre des malheurs du genre humain, etc. Faites abstraction des vérités révélées; cherchez dans toute la nature, et vous n'y trouverez pas de plus grand objet que les Antonins, etc.*

Et au chapitre treizième : *La religion païenne, qui ne défendoit que quelques crimes grossiers, qui arrêtoit la main et*

abandonnoit le cœur, pouvoit avoir des crimes inexpiables : mais
une religion qui enveloppe toutes les passions; qui n'est pas plus
jalouse des actions que des desirs et des pensées; qui ne nous
tient point attachés par quelques chaînes, mais par un nombre
innombrable de fils; qui laisse derrière elle la justice humaine,
et commence une autre justice; qui est faite pour mener sans
cesse du repentir à l'amour, et de l'amour au repentir; qui
met entre le juge et le criminel un grand médiateur, entre le
juste et le médiateur un grand juge : une telle religion ne doit
point avoir de crimes inexpiables. Mais, quoiqu'elle donne des
craintes et des espérances à tous, elle fait assez sentir que, s'il
n'y a point de crime qui par sa nature soit inexpiable, toute
une vie peut l'être; qu'il seroit très-dangereux de tourmenter
sans cesse la miséricorde par de nouveaux crimes et de nou-
velles expiations; qu'inquiets sur les anciennes dettes, jamais
quittes envers le Seigneur, nous devons craindre d'en contracter
de nouvelles, de combler la mesure, et d'aller jusqu'au terme
où la bonté paternelle finit.

Dans le chapitre dix-neuvième, à la fin, l'auteur, après
avoir fait sentir les abus de diverses religions païennes sur
l'état des ames dans l'autre vie, dit : *Ce n'est pas assez pour*
une religion d'établir un dogme; il faut encore qu'elle le dirige.
C'est ce qu'a fait admirablement bien la religion chrétienne à
l'égard des dogmes dont nous parlons : elle nous fait espérer un
état que nous croyions, non pas un état que nous sentions ou
que nous connoissions : tout, jusqu'à la résurrection des corps,
nous mène à des idées spirituelles.

Et au chapitre vingt-sixième, à la fin : *Il suit de là qu'il*
est presque toujours convenable qu'une religion ait des dogmes
particuliers et un culte général. Dans les loix qui concernent

*les pratiques du culte, il faut peu de détails; par exemple,
des mortifications, et non pas une certaine mortification. Le
christianisme est plein de bon sens : l'abstinence est de droit
divin; mais une abstinence particulière est de droit de police,
et on peut la changer.*

Au chapitre dernier, livre vingt-cinquième : *Mais il n'en
résulte pas qu'une religion apportée d'un pays très-éloigné, et
totalement différent de climat, de loix, de mœurs et de manières, ait tout le succès que sa sainteté devroit lui promettre.*

Et au chapitre troisième du livre vingt-quatrième : *C'est
la religion chrétienne qui, malgré la grandeur de l'empire et le
vice du climat, a empêché le despotisme de s'établir en Éthio-
pie, et a porté au milieu de l'Afrique les mœurs de l'Europe
et ses loix, etc. . . . Tout près de là, on voit le mahométisme
faire renfermer les enfans du roi de Sennar : à sa mort, le
conseil les envoie égorger en faveur de celui qui monte sur le
trône.*

*Que, d'un côté, l'on se mette devant les yeux les massacres
continuels des rois et des chefs grecs et romains, et, de l'autre,
la destruction des peuples et des villes par ces mêmes chefs;
Timur et Gengis-kan, qui ont dévasté l'Asie; et nous verrons
que nous devons au christianisme, et dans le gouvernement un
certain droit politique, et dans la guerre un certain droit des
gens, que la nature humaine ne sauroit assez reconnoître.* On
supplie de lire tout le chapitre.

Dans le chapitre huitième du livre vingt-quatrième : *Dans
un pays où l'on a le malheur d'avoir une religion que Dieu n'a
pas donnée, il est toujours nécessaire qu'elle s'accorde avec la
morale, parce que la religion, même fausse, est le meilleur ga-
rant que les hommes puissent avoir de la probité des hommes.*

Ce sont des passages formels. On y voit un écrivain qui non seulement croit la religion chrétienne, mais qui l'aime. Que dit-on pour prouver le contraire? Et on avertit encore une fois qu'il faut que les preuves soient proportionnées à l'accusation : cette accusation n'est pas frivole, les preuves ne doivent pas l'être. Et comme ces preuves sont données dans une forme assez extraordinaire, étant toujours moitié preuves, moitié injures, et se trouvant comme enveloppées dans la suite d'un discours fort vague, je vais les chercher.

PREMIÈRE OBJECTION.

L'auteur a loué les stoïciens, qui admettoient une fatalité aveugle, un enchaînement nécessaire, etc. *. C'est le fondement de la religion naturelle.

RÉPONSE.

Je suppose un moment que cette mauvaise manière de raisonner soit bonne. L'auteur a-t-il loué la physique et la métaphysique des stoïciens? Il a loué leur morale; il a dit que les peuples en avoient tiré de grands biens : il a dit cela, et il n'a rien dit de plus. Je me trompe, il a dit plus: car, dès la première page du livre, il a attaqué cette fatalité des stoïciens : il ne l'a donc pas louée, quand il a loué les stoïciens.

* Page 165 de la deuxième feuille du 16 octobre 1749.

SECONDE OBJECTION.

L'auteur a loué Bayle en l'appelant un grand homme *.

RÉPONSE.

Je suppose encore un moment qu'en général cette manière de raisonner soit bonne : elle ne l'est pas du moins
dans ce cas-ci. Il est vrai que l'auteur a appelé Bayle un
grand homme; mais il a censuré ses opinions : s'il les a
censurées, il ne les admet pas. Et puisqu'il a combattu ses
opinions, il ne l'appelle pas un grand homme à cause de
ses opinions. Tout le monde sait que Bayle avoit un grand
esprit dont il a abusé; mais cet esprit dont il a abusé, il
l'avoit. L'auteur a combattu ses sophismes, et il plaint ses
égaremens. Je n'aime point les gens qui renversent les loix
de leur patrie; mais j'aurois de la peine à croire que César
et Cromwel fussent de petits esprits. Je n'aime point les
conquérans; mais on ne pourra guère me persuader
qu'Alexandre et Gengis-kan aient été des génies communs.
Il n'auroit pas fallu beaucoup d'esprit à l'auteur pour dire
que Bayle étoit un homme abominable; mais il y a apparence qu'il n'aime point à dire des injures, soit qu'il tienne
cette disposition de la nature, soit qu'il l'ait reçue de son
éducation. J'ai lieu de croire que, s'il prenoit la plume, il
n'en diroit pas même à ceux qui ont cherché à lui faire un
des plus grands maux qu'un homme puisse faire à un
homme, en travaillant à le rendre odieux à tous ceux qui

* Page 165 de la deuxième feuille.

ne le connoissent pas , et suspect à tous ceux qui le connoissent.

De plus, j'ai remarqué que les déclamations des hommes
furieux ne font guère d'impression que sur ceux qui sont
furieux eux-mêmes. La plupart des lecteurs sont des gens
modérés : on ne prend guère un livre que lorsqu'on est de
sang-froid; les gens raisonnables aiment les raisons. Quand
l'auteur auroit dit mille injures à Bayle, il n'en seroit ré-
sulté, ni que Bayle eût bien raisonné, ni que Bayle eût
mal raisonné; tout ce qu'on en auroit pu conclure auroit
été que l'auteur savoit dire des injures.

TROISIÈME OBJECTION.

Elle est tirée de ce que l'auteur n'a point parlé, dans son
chapitre premier, du péché originel *.

RÉPONSE.

Je demande à tout homme sensé si ce chapitre est un
traité de théologie. Si l'auteur avoit parlé du péché originel, on lui auroit pu imputer tout de même de n'avoir
point parlé de la rédemption : ainsi, d'article en article, à
l'infini.

QUATRIÈME OBJECTION.

Elle est tirée de ce que M. Domat a commencé son
ouvrage autrement que l'auteur, et qu'il a d'abord parlé
de la révélation.

* Feuille du 9 octobre 1749, page 162.

RÉPONSE.

Il est vrai que M. Domat a commencé son ouvrage autrement que l'auteur, et qu'il a d'abord parlé de la révélation.

CINQUIÈME OBJECTION.

L'auteur a suivi le système du poème de Pope.

RÉPONSE.

Dans tout l'ouvrage, il n'y a pas un mot du système de Pope.

SIXIÈME OBJECTION.

L'auteur dit que la loi qui prescrit à l'homme ses devoirs envers Dieu est la plus importante; mais il nie qu'elle soit la première. Il prétend que la première loi de la nature est la paix; que les hommes ont commencé par avoir peur les uns des autres, etc.; que les enfans savent que la première loi, c'est d'aimer Dieu; et la seconde, c'est d'aimer son prochain.

RÉPONSE.

Voici les paroles de l'auteur : *Cette loi qui, en imprimant dans nous-mêmes l'idée d'un créateur, nous porte vers lui, est la première des loix naturelles par son importance, et non pas dans l'ordre de ces loix. L'homme, dans l'état de nature, auroit plutôt la faculté de connoître, qu'il n'auroit des connois-*

sances. Il est clair que ses premières idées ne seroient point des idées spéculatives : il songeroit à la conservation de son être, avant de chercher l'origine de son être. Un homme pareil ne sentiroit d'abord que sa foiblesse; sa timidité seroit extrême : et, si l'on avoit là-dessus besoin de l'expérience, l'on a trouvé dans les forêts des hommes sauvages; tout les fait trembler, tout les fait fuir *. L'auteur a donc dit que la loi qui, en imprimant en nous-mêmes l'idée du créateur, nous porte vers lui, étoit la première des loix naturelles. Il ne lui a pas été défendu, plus qu'aux philosophes et aux écrivains du droit naturel, de considérer l'homme sous divers égards : il lui a été permis de supposer un homme comme tombé des nues, laissé à lui-même et sans éducation, avant l'établissement des sociétés. Eh bien! l'auteur a dit que la première loi naturelle, la plus importante, et par conséquent la capitale, seroit pour lui, comme pour tous les hommes, de se porter vers son créateur. Il a aussi été permis à l'auteur d'examiner quelle seroit la première impression qui se feroit sur cet homme, et de voir l'ordre dans lequel ces impressions seroient reçues dans son cerveau : et il a cru qu'il auroit des sentimens avant de faire des réflexions; que le premier, dans l'ordre du temps, seroit la peur; ensuite, le besoin de se nourrir, etc. L'auteur a dit que la loi qui, en imprimant en nous l'idée du créateur, nous porte vers lui, est la première des loix naturelles; le critique dit que la première loi naturelle est d'aimer Dieu : ils ne sont divisés que par les injures.

* Liv. I, chap. II.

SEPTIÈME OBJECTION.

Elle est tirée du chapitre premier du premier livre, où l'auteur, après avoir dit que *l'homme étoit un être borné*, a ajouté : *Un tel être pouvoit, à tous les instans, oublier son créateur; Dieu l'a rappelé à lui par les loix de la religion.* Or, dit-on, quelle est cette religion dont parle l'auteur? il parle sans doute de la religion naturelle; il ne croit donc que la religion naturelle.

RÉPONSE.

Je suppose encore un moment que cette manière de raisonner soit bonne, et que, de ce que l'auteur n'auroit parlé là que de la religion naturelle, on en pût conclure qu'il ne croit que la religion naturelle, et qu'il exclut la religion révélée. Je dis que, dans cet endroit, il a parlé de la religion révélée, et non pas de la religion naturelle; car s'il avoit parlé de la religion naturelle, il seroit un idiot. Ce seroit comme s'il disoit : Un tel être pouvoit aisément oublier son créateur, c'est-à-dire la religion naturelle; Dieu l'a rappelé à lui par les loix de la religion naturelle; de sorte que Dieu lui auroit donné la religion naturelle pour perfectionner en lui la religion naturelle. Ainsi, pour se préparer à dire des invectives à l'auteur, on commence par ôter à ses paroles le sens du monde le plus clair, pour leur donner le sens du monde le plus absurde; et, pour avoir meilleur marché de lui, on le prive du sens commun.

HUITIÈME OBJECTION.

L'auteur a dit [1], en parlant de l'homme : *Un tel être pouvoit, à tous les instans, oublier son créateur; Dieu l'a rappelé à lui par les loix de la religion. Un tel être pouvoit, à tous les instans, s'oublier lui-même; les philosophes l'ont averti par les loix de la morale. Fait pour vivre dans la société, il y pouvoit oublier les autres; les législateurs l'ont rendu à ses devoirs par les loix politiques et civiles. Donc,* dit le critique [2], *selon l'auteur, le gouvernement du monde est partagé entre Dieu, les philosophes et les législateurs, etc. Où les philosophes ont-ils appris les loix de la morale? où les législateurs ont-ils vu ce qu'il faut prescrire pour gouverner les sociétés avec équité?*

RÉPONSE.

Et cette réponse est très-aisée. Ils l'ont appris dans la révélation, s'ils ont été assez heureux pour cela, ou bien dans cette loi qui, en imprimant en nous l'idée du créateur, nous porte vers lui. L'auteur de l'*Esprit des Loix* a-t-il dit comme Virgile, *César partage l'empire avec Jupiter?* Dieu, qui gouverne l'univers, n'a-t-il pas donné à de certains hommes plus de lumières, à d'autres plus de puissance? Vous diriez que l'auteur a dit que, parce que Dieu a voulu que des hommes gouvernassent des hommes, il n'a pas voulu qu'ils lui obéissent, et qu'il s'est démis de l'empire qu'il avoit sur eux, etc. Voilà où sont réduits ceux qui, ayant beaucoup de foiblesse pour raisonner, ont beaucoup de force pour déclamer.

[1] Liv. 1, chap. 1.
[2] Page 162 de la feuille du 9 octobre 1749.

NEUVIÈME OBJECTION.

Le critique continue : *Remarquons encore que l'auteur, qui trouve que Dieu ne peut pas gouverner les êtres libres aussi bien que les autres, parce qu'étant libres il faut qu'ils agissent par eux - mêmes* (je remarquerai, en passant, que l'auteur ne se sert point de cette expression, *que Dieu ne peut pas*), *ne remédie à ce désordre que par des loix qui peuvent bien montrer à l'homme ce qu'il doit faire, mais qui ne lui donnent pas le pouvoir de le faire : ainsi, dans le système de l'auteur, Dieu crée des êtres dont il ne peut empêcher le désordre, ni le réparer.....* *Aveugle, qui ne voit pas que Dieu fait ce qu'il veut de ceux mêmes qui ne font pas ce qu'il veut!*

RÉPONSE.

Le critique a déja reproché à l'auteur de n'avoir point parlé du péché originel : il le prend encore sur le fait; il n'a point parlé de la grace. C'est une chose triste d'avoir affaire à un homme qui censure tous les articles d'un livre, et n'a qu'une idée dominante. C'est le conte de ce curé de village à qui des astronomes montroient la lune dans un télescope, et qui n'y voyoit que son clocher.

L'auteur de l'*Esprit des Loix* a cru qu'il devoit commencer par donner quelque idée des loix générales, et du droit de la nature et des gens. Ce sujet étoit immense, et il l'a traité dans deux chapitres; il a été obligé d'omettre quantité de choses qui appartenoient à son sujet : à plus forte raison a-t-il omis celles qui n'y avoient point de rapport.

DIXIÈME OBJECTION.

L'auteur a dit qu'en Angleterre l'homicide de soi-même étoit l'effet d'une maladie, et qu'on ne pouvoit pas plus le punir qu'on ne punit les effets de la démence. Un sectateur de la religion naturelle n'oublie pas que l'Angleterre est le berceau de sa secte; il passe l'éponge sur tous les crimes qu'il y apperçoit.

RÉPONSE.

L'auteur ne sait point si l'Angleterre est le berceau de la religion naturelle : mais il sait que l'Angleterre n'est pas son berceau. Parce qu'il a parlé d'un effet physique qui se voit en Angleterre, il ne pense pas sur la religion comme les Anglois; pas plus qu'un Anglois qui parleroit d'un effet physique arrivé en France, ne penseroit sur la religion comme les François. L'auteur de l'*Esprit des Loix* n'est point du tout sectateur de la religion naturelle : mais il voudroit que son critique fût sectateur de la logique naturelle.

Je crois avoir déja fait tomber des mains du critique les armes effrayantes dont il s'est servi : je vais à présent donner une idée de son exorde, qui est tel, que je crains qu'on ne pense que ce soit par dérision que j'en parle ici.

Il dit d'abord, et ce sont ses paroles, que *le livre de l'Es-prit des Loix est une de ces productions irrégulières..... qui ne se sont si fort multipliées que depuis l'arrivée de la bulle* Unigenitus. Mais faire arriver l'*Esprit des Loix* à cause de

III.   22

l'arrivée de la constitution *Unigenitus*, n'est-ce pas vouloir
faire rire? La bulle *Unigenitus* n'est point la cause occasionnelle du livre de l'*Esprit des Loix*; mais la bulle *Unigenitus*
et le livre de l'*Esprit des Loix* ont été les causes occasion-
nelles qui ont fait faire au critique un raisonnement si
puérile. Le critique continue : *L'auteur dit qu'il a bien des
fois commencé et abandonné son ouvrage.... Cependant, quand
il jetoit au feu ses premières productions, il étoit moins éloigné
de la vérité que lorsqu'il a commencé à être content de son travail.* Qu'en sait-il? Il ajoute : *Si l'auteur avoit voulu suivre un
chemin frayé, son ouvrage lui auroit coûté moins de travail.*
Qu'en sait-il encore? Il prononce ensuite cet oracle : *Il ne
faut pas beaucoup de pénétration pour appercevoir que le livre
de l'*Esprit des Loix *est fondé sur le système de la religion naturelle.... On a montré, dans les lettres contre le poème de Pope
intitulé* Essai sur l'homme, *que le système de la religion naturelle rentre dans celui de Spinosa : c'en est assez pour inspirer
à un chrétien l'horreur du nouveau livre que nous annonçons.*
Je réponds que non seulement c'en est assez, mais même
que c'en seroit beaucoup trop. Mais je viens de prouver
que le système de l'auteur n'est pas celui de la religion naturelle; et, en lui passant que le système de la religion naturelle rentrât dans celui de Spinosa, le système de l'auteur
n'entreroit pas dans celui de Spinosa, puisqu'il n'est pas
celui de la religion naturelle.

Il veut donc inspirer de l'horreur, avant d'avoir prouvé
qu'on doit avoir de l'horreur.

Voici les deux formules des raisonnemens répandus dans
les deux écrits auxquels je réponds : L'auteur de l'*Esprit des
Loix* est un sectateur de la religion naturelle : donc il faut

expliquer ce qu'il dit ici par les principes de la religion naturelle : or, si ce qu'il dit ici est fondé sur les principes de
la religion naturelle, il est un sectateur de la religion naturelle.

L'autre formule est celle-ci : L'auteur de l'*Esprit des Loix*
est un sectateur de la religion naturelle : donc ce qu'il dit
dans son livre en faveur de la révélation n'est que pour
cacher qu'il est un sectateur de la religion naturelle : or,
s'il se cache ainsi, il est un sectateur de la religion naturelle.

Avant de finir cette première partie, je serois tenté de
faire une objection à celui qui en a tant fait. Il a si fort
effrayé les oreilles du mot de sectateur de la religion naturelle, que moi, qui défends l'auteur, je n'ose presque
prononcer ce nom : je vais cependant prendre courage. Ses
deux écrits ne demanderoient-ils pas plus d'explication que
celui que je défends ? Fait-il bien, en parlant de la religion
naturelle et de la révélation, de se jeter perpétuellement
tout d'un côté, et de faire perdre les traces de l'autre ? Fait-
il bien de ne distinguer jamais ceux qui ne reconnoissent
que la seule religion naturelle, d'avec ceux qui reconnoissent et la religion naturelle et la révélation ? Fait-il bien de
s'effaroucher toutes les fois que l'auteur considère l'homme
dans l'état de la religion naturelle, et qu'il explique quelque chose sur les principes de la religion naturelle ? Fait-
il bien de confondre la religion naturelle avec l'athéisme ?
N'ai-je pas toujours oui dire que nous avions tous une religion naturelle ? N'ai-je pas oui dire que le christianisme
étoit la perfection de la religion naturelle ? N'ai-je pas oui
dire que l'on employoit la religion naturelle pour prouver
la révélation contre les déistes, et que l'on employoit la

même religion naturelle pour prouver l'existence de Dieu
contre les athées? Il dit que les stoïciens étoient des sectateurs de la religion naturelle : et moi je lui dis qu'ils étoient
des athées [1], puisqu'ils croyoient qu'une fatalité aveugle gouvernoit l'univers; et que c'est par la religion naturelle que
l'on combat les stoïciens. Il dit que le système de la religion
naturelle rentre dans celui de Spinosa [2]: et moi je lui dis
qu'ils sont contradictoires, et que c'est par la religion naturelle qu'on détruit le système de Spinosa. Je lui dis que
confondre la religion naturelle avec l'athéisme, c'est confondre la preuve avec la chose qu'on veut prouver, et l'objection contre l'erreur avec l'erreur même; que c'est ôter les
armes puissantes que l'on a contre cette erreur. A Dieu ne
plaise que je veuille imputer aucun mauvais dessein au critique, ni faire valoir les conséquences que l'on pourroit tirer
de ses principes! quoiqu'il ait très-peu d'indulgence, on en
veut avoir pour lui. Je dis seulement que les idées méta-
physiques sont extrêmement confuses dans sa tête; qu'il n'a
point du tout la faculté de séparer; qu'il ne sauroit porter
de bons jugemens, parce que, parmi les diverses choses
qu'il faut voir, il n'en voit jamais qu'une. Et cela même,
je ne le dis pas pour lui faire des reproches, mais pour
détruire les siens.

[1] Voyez la page 165 des feuilles du 9 octobre 1749. « Les stoïciens n'admet-toient qu'un Dieu; mais ce Dieu n'é-toit autre chose que l'ame du monde. Ils vouloient que tous les êtres, depuis le premier, fussent nécessairement en-chaînés les uns avec les autres; une né-cessité fatale entraînoit tout. Ils nioient » l'immortalité de l'ame, et faisoient » consister le souverain bonheur à vivre » conformément à la nature. C'est le » fond du système de la religion natu-» relle. »

[2] Voyez page 161 de la première feuille du 9 octobre 1749, à la fin de la première colonne.

SECONDE PARTIE.

IDÉE GÉNÉRALE.

J'AI absous le livre de l'*Esprit des Loix* de deux reproches généraux dont on l'avoit chargé : il y a encore des imputations particulières auxquelles il faut que je réponde. Mais, pour donner un plus grand jour à ce que j'ai dit et à ce que je dirai dans la suite, je vais expliquer ce qui a donné lieu ou a servi de prétexte aux invectives.

Les gens les plus sensés de divers pays de l'Europe, les hommes les plus éclairés et les plus sages, ont regardé le livre de l'*Esprit des Loix* comme un ouvrage utile : ils ont pensé que la morale en étoit pure, les principes justes; qu'il étoit propre à former d'honnêtes gens; qu'on y détruisoit les opinions pernicieuses, qu'on y encourageoit les bonnes.

D'un autre côté, voilà un homme qui en parle comme d'un livre dangereux; il en fait le sujet des invectives les plus outrées. Il faut que j'explique ceci.

Bien loin d'avoir entendu les endroits particuliers qu'il critiquoit dans ce livre, il n'a pas seulement su quelle étoit la matière qui y étoit traitée : ainsi, déclamant en l'air et combattant contre le vent, il a remporté des triomphes de même espèce. Il a bien critiqué le livre qu'il avoit dans la tête, il n'a pas critiqué celui de l'auteur. Mais comment a-t-on pu manquer ainsi le sujet et le but d'un ouvrage qu'on avoit devant les yeux? Ceux qui auront quelques lumières verront, du premier coup-d'œil, que cet ouvrage a

pour objet les loix, les coutumes et les divers usages de tous
les peuples de la terre. On peut dire que le sujet en est immense, puisqu'il embrasse toutes les institutions qui sont
reçues parmi les hommes; puisque l'auteur distingue ces
institutions; qu'il examine celles qui conviennent le plus à
la société et à chaque société; qu'il en cherche l'origine; qu'il
en découvre les causes physiques et morales; qu'il examine
celles qui ont un degré de bonté par elles-mêmes, et celles
qui n'en ont aucun; que de deux pratiques pernicieuses il
cherche celle qui l'est plus et celle qui l'est moins; qu'il y
discute celles qui peuvent avoir de bons effets à un certain
égard, et de mauvais dans un autre. Il a cru ses recherches
utiles, parce que le bon sens consiste beaucoup à connoître
les nuances des choses. Or, dans un sujet aussi étendu, il a
été nécessaire de traiter de la religion : car, y ayant sur la
terre une religion vraie et une infinité de fausses, une religion envoyée du ciel et une infinité d'autres qui sont nées
sur la terre, il n'a pu regarder toutes les religions fausses
que comme des institutions humaines : ainsi il a dû les examiner comme toutes les autres institutions humaines. Et
quant à la religion chrétienne, il n'a eu qu'à l'adorer, comme
étant une institution divine. Ce n'étoit point de cette religion qu'il devoit traiter, parce que, par sa nature, elle n'est
sujette à aucun examen; de sorte que, quand il en a parlé,
il ne l'a jamais fait pour la faire entrer dans le plan de son
ouvrage, mais pour lui payer le tribut de respect et d'amour
qui lui est dû par tout chrétien, et pour que, dans les
comparaisons qu'il en pouvoit faire avec les autres religions,
il pût la faire triompher de toutes. Ce que je dis se voit dans
tout l'ouvrage : mais l'auteur l'a particulièrement expliqué

au commencement du livre vingt-quatrième, qui est le premier des deux livres qu'il a faits sur la religion. Il le commence ainsi : *Comme on peut juger parmi les ténèbres celles qui sont les moins épaisses, et parmi les abîmes ceux qui sont les moins profonds, ainsi l'on peut chercher entre les religions fausses celles qui sont les plus conformes au bien de la société; celles qui, quoiqu'elles n'aient pas l'effet de mener les hommes aux félicités de l'autre vie, peuvent le plus contribuer à leur bonheur dans celle-ci.*

Je n'examinerai donc les diverses religions du monde que par rapport au bien que l'on en tire dans l'état civil, soit que je parle de celle qui a sa racine dans le ciel, ou bien de celles qui ont la leur sur la terre.

L'auteur, ne regardant donc les religions humaines que comme des institutions humaines, a dû en parler, parce qu'elles entroient nécessairement dans son plan. Il n'a point été les chercher, mais elles sont venues le chercher. Et quant à la religion chrétienne, il n'en a parlé que par occasion, parce que, par sa nature, ne pouvant être modifiée, mitigée, corrigée, elle n'entroit point dans le plan qu'il s'étoit proposé.

Qu'a-t-on fait pour donner une ample carrière aux déclamations, et ouvrir la porte la plus large aux invectives? On a considéré l'auteur comme si, à l'exemple de M. Abbadie, il avoit voulu faire un traité sur la religion chrétienne : on l'a attaqué comme si ses deux livres sur la religion étoient deux traités de théologie chrétienne : on l'a repris comme si, parlant d'une religion quelconque qui n'est pas la chrétienne, il avoit eu à l'examiner selon les principes et les dogmes de la religion chrétienne : on l'a jugé comme s'il

s'étoit chargé, dans ses deux livres, d'établir pour les chrétiens et de prêcher aux mahométans et aux idolâtres les
dogmes de la religion chrétienne. Toutes les fois qu'il a parlé
de la religion en général, toutes les fois qu'il a employé le
mot de religion, on a dit : C'est la religion chrétienne.
Toutes les fois qu'il a comparé les pratiques religieuses de
quelques nations quelconques, et qu'il a dit qu'elles étoient
plus conformes au gouvernement politique de ce pays que
telle autre pratique, on a dit : Vous les approuvez donc,
et vous abandonnez la foi chrétienne. Lorsqu'il a parlé de
quelque peuple qui n'a point embrassé le christianisme, ou
qui a précédé la venue de Jésus-Christ, on lui a dit : Vous
ne reconnoissez donc pas la morale chrétienne. Quand il
a examiné en écrivain politique quelque pratique que ce
soit, on lui a dit : C'étoit tel dogme de théologie chrétienne
que vous deviez mettre là. Vous dites que vous êtes jurisconsulte ; et je vous ferai théologien malgré vous. Vous nous
donnez d'ailleurs de très-belles choses sur la religion chrétienne : mais c'est pour vous cacher que vous les dites ; car
je connois votre cœur et je lis dans vos pensées. Il est vrai
que je n'entends point votre livre ; il n'importe pas que j'aie
démêlé bien ou mal l'objet dans lequel il a été écrit : mais
je connois au fond toutes vos pensées. Je ne sais pas un mot
de ce que vous dites : mais j'entends très-bien ce que vous
ne dites pas. Entrons à présent en matière.

DES CONSEILS DE RELIGION.

L'AUTEUR, dans le livre sur la religion, a combattu l'erreur de Bayle; voici ses paroles[1] : *M. Bayle, après avoir insulté toutes les religions, flétrit la religion chrétienne : il ose avancer que de véritables chrétiens ne formeroient pas un état qui pût subsister. Pourquoi non? Ce seroient des citoyens infiniment éclairés sur leurs devoirs, et qui auroient un très-grand zèle pour les remplir; ils sentiroient très-bien les droits de la défense naturelle; plus ils croiroient devoir à la religion, plus ils penseroient devoir à la patrie. Les principes du christianisme, bien gravés dans le cœur, seroient infiniment plus forts que ce faux honneur des monarchies, ces vertus humaines des républiques, et cette crainte servile des états despotiques.*

Il est étonnant que ce grand homme n'ait pas su distinguer les ordres pour l'établissement du christianisme d'avec le christianisme même, et qu'on puisse lui imputer d'avoir méconnu l'esprit de sa propre religion. Lorsque le législateur, au lieu de donner des loix, a donné des conseils, c'est qu'il a vu que ses conseils, s'ils étoient ordonnés comme des loix, seroient contraires à l'esprit de ses loix. Qu'a-t-on fait pour ôter à l'auteur la gloire d'avoir combattu ainsi l'erreur de Bayle? On prend le chapitre[2] suivant, qui n'a rien à faire avec Bayle : *Les loix humaines, y est-il dit, faites pour parler à l'esprit, doivent donner des préceptes, et point de conseils: la religion, faite pour parler au cœur, doit donner beaucoup de conseils, et peu de préceptes.* Et de là on conclut que l'auteur regarde tous les préceptes de l'évangile comme des conseils. Il pourroit dire aussi que

[1] Liv. XXIV, chap. VI. [2] C'est le chap. VII du liv. XXIV.

III.   23

celui qui fait cette critique regarde lui-même tous les conseils de l'évangile comme des préceptes : mais ce n'est pas
sa manière de raisonner, et encore moins sa manière d'agir.
Allons au fait : il faut un peu alonger ce que l'auteur a rac-
courci. M. Bayle avoit soutenu qu'une société de chrétiens ne
pourroit pas subsister; et il alléguoit pour cela l'ordre de
l'évangile de présenter l'autre joue quand on reçoit un
soufflet, de quitter le monde, de se retirer dans les dé-
serts, etc. L'auteur a dit que Bayle prenoit pour des préceptes ce qui n'étoit que des conseils, pour des règles générales ce qui n'étoit que des règles particulières : en cela
l'auteur a défendu la religion. Qu'arrive-t-il? on pose, pour
premier article de sa croyance, que tous les livres de l'évangile ne contiennent que des conseils.

DE LA POLYGAMIE.

D'autres articles ont encore fourni des sujets commodes
pour les déclamations. La polygamie en étoit un excellent.
L'auteur a fait un chapitre exprès où il l'a réprouvée : le voici.

De la polygamie en elle-même.

*A regarder la polygamie en général, indépendamment des
circonstances qui peuvent la faire un peu tolérer, elle n'est point
utile au genre humain, ni à aucun des deux sexes, soit à celui
qui abuse, soit à celui dont on abuse. Elle n'est pas non plus
utile aux enfans; et un de ses grands inconvéniens est que le
père et la mère ne peuvent avoir la même affection pour leurs
enfans; un père ne peut pas aimer vingt enfans comme une mère*

en aime deux. C'est bien pis quand une femme a plusieurs ma-
ris; car pour lors l'amour paternel ne tient plus qu'à cette opi-
nion, qu'un père peut croire, s'il veut, ou que les autres peuvent
croire, que de certains enfans lui appartiennent.

La pluralité des femmes, qui le diroit! mène à cet amour que
la nature désavoue : c'est qu'une dissolution en entraîne toujours
une autre, etc.

Il y a plus, la possession de beaucoup de femmes ne prévient
pas toujours les desirs pour celle d'un autre : il en est de la
luxure comme de l'avarice, elle augmente sa soif par l'acqui-
sition des trésors.

Du temps de Justinien, plusieurs philosophes, gênés par le
christianisme, se retirèrent en Perse auprès de Cosroès. Ce qui
les frappa le plus, dit Agathias, ce fut que la polygamie étoit
permise à des gens qui ne s'abstenoient pas même de l'adultère.

L'auteur a donc établi que la polygamie étoit, par sa nature et en elle-même, une chose mauvaise; il falloit partir
de ce chapitre, et c'est pourtant de ce chapitre que l'on n'a
rien dit. L'auteur a de plus examiné philosophiquement
dans quels pays, dans quels climats, dans quelles circonstances, elle avoit de moins mauvais effets; il a comparé les
climats aux climats et les pays aux pays; et il a trouvé qu'il
y avoit des pays où elle avoit des effets moins mauvais que
dans d'autres; parce que, suivant les relations, le nombre
des hommes et des femmes n'étant point égal dans tous les
pays, il est clair que, s'il y a des pays où il y ait beaucoup
plus de femmes que d'hommes, la polygamie, mauvaise en
elle-même, l'est moins dans ceux-là que dans d'autres. L'auteur a discuté ceci dans le chapitre IV du même livre. Mais

parce que le titre de ce chapitre porte ces mots, *que la loi de la polygamie est une affaire de calcul*, on a saisi ce titre. Cependant, comme le titre d'un chapitre se rapporte au chapitre même, et ne peut dire ni plus ni moins que ce chapitre, voyons-le.

Suivant les calculs que l'on fait en diverses parties de l'Europe, il y naît plus de garçons que de filles : au contraire, les relations de l'Asie nous disent qu'il y naît beaucoup plus de filles que de garçons. La loi d'une seule femme en Europe, et celle qui en permet plusieurs en Asie, ont donc un certain rapport au climat.

Dans les climats froids de l'Asie, il naît, comme en Europe, beaucoup plus de garçons que de filles. C'est, disent les Lamas, la raison de la loi qui, chez eux, permet à une femme d'avoir plusieurs maris.

Mais j'ai peine à croire qu'il y ait beaucoup de pays où la disproportion soit assez grande pour qu'elle exige qu'on y introduise la loi de plusieurs femmes, ou la loi de plusieurs maris. Cela veut dire seulement que la pluralité des femmes, ou même la pluralité des hommes, est plus conforme à la nature dans de certains pays que dans d'autres.

J'avoue que si ce que les relations nous disent étoit vrai, qu'à Bantam il y a dix femmes pour un homme, ce seroit un cas bien particulier de la polygamie.

Dans tout ceci, je ne justifie pas les usages, mais j'en rends les raisons.

Revenons au titre, *la polygamie est une affaire de calcul.* Oui, elle l'est, quand on veut savoir si elle est plus ou moins pernicieuse dans de certains climats, dans de certains pays, dans de certaines circonstances, que dans d'autres : elle n'est point une affaire de calcul, quand on doit décider si elle est bonne ou mauvaise par elle-même.

Elle n'est point une affaire de calcul, quand on raisonne sur sa nature ; elle peut être une affaire de calcul, quand on combine ses effets : enfin elle n'est jamais une affaire de calcul, quand on examine le but du mariage ; et elle l'est encore moins, quand on examine le mariage comme établi par Jésus-Christ.

J'ajouterai ici que le hasard a très-bien servi l'auteur. Il ne prévoyoit pas sans doute qu'on oublieroit un chapitre formel, pour donner des sens équivoques à un autre : il a le bonheur d'avoir fini cet autre par ces paroles : *Dans tout ceci, je ne justifie point les usages, mais j'en rends les raisons.*

L'auteur vient de dire qu'il ne voyoit pas qu'il pût y avoir des climats où le nombre des femmes pût tellement excéder celui des hommes, ou le nombre des hommes celui des femmes, que cela dût engager à la polygamie dans aucun pays ; et il a ajouté : *Cela veut dire seulement que la pluralité des femmes, et même la pluralité des hommes, est plus conforme à la nature dans de certains pays que dans d'autres* *. Le critique a saisi le mot *est plus conforme à la nature,* pour faire dire à l'auteur qu'il approuvoit la polygamie. Mais si je disois que j'aime mieux la fièvre que le scorbut, cela signifieroit-il que j'aime la fièvre, ou seulement que le scorbut m'est plus désagréable que la fièvre ?

Voici, mot pour mot, une objection bien extraordinaire. *La polygamie d'une femme qui a plusieurs maris est un désordre monstrueux qui n'a été permis en aucun cas, et que*

---

* Chap. iv du liv. xvi.

l'auteur ne distingue en aucune sorte de la polygamie d'un homme qui a plusieurs femmes *. *Ce langage, dans un sectateur de la religion naturelle, n'a pas besoin de commentaire.*

Je supplie de faire attention à la liaison des idées du critique. Selon lui, il suit que, de ce que l'auteur est un sectateur de la religion naturelle, il n'a point parlé de ce dont il n'avoit que faire de parler : ou bien il suit, selon lui, que l'auteur n'a point parlé de ce dont il n'avoit que faire de parler, parce qu'il est sectateur de la religion naturelle. Ces deux raisonnemens sont de même espèce, et les conséquences se trouvent également dans les prémisses. La manière ordinaire est de critiquer sur ce que l'on écrit ; ici le critique s'évapore sur ce que l'on n'écrit pas.

Je dis tout ceci en supposant, avec le critique, que l'auteur n'eût point distingué la polygamie d'une femme qui a plusieurs maris, de celle où un mari auroit plusieurs femmes. Mais si l'auteur les a distinguées, que dira-t-il ? Si l'auteur a fait voir que, dans le premier cas, les abus étoient plus grands, que dira-t-il ? Je supplie le lecteur de relire le chapitre VI du livre. XVI ; je l'ai rapporté ci-dessus. Le critique lui a fait des invectives, parce qu'il avoit gardé le silence sur cet article ; il ne reste plus que de lui en faire sur ce qu'il ne l'a pas gardé.

Mais voici une chose que je ne puis comprendre. Le critique a mis dans la seconde de ses feuilles, page 166 : *L'auteur nous a dit ci-dessus que la religion doit permettre la polygamie dans les pays chauds, et non dans les pays froids.* Mais l'auteur n'a dit cela nulle part. Il n'est plus question de mau-

---

* Page 164 de la feuille du 9 octobre 1749.

vais raisonnemens entre le critique et lui; il est question d'un fait. Et comme l'auteur n'a dit nulle part que la religion doit permettre la polygamie dans les pays chauds et non dans les pays froids, si l'imputation est fausse comme elle l'est, et grave comme elle l'est, je prie le critique de se juger lui-même. Ce n'est pas le seul endroit sur lequel l'auteur ait à faire un cri. A la page 163, à la fin de la première feuille, il est dit : *Le chapitre IV porte pour titre que la loi de la polygamie est une affaire de calcul; c'est-à-dire que, dans les lieux où il naît plus de garçons que de filles, comme en Europe, on ne doit épouser qu'une femme; dans ceux où il naît plus de filles que de garçons, la polygamie doit y être introduite.* Ainsi, lorsque l'auteur explique quelques usages ou donne la raison de quelques pratiques, on les lui fait mettre en maximes, et, ce qui est plus triste encore, en maximes de religion; et comme il a parlé d'une infinité d'usages et de pratiques dans tous les pays du monde, on peut, avec une pareille méthode, le charger des erreurs et même des abominations de tout l'univers. Le critique dit, à la fin de sa seconde feuille, que Dieu lui a donné quelque zèle. Eh bien! je réponds que Dieu ne lui a pas donné celui-là.

CLIMAT.

CE que l'auteur a dit sur le climat est encore une matière très-propre pour la rhétorique. Mais tous les effets quelconques ont des causes : le climat et les autres causes physiques produisent un nombre infini d'effets. Si l'auteur avoit dit le contraire, on l'auroit regardé comme un homme stupide. Toute la question se réduit à savoir si, dans des pays

éloignés entre eux, si, sous des climats différens, il y a des
caractères d'esprits nationaux. Or, qu'il y ait de telles différences, cela est établi par l'universalité presque entière des
livres qui ont été écrits. Et comme le caractère de l'esprit
influe beaucoup dans la disposition du cœur, on ne sauroit
encore douter qu'il n'y ait de certaines qualités du cœur plus
fréquentes dans un pays que dans un autre; et l'on a encore pour preuve un nombre infini d'écrivains de tous les
lieux et de tous les temps. Comme ces choses sont humaines,
l'auteur en a parlé d'une façon humaine. Il auroit pu joindre
là bien des questions que l'on agite dans les écoles sur les
vertus humaines et sur les vertus chrétiennes; mais ce n'est
point avec ces questions que l'on fait des livres de physique,
de politique et de jurisprudence. En un mot, ce physique
du climat peut produire diverses dispositions dans les esprits; ces dispositions peuvent influer sur les actions humaines : cela choque-t-il l'empire de celui qui a créé, ou les
mérites de celui qui a racheté?

Si l'auteur a recherché ce que les magistrats de divers pays
pouvoient faire pour conduire leur nation de la manière la
plus convenable et la plus conforme à son caractère, quel
mal a-t-il fait en cela?

On raisonnera de même à l'égard de diverses pratiques lo-
cales de religion. L'auteur n'avoit à les considérer ni comme
bonnes ni comme mauvaises : il a dit seulement qu'il y
avoit des climats où de certaines pratiques de religion étoient
plus aisées à recevoir, c'est-à-dire, étoient plus aisées à
pratiquer par les peuples de ces climats que par les peuples
d'un autre. De ceci il est inutile de donner des exemples;
il y en a cent mille.

Je sais bien que la religion est indépendante par elle-même de tout effet physique quelconque, que celle qui est bonne dans un pays est bonne dans un autre, et qu'elle ne peut être mauvaise dans un pays sans l'être dans tous : mais je dis que, comme elle est pratiquée par les hommes et pour les hommes, il y a des lieux où une religion quelconque trouve plus de facilité à être pratiquée, soit en tout, soit en partie, dans de certains pays que dans d'autres, et dans de certaines circonstances que dans d'autres; et, dès que quelqu'un dira le contraire, il renoncera au bon sens.

L'auteur a remarqué que le climat des Indes produisoit une certaine douceur dans les mœurs. Mais, dit le critique, les femmes s'y brûlent à la mort de leur mari. Il n'y a guère de philosophie dans cette objection. Le critique ignore-t-il les contradictions de l'esprit humain, et comment il sait séparer les choses les plus unies, et unir celles qui sont les plus séparées? Voyez là-dessus les réflexions de l'auteur, au chapitre III du livre XIV.

TOLÉRANCE.

Tout ce que l'auteur a dit sur la tolérance se rapporte à cette proposition du chapitre IX, livre XXV : *Nous sommes ici politiques, et non pas théologiens : et, pour les théologiens mêmes, il y a bien de la différence entre tolérer une religion, et l'approuver.*

Lorsque les loix de l'état ont cru devoir souffrir plusieurs religions, il faut qu'elles les obligent aussi à se tolérer entre elles. On prie de lire le reste du chapitre.

On a beaucoup crié sur ce que l'auteur a ajouté au cha-

pitre x, livre xxv : *Voici le principe fondamental des loix po-*
litiques en fait de religion. Quand on est maître de recevoir dans
un état une nouvelle religion, ou de ne la pas recevoir, il ne
faut pas l'y établir; quand elle y est établie, il faut la tolérer.

On objecte à l'auteur qu'il va avertir les princes idolâtres
de fermer leurs états à la religion chrétienne : effectivement, c'est un secret qu'il a été dire à l'oreille au roi de la
Cochinchine. Comme cet argument a fourni matière à beaucoup de déclamations, j'y ferai deux réponses. La première,
c'est que l'auteur a excepté nommément dans son livre la
religion chrétienne. Il a dit au livre xxiv, chapitre i, à la
fin : *La religion chrétienne, qui ordonne aux hommes de s'ai-*
mer, veut sans doute que chaque peuple ait les meilleures loix
politiques et les meilleures loix civiles, parce qu'elles sont, après
elle, le plus grand bien que les hommes puissent donner et rece-
voir. Si donc la religion chrétienne est le premier bien, et
les loix politiques et civiles le second, il n'y a point de loix
politiques et civiles dans un état qui puissent ou doivent
y empêcher l'entrée de la religion chrétienne.

Ma seconde réponse est que la religion du ciel ne s'établit pas par les mêmes voies que les religions de la terre.
Lisez l'histoire de l'église, et vous verrez les prodiges de la
religion chrétienne. A-t-elle résolu d'entrer dans un pays ?
elle sait s'en faire ouvrir les portes ; tous les instrumens sont
bons pour cela : quelquefois Dieu veut se servir de quelques
pécheurs ; quelquefois il va prendre sur le trône un empereur, et fait plier sa tête sous le joug de l'évangile. La religion chrétienne se cache-t-elle dans les lieux souterrains ?
attendez un moment, et vous verrez la majesté impériale
parler pour elle. Elle traverse, quand elle veut, les mers, les

rivières et les montagnes; ce ne sont pas les obstacles d'ici bas qui l'empêchent d'aller. Mettez de la répugnance dans les esprits, elle saura vaincre ces répugnances : établissez des coutumes, formez des usages, publiez des édits, faites des loix; elle triomphera du climat, des loix qui en résultent, et des législateurs qui les auront faites. Dieu, suivant des décrets que nous ne connoissons point, étend ou resserre les limites de sa religion.

On dit : C'est comme si vous alliez dire aux rois d'orient qu'il ne faut pas qu'ils reçoivent chez eux la religion chrétienne. C'est être bien charnel que de parler ainsi : étoit-ce donc Hérode qui devoit être le Messie ? Il semble qu'on regarde Jésus-Christ comme un roi qui, voulant conquérir un état voisin, cache ses pratiques et ses intelligences. Rendons-nous justice : la manière dont nous nous conduisons dans les affaires humaines est-elle assez pure pour penser à l'employer à la conversion des peuples?

CÉLIBAT.

Nous voici à l'article du célibat. Tout ce que l'auteur en a dit se rapporte à cette proposition, qui se trouve au livre xxv, chapitre iv : la voici.

Je ne parlerai point ici des conséquences de la loi du célibat: on sent qu'elle pourroit devenir nuisible à proportion que le corps du clergé seroit trop étendu, et que, par conséquent, celui des laïques ne le seroit pas assez. Il est clair que l'auteur ne parle ici que de la plus grande ou de la moindre extension que l'on doit donner au célibat par rapport au plus grand ou au moindre nombre de ceux qui doivent l'embrasser ; et ,

comme l'a dit l'auteur en un autre endroit, cette loi de perfection ne peut pas être faite pour tous les hommes : on sait
d'ailleurs que la loi du célibat, telle que nous l'avons, n'est
qu'une loi de discipline. Il n'a jamais été question, dans
l'*Esprit des Loix*, de la nature du célibat même et du degré
de sa bonté ; et ce n'est en aucune façon une matière qui
doive entrer dans un livre de loix politiques et civiles. Le
critique ne veut jamais que l'auteur traite son sujet, il veut
continuellement qu'il traite le sien ; et parce qu'il est toujours théologien, il ne veut pas que, même dans un livre
de droit, il soit jurisconsulte. Cependant on verra tout-à-
l'heure qu'il est, sur le célibat, de l'opinion des théologiens,
c'est-à-dire qu'il en a reconnu la bonté. Il faut savoir que
dans le livre XXIII, où il est traité du rapport que les loix
ont avec le nombre des habitans, l'auteur a donné une
théorie de ce que les loix politiques et civiles de divers
peuples avoient fait à cet égard. Il a fait voir, en examinant
les histoires des divers peuples de la terre, qu'il y avoit eu
des circonstances où ces loix furent plus nécessaires que dans
d'autres, des peuples qui en avoient eu plus de besoin, de certains temps où ces peuples en avoient eu plus de besoin encore : et, comme il a pensé que les Romains furent le peuple
du monde le plus sage, et qui, pour réparer ses pertes, eut le
plus de besoin de pareilles loix, il a recueilli avec exactitude
les loix qu'ils avoient faites à cet égard ; il a marqué avec précision dans quelles circonstances elles avoient été faites, et
dans quelles autres circonstances elles avoient été ôtées. Il
n'y a point de théologie dans tout ceci, et il n'en faut point
pour tout ceci. Cependant il a jugé à propos d'y en mettre.
Voici ses paroles : *A Dieu ne plaise que je parle ici contre le céli-*

bat qu'a adopté la religion! mais qui pourroit se taire contre celui qu'a formé le libertinage; celui où les deux sexes, se corrompant par les sentimens naturels même, fuient une union qui doit les rendre meilleurs, pour vivre dans celle qui les rend toujours pires?

C'est une règle tirée de la nature, que plus on diminue le nombre des mariages qui pourroient se faire, plus on corrompt ceux qui sont faits; moins il y a de gens mariés, moins il y a de fidélité dans les mariages; comme lorsqu'il y a plus de voleurs, il y a plus de vols *.

L'auteur n'a donc point désapprouvé le célibat qui a pour motif la religion. On ne pouvoit se plaindre de ce qu'il s'élevoit contre le célibat introduit par le libertinage ; de ce qu'il désapprouvoit qu'une infinité de gens riches et voluptueux se portassent à fuir le joug du mariage pour la commodité de leurs déréglemens; qu'ils prissent pour eux les délices et la volupté, et laissassent les peines aux misérables : on ne pouvoit, dis-je, s'en plaindre. Mais le critique, après avoir cité ce que l'auteur a dit, prononce ces paroles : *On apperçoit ici toute la malignité de l'auteur, qui veut jeter sur la religion chrétienne des désordres qu'elle déteste.* Il n'y a pas d'apparence d'accuser le critique de n'avoir pas voulu entendre l'auteur : je dirai seulement qu'il ne l'a point entendu, et qu'il lui fait dire contre la religion ce qu'il a dit contre le libertinage. Il doit en être bien fâché.

ERREURS PARTICULIÈRES DU CRITIQUE.

On croiroit que le critique a juré de n'être jamais au fait de l'état de la question, et de n'entendre pas un seul des

* Liv. XXIII, chap. XXI, à la fin.

passages qu'il attaque. Tout le second chapitre du livre xxv roule sur les motifs plus ou moins puissans qui attachent les hommes à la conservation de leur religion : le critique trouve, dans son imagination, un autre chapitre qui auroit pour sujet des motifs qui obligent les hommes à passer d'une religion dans une autre. Le premier sujet emporte un état passif, le second un état d'action; et, appliquant sur un sujet ce que l'auteur a dit sur un autre, il déraisonne tout à son aise.

L'auteur a dit, au second article du chapitre ii du livre xxv : *Nous sommes extrêmement portés à l'idolâtrie, et cependant nous ne sommes pas fort attachés aux religions idolâtres; nous ne sommes guère portés aux idées spirituelles, et cependant nous sommes très-attachés aux religions qui nous font adorer un être spirituel. Cela vient de la satisfaction que nous trouvons en nous-mêmes d'avoir été assez intelligens pour avoir choisi une religion qui tire la divinité de l'humiliation où les autres l'avoient mise.* L'auteur n'avoit fait cet article que pour expliquer pourquoi les mahométans et les Juifs, qui n'ont pas les mêmes graces que nous, sont aussi invinciblement attachés à leur religion qu'on le sait par expérience : le critique l'entend autrement. *C'est à l'orgueil,* dit-il, *que l'on attribue d'avoir fait passer les hommes de l'idolâtrie à l'unité d'un Dieu* *. Mais il n'est question ici, ni dans tout le chapitre, d'aucun passage d'une religion dans une autre : et si un chrétien sent de la satisfaction à l'idée de la gloire et à la vue de la grandeur de Dieu, et qu'on appelle cela de l'orgueil, c'est un très-bon orgueil.

* Page 166 de la seconde feuille.

MARIAGE.

VOICI une autre objection qui n'est pas commune. L'auteur a fait deux chapitres au livre XXIII : l'un a pour titre, *Des hommes et des animaux, par rapport à la propagation de l'espèce;* et l'autre est intitulé, *Des mariages.* Dans le premier il a dit ces paroles : *Les femelles des animaux ont à peu près une fécondité constante : mais, dans l'espèce humaine, la manière de penser, le caractère, les passions, les fantaisies, les caprices, l'idée de conserver sa beauté, l'embarras de la grossesse, celui d'une famille trop nombreuse, troublent la propagation de mille manières.* Et dans l'autre il a dit : *L'obligation naturelle qu'a le père de nourrir ses enfans a fait établir le mariage, qui déclare celui qui doit remplir cette obligation.*

On dit là-dessus : *Un chrétien rapporteroit l'institution du mariage à Dieu même, qui donna une compagne à Adam, et qui unit le premier homme à la première femme par un lien indissoluble, avant qu'ils eussent des enfans à nourrir : mais l'auteur évite tout ce qui a trait à la révélation.* Il répondra qu'il est chrétien, mais qu'il n'est point imbécille; qu'il adore ces vérités, mais qu'il ne veut point mettre à tort et à travers toutes les vérités qu'il croit. L'empereur Justinien étoit chrétien, et son compilateur l'étoit aussi. Eh bien! dans leurs livres de droit, que l'on enseigne aux jeunes gens dans les écoles, ils définissent le mariage l'union de l'homme et de la femme qui forme une société de vie individuelle *. Il n'est jamais venu dans la tête de personne de leur reprocher de n'avoir pas parlé de la révélation.

---

* *Maris et feminæ conjunctio, individuam vitæ societatem continens.*

U S U R E.

Nous voici à l'affaire de l'usure. J'ai peur que le lecteur
ne soit fatigué de m'entendre dire que le critique n'est jamais au fait, et ne prend jamais le sens des passages qu'il
censure. Il dit, au sujet des usures maritimes : *L'auteur ne
voit rien que de juste dans les usures maritimes; ce sont ses
termes.* En vérité, cet ouvrage de l'*Esprit des Loix* a un terrible interprète. L'auteur a traité des usures maritimes au
chapitre xx du livre xxii; il a donc dit dans ce chapitre que
les usures maritimes étoient justes. Voyons-le.

Des usures maritimes.

*La grandeur des usures maritimes est fondée sur deux choses:
le péril de la mer, qui fait qu'on ne s'expose à prêter son argent
que pour en avoir beaucoup davantage; et la facilité que le commerce donne à l'emprunteur de faire promptement de grandes
affaires et en grand nombre : au-lieu que les usures de terre,
n'étant fondées sur aucune de ces deux raisons, sont ou pros-
crites par le législateur, ou, ce qui est plus sensé, réduites à de
justes bornes.*

Je demande à tout homme sensé si l'auteur vient de décider que les usures maritimes sont justes, ou s'il a dit simplement que la grandeur des usures maritimes répugnoit moins
à l'équité naturelle que la grandeur des usures de terre. Le
critique ne connoît que les qualités positives et absolues; il
ne sait ce que c'est que ces termes *plus* ou *moins*. Si on lui

disoit qu'un mulâtre est moins noir qu'un nègre, cela signifieroit, selon lui, qu'il est blanc comme de la neige : si on lui disoit qu'il est plus noir qu'un Européen, il croiroit encore qu'on veut dire qu'il est noir comme du charbon. Mais poursuivons.

Il y a dans l'*Esprit des Loix*, au livre XXII, quatre chapitres sur l'usure. Dans les deux premiers, qui sont le XIX et celui qu'on vient de lire, l'auteur examine l'usure * dans le rapport qu'elle peut avoir avec le commerce chez les différentes nations et dans les divers gouvernemens du monde : ces deux chapitres ne s'appliquent qu'à cela. Les deux suivans ne sont faits que pour expliquer les variations de l'usure chez les Romains. Mais voilà qu'on érige tout-à-coup l'auteur en casuiste, en canoniste et en théologien, uniquement par la raison que celui qui critique est casuiste, canoniste et théologien, ou deux des trois, ou un des trois, ou peut-être dans le fond aucun des trois. L'auteur sait qu'à regarder le prêt à intérêt dans son rapport avec la religion chrétienne, la matière a des distinctions et des limitations sans fin : il sait que les jurisconsultes et plusieurs tribunaux ne sont pas toujours d'accord avec les casuistes et les canonistes; que les uns admettent de certaines limitations au principe général de n'exiger jamais d'intérêts, et que les autres en admettent de plus grandes. Quand toutes ces questions auroient appartenu à son sujet, ce qui n'est pas, comment auroit-il pu les traiter? On a bien de la peine à savoir ce qu'on a beaucoup étudié, encore moins sait-on ce qu'on n'a étudié de sa vie : mais les chapitres mêmes que l'on emploie contre lui, prouvent assez qu'il

* Usure ou intérêt signifioit la même chose chez les Romains.

n'est qu'historien et jurisconsulte. Lisons le chapitre XIX *.

L'argent est le signe des valeurs. Il est clair que celui qui a besoin de ce signe doit le louer, comme il fait toutes les choses dont il peut avoir besoin. Toute la différence est que les autres choses peuvent ou se louer, ou s'acheter; au lieu que l'argent, qui est le prix des choses, se loue et ne s'achète pas.

C'est bien une action très-bonne de prêter à un autre son argent sans intérêt; mais on sent que ce ne peut être qu'un conseil de religion, et non une loi civile.

Pour que le commerce puisse se bien faire, il faut que l'argent ait un prix, mais que ce prix soit peu considérable. S'il est trop haut, le négociant, qui voit qu'il lui en coûteroit plus en intérêts qu'il ne pourroit gagner dans son commerce, n'entreprend rien : si l'argent n'a point de prix, personne n'en prête, et le négociant n'entreprend rien non plus.

Je me trompe quand je dis que personne n'en prête. Il faut toujours que les affaires de la société aillent; l'usure s'établit, mais avec les désordres que l'on a éprouvés dans tous les temps.

La loi de Mahomet confond l'usure avec le prêt à intérêt. L'usure augmente dans les pays mahométans à proportion de la sévérité de la défense : le prêteur s'indemnise du péril de la contravention.

Dans ces pays d'orient, la plupart des hommes n'ont rien d'assuré; il n'y a presque point de rapport entre la possession actuelle d'une somme, et l'espérance de la ravoir après l'avoir prêtée : l'usure y augmente donc à proportion du péril de l'insolvabilité.

Ensuite viennent le chapitre *des usures maritimes,* que j'ai rapporté ci-dessus, et le chapitre XXI, qui traite *du*

* Liv. XXII.

prêt par contrat, et de l'usure chez les Romains, que voici :

Outre le prêt fait pour le commerce, il y a encore une espèce de prêt fait par un contrat civil, d'où résulte un intérêt ou usure.

Le peuple chez les Romains augmentant tous les jours sa puissance, les magistrats cherchèrent à le flatter, et à lui faire faire les loix qui lui étoient le plus agréables. Il retrancha les capitaux; il diminua les intérêts; il défendit d'en prendre; il ôta les contraintes par corps; enfin l'abolition des dettes fut mise en question toutes les fois qu'un tribun voulut se rendre populaire.

Ces continuels changemens, soit par des loix, soit par des plébiscites, naturalisèrent à Rome l'usure; car les créanciers, voyant le peuple leur débiteur, leur législateur et leur juge, n'eurent plus de confiance dans les contrats. Le peuple, comme un débiteur décrédité, ne tentoit à emprunter que par de gros profits; d'autant plus que, si les loix ne venoient que de temps en temps, les plaintes du peuple étoient continuelles et intimidoient toujours les créanciers. Cela fit que tous les moyens honnêtes de prêter et d'emprunter furent abolis à Rome, et qu'une usure affreuse, toujours foudroyée et toujours renaissante, s'y établit.

Cicéron nous dit que, de son temps, on prêtoit à Rome à trente-quatre pour cent, et à quarante-huit pour cent dans les provinces. Ce mal venoit, encore un coup, de ce que les loix n'avoient pas été ménagées. Les loix extrêmes dans le bien font naître le mal extrême : il fallut payer pour le prêt de l'argent, et pour le danger des peines de la loi.

L'auteur n'a donc parlé du prêt à intérêt que dans son rapport avec le commerce des divers peuples ou avec les loix civiles des Romains; et cela est si vrai, qu'il a distingué, au second article du chapitre XIX, les établissemens des législateurs de la religion d'avec ceux des législateurs politiques. S'il avoit parlé là nommément de la religion chrétienne, ayant un autre sujet à traiter, il auroit employé d'autres termes, et fait ordonner à la religion chrétienne ce qu'elle ordonne, et conseiller ce qu'elle conseille : il auroit distingué, avec les théologiens, les cas divers ; il auroit posé toutes les limitations que les principes de la religion chrétienne laissent à cette loi générale, établie quelquefois chez les Romains et toujours chez les mahométans, *qu'il ne faut jamais, dans aucun cas et dans aucune circonstance, recevoir d'intérêt pour de l'argent.* L'auteur n'avoit pas ce sujet à traiter, mais celui-ci, qu'une défense générale, illimitée, indistincte et sans restriction, perd le commerce chez les mahométans, et pensa perdre la république chez les Romains ; d'où il suit que, parce que les chrétiens ne vivent pas sous ces termes rigides, le commerce n'est point détruit chez eux, et que l'on ne voit point dans leurs états ces usures affreuses qui s'exigent chez les mahométans, et que l'on extorquoit autrefois chez les Romains.

L'auteur a employé les chapitres XXI et XXII [1] à examiner quelles furent les loix chez les Romains au sujet du prêt par contrat dans les divers temps de leur république. Son critique quitte un moment les bancs de théologie, et se tourne du côté de l'érudition. On va voir qu'il se trompe encore dans son érudition, et qu'il n'est pas seulement au fait de l'état des questions qu'il traite. Lisons le chapitre XXII [2].

[1] Liv. XXII.   [2] Liv. XXII.

Tacite dit que la loi des douze tables fixa l'intérêt à un pour cent par an. Il est visible qu'il s'est trompé, et qu'il a pris pour la loi des douze tables une autre loi dont je vais parler. Si la loi des douze tables avoit réglé cela, comment, dans les disputes qui s'élevèrent depuis entre les créanciers et les débiteurs, ne se seroit-on pas servi de son autorité? On ne trouve aucun vestige de cette loi sur le prêt à intérêt; et, pour peu qu'on soit versé dans l'histoire de Rome, on verra qu'une loi pareille ne devoit point être l'ouvrage des décemvirs. Et un peu après l'auteur ajoute : *L'an 398 de Rome, les tribuns Duellius et Menenius firent passer une loi qui réduisoit les intérêts à un pour cent par an. C'est cette loi que Tacite confond avec la loi des douze tables; et c'est la première qui ait été faite chez les Romains pour fixer le taux de l'intérêt, etc.* Voyons à présent.

L'auteur dit que Tacite s'est trompé en disant que la loi des douze tables avoit fixé l'usure chez les Romains ; il a dit que Tacite a pris pour la loi des douze tables une loi qui fut faite par les tribuns Duellius et Menenius, environ quatre-vingt-quinze ans après la loi des douze tables, et que cette loi fut la première qui fixa à Rome le taux de l'usure. Que lui dit-on? Tacite ne s'est pas trompé; il a parlé de l'usure à un pour cent par mois, et non pas de l'usure à un pour cent par an. Mais il n'est pas question ici du taux de l'usure; il s'agit de savoir si la loi des douze tables a fait quelque disposition quelconque sur l'usure. L'auteur dit que Tacite s'est trompé, parce qu'il a dit que les décemvirs, dans la loi des douze tables, avoient fait un réglement pour fixer le taux de l'usure : et là-dessus le critique dit que Tacite ne s'est pas trompé, parce qu'il a parlé de l'usure à un pour cent par mois, et non pas à un pour cent par an.

J'avois donc raison de dire que le critique ne sait pas l'état
de la question.

Mais il en reste une autre, qui est de savoir si la loi quelconque dont parle Tacite fixa l'usure à un pour cent par
an, comme l'a dit l'auteur, ou bien à un pour cent par
mois, comme le dit le critique. La prudence vouloit qu'il
n'entreprît pas une dispute avec l'auteur sur les loix romaines sans connoître les loix romaines; qu'il ne lui niât
pas un fait qu'il ne savoit pas, et dont il ignoroit même les
moyens de s'éclaircir. La question étoit de savoir ce que
Tacite avoit entendu par ces mots *unciarium fœnus*[1] : il ne
lui falloit qu'ouvrir les dictionnaires; il auroit trouvé, dans
celui de Calvinus ou Kahl[2], que l'usure onciaire étoit d'un
pour cent par an, et non d'un pour cent par mois. Vouloit-il
consulter les savans? il auroit trouvé la même chose dans
Saumaise[3].

> Testis mearum centimanus Gyas
> Sententiarum.   (HOR. liv. III, ode IV, v. 69.)

Remontoit-il aux sources? il auroit trouvé là-dessus des

[1] *Nam primò duodecim tabulis sanc-
tum ne quis unciario fœnore ampliùs
exerceret.* (Annal. liv. VI.)

[2] *Usurarum species ex assis partibus
denominantur : quo*[*] *ut intelligatur,
illud scire oportet sortem omnem ad
centenarium numerum revocari; sum-
mam autem usuram esse, cùm pars sortis centesima singulis mensibus persol-
vitur. Et quoniam istâ ratione summa
hæc usura duodecim aureos annuos in
centenos efficit, duodenarius numerus
jurisconsultos movit ut assem hunc
usurarium appellarent. Quemadmodùm
hic as, non ex menstrua, sed ex annua*

*pensione æstimandus est, similiter om-
nes ejus partes ex anni ratione intel-
ligendæ sunt; ut, si unus in centenos
annuatim pendatur, unciaria usura; si
bini, sextans; si terni, quadrans; si
quaterni, triens; si quini, quincunx; si
semi, semis; si septeni, septunx; si oc-
toni, bes; si novem, dodrans; si deni,
dextrans; si undeni, deunx; si duode-
ni, as.* (Lexicon Joannis Calvini, *aliàs*
Kahl, *Coloniæ Allobrogum, anno 1622,
apud Petrum Balduinum*, in verbo Usura, pag. 960.)

[3] *De modo usurarum, Lugduni Bata-*

textes clairs dans les livres de droit *; il n'auroit point
brouillé toutes les idées; il eût distingué les temps et les
occasions où l'usure onciaire signifioit un pour cent par
mois, d'avec les temps et les occasions où elle signifioit un
pour cent par an, et il n'auroit pas pris le douzième de la
centésime pour la centésime.

Lorsqu'il n'y avoit point de loix sur le taux de l'usure
chez les Romains, l'usage le plus ordinaire étoit que les
usuriers prenoient douze onces de cuivre sur cent onces
qu'ils prêtoient, c'est-à-dire douze pour cent par an; et,
comme un as valoit douze onces de cuivre, les usuriers reti-
roient chaque année un as sur cent onces : et, comme il
falloit souvent compter l'usure par mois, l'usure de six mois
fut appelée *semis*, ou la moitié de l'as; l'usure de quatre
mois fut appelée *triens*, ou le tiers de l'as; l'usure pour trois
mois fut appelée *quadrans*, ou le quart de l'as; et enfin
l'usure pour un mois fut appelée *unciaria*, ou le douzième
de l'as; de sorte que, comme on levoit une once chaque
mois sur cent onces qu'on avoit prêtées, cette usure onciaire, ou d'un pour cent par mois, ou de douze pour cent
par an, fut appelée usure centésime. Le critique a eu connoissance de cette signification de l'usure centésime, et il
l'a appliquée très-mal.

On voit que tout ceci n'étoit qu'une espèce de méthode,
de formule ou de règle, entre le débiteur et le créancier,
pour compter léurs usures, dans la supposition que l'usure

*vorum, ex officina Elzeviriorum, anno
1639, pag. 269, 270 et 271;* et sur-
tout ces mots : *Unde verius sit unciarium fœnus eorum, vel uncias usuras,
ut eas quoque appellatas infrà osten-*
*dam, non unciam dare menstruam in
centum, sed annuam.*

* *Argumentum legis XLVII,* paragr.
Præfectus legionis, ff. *de administratione et periculo tutoris.*

fût à douze pour cent par an, ce qui étoit l'usage le plus
ordinaire ; et, si quelqu'un avoit prêté à dix-huit pour cent
par an, on se seroit servi de la même méthode, en augmentant d'un tiers l'usure de chaque mois, de sorte que l'usure
onciaire auroit été d'une once et demie par mois.

Quand les Romains firent des loix sur l'usure, il ne fut
point question de cette méthode, qui avoit servi et qui servoit encore aux débiteurs et aux créanciers pour la division
du temps et la commodité du paiement de leurs usures. Le
législateur avoit un réglement public à faire ; il ne s'agissoit
point de partager l'usure par mois, il avoit à fixer et il fixa
l'usure par an. On continua à se servir des termes tirés de
la division de l'as, sans y appliquer les mêmes idées : ainsi
l'usure onciaire signifia un pour cent par an ; l'usure *ex
quadrante* signifia trois pour cent par an ; l'usure *ex triente,*
quatre pour cent par an ; l'usure *semis,* six pour cent par an.
Et si l'usure onciaire avoit signifié un pour cent par mois,
les loix qui les fixèrent *ex quadrante, ex triente, ex semisse,*
auroient fixé l'usure à trois pour cent, à quatre pour cent,
à six pour cent par mois ; ce qui auroit été absurde, parce
que les loix faites pour réprimer l'usure auroient été plus
cruelles que les usuriers.

Le critique a donc confondu les espèces des choses. Mais
j'ai intérêt de rapporter ici ses propres paroles, afin qu'on
soit bien convaincu que l'intrépidité avec laquelle il parle
ne doit imposer à personne : les voici * : *Tacite ne s'est point
trompé ; il parle de l'intérêt à un pour cent par mois, et l'auteur s'est imaginé qu'il parle d'un pour cent par an. Rien n'est
si connu que le centésime qui se payoit à l'usurier tous les mois.*

_____

* Feuille du 9 octobre 1749, page 164.

Un homme qui écrit deux volumes in-4° sur les loix devroit-il l'ignorer?

Que cet homme ait ignoré ou n'ait pas ignoré ce centésime, c'est une chose très-indifférente : mais il ne l'a pas ignoré, puisqu'il en a parlé en trois endroits. Mais comment en a-t-il parlé? et où en a-t-il parlé '? Je pourrois bien défier le critique de le deviner, parce qu'il n'y trouveroit point les mêmes termes et les mêmes expressions qu'il sait.

Il n'est pas question ici de savoir si l'auteur de l'*Esprit des Loix* a manqué d'érudition ou non, mais de défendre ses autels '. Cependant il a fallu faire voir au public que le critique prenant un ton si décisif sur des choses qu'il ne sait pas, et dont il doute si peu, qu'il n'ouvre pas même un dictionnaire pour se rassurer, ignorant les choses, et accusant les autres d'ignorer ses propres erreurs, il ne mérite pas plus de confiance dans les autres accusations. Ne peut-on pas croire que la hauteur et la fierté du ton qu'il prend par-tout n'empêchent en aucune manière qu'il n'ait tort; que, quand il s'échauffe, cela ne veut pas dire qu'il n'ait pas tort; que, quand il anathématise avec ses mots d'impie et de sectateur de la religion naturelle, on peut encore croire qu'il a tort; qu'il faut bien se garder de recevoir les impressions que pourroient donner l'activité de son esprit et l'impétuosité de son style; que, dans ses deux écrits, il est bon de séparer les injures de ses raisons, mettre ensuite à part les raisons qui sont mauvaises, après quoi il ne restera plus rien?

' La troisième et la dernière note, chap. XXII, liv. XXII, et le texte de la troisième note.

* *Pro aris.*

L'auteur , aux chapitres *du prêt à intérêt* et *de l'usure chez les Romains*, traitant ce sujet, sans doute le plus important de leur histoire, ce sujet qui tenoit tellement à la constitution, qu'elle pensa mille fois en être renversée; parlant des loix qu'ils firent par désespoir, de celles où ils suivirent leur prudence, des réglemens qui n'étoient que pour un temps, de ceux qu'ils firent pour toujours, dit, vers la fin du chapitre XXII : *L'an 398 de Rome, les tribuns Duellius et Menenius firent passer une loi qui réduisoit les intérêts à un pour cent par an..... Dix ans après, cette usure fut réduite à la moitié; dans la suite on l'ôta tout-à-fait.....*

Il en fut de cette loi comme de toutes celles où le législateur a porté les choses à l'excès : on trouva une infinité de moyens pour l'éluder. Il en fallut faire beaucoup d'autres pour la confirmer, corriger, tempérer. Tantôt on quitta les loix pour suivre les usages, tantôt on quitta les usages pour suivre les loix : mais, dans ce cas, l'usage devoit aisément prévaloir. Quand un homme emprunte, il trouve un obstacle dans la loi même qui est faite en sa faveur : cette loi a contre elle, et celui qu'elle secourt, et celui qu'elle condamne. Le préteur Sempronius Asellus, ayant permis aux débiteurs d'agir en conséquence des loix, fut tué par les créanciers pour avoir voulu rappeler la mémoire d'une rigidité qu'on ne pouvoit plus soutenir.

Sous Sylla, Lucius Valerius Flaccus fit une loi qui permettoit l'intérêt à trois pour cent par an. Cette loi, la plus équitable et la plus modérée de celles que les Romains firent à cet égard, Paterculus la désapprouve. Mais si cette loi étoit nécessaire à la république, si elle étoit utile à tous les particuliers, si elle formoit une communication d'aisance entre le débiteur et l'emprunteur, elle n'étoit point injuste.

Celui-là paie moins, dit Ulpien, qui paie plus tard. Cela décide la question si l'intérêt est légitime; c'est-à-dire, si le créancier peut vendre le temps, et le débiteur l'acheter.

Voici comme le critique raisonne sur ce dernier passage, qui se rapporte uniquement à la loi de Flaccus et aux dispositions politiques des Romains. L'auteur, dit-il, en résumant tout ce qu'il a dit de l'usure, soutient qu'il est permis à un créancier de vendre le temps. On diroit, à entendre le critique, que l'auteur vient de faire un traité de théologie ou de droit canon, et qu'il résume ensuite ce traité de théologie et de droit canon; pendant qu'il est clair qu'il ne parle que des dispositions politiques des Romains, de la loi de Flaccus, et de l'opinion de Paterculus : de sorte que cette loi de Flaccus, l'opinion de Paterculus, la réflexion d'Ulpien, celle de l'auteur, se tiennent et ne peuvent pas se séparer.

J'aurois encore bien des choses à dire ; mais j'aime mieux renvoyer aux feuilles mêmes. *Croyez-moi, mes chers Pisons, elles ressemblent à un ouvrage qui, comme les songes d'un malade, ne fait voir que des fantômes vains* *.

---

* Credite, Pisones, isti tabulæ fore librum
Persimilem, cujus, velut ægri somnia, vanæ
Fingentur species.
HORAT. de arte poetica, v. 6.

TROISIÈME PARTIE.

On a vu, dans les deux premières parties, que tout ce qui
résulte de tant de critiques amères est ceci, que l'auteur de
l'*Esprit des Loix* n'a point fait son ouvrage suivant le plan et
les vues de ses critiques; et que si ses critiques avoient fait
un ouvrage sur le même sujet, ils y auroient mis un très-
grand nombre de choses qu'ils savent. Il en résulte encore
qu'ils sont théologiens, et que l'auteur est jurisconsulte;
qu'ils se croient en état de faire son métier, et que lui ne
se sent pas propre à faire le leur. Enfin il en résulte qu'au
lieu de l'attaquer avec tant d'aigreur, ils auroient mieux
fait de sentir eux-mêmes le prix des choses qu'il a dites en
faveur de la religion, qu'il a également respectée et défendue. Il me reste à faire quelques réflexions.

Cette manière de raisonner n'est pas bonne, qui, em-
ployée contre quelque bon livre que ce soit, peut le faire
paroître aussi mauvais que quelque mauvais livre que ce
soit, et qui, pratiquée contre quelque mauvais livre que ce
soit, peut le faire paroître aussi bon que quelque bon livre
que ce soit.

Cette manière de raisonner n'est pas bonne, qui aux
choses dont il s'agit en rappelle d'autres qui ne sont point
accessoires, et qui confond les diverses sciences et les idées
de chaque science.

IL ne faut point argumenter sur un ouvrage fait sur une science, par des raisons qui pourroient attaquer la science même.

QUAND on critique un ouvrage, et un grand ouvrage, il faut tâcher de se procurer une connoissance particulière de la science qui y est traitée, et bien lire les auteurs approuvés qui ont déja écrit sur cette science, afin de voir si l'auteur s'est écarté de la manière reçue et ordinaire de la traiter.

LORSQU'UN auteur s'explique par ses paroles, ou par ses écrits qui en sont l'image, il est contre la raison de quitter les signes extérieurs de ses pensées pour chercher ses pensées, parce qu'il n'y a que lui qui sache ses pensées. C'est bien pis, lorsque ses pensées sont bonnes, et qu'on lui en attribue de mauvaises.

QUAND on écrit contre un auteur et qu'on s'irrite contre lui, il faut prouver les qualifications par les choses, et non pas les choses par les qualifications.

QUAND on voit dans un auteur une bonne intention générale, on se trompera plus rarement, si, sur certains endroits qu'on croit équivoques, on juge suivant l'intention générale, que si on lui prête une mauvaise intention particulière.

DANS les livres faits pour l'amusement, trois ou quatre pages donnent l'idée du style et des agrémens de l'ouvrage:

dans les livres de raisonnement, on ne tient rien si on ne tient toute la chaîne.

COMME il est très-difficile de faire un bon ouvrage et très-aisé de le critiquer, parce que l'auteur a eu tous les défilés à garder et que le critique n'en a qu'un à forcer, il ne faut point que celui-ci ait tort; et s'il arrivoit qu'il eût continuellement tort, il seroit inexcusable.

D'AILLEURS, la critique pouvant être considérée comme une ostentation de sa supériorité sur les autres, et son effet ordinaire étant de donner des momens délicieux pour l'orgueil humain, ceux qui s'y livrent méritent bien toujours de l'équité, mais rarement de l'indulgence.

ET comme de tous les genres d'écrire elle est celui dans lequel il est plus difficile de montrer un bon naturel, il faut avoir attention à ne point augmenter par l'aigreur des paroles la tristesse de la chose.

QUAND on écrit sur les grandes matières, il ne suffit pas de consulter son zèle, il faut encore consulter ses lumières; et, si le ciel ne nous a pas accordé de grands talens, on peut y suppléer par la défiance de soi-même, l'exactitude, le travail et les réflexions.

CET art de trouver dans une chose qui naturellement a un bon sens, tous les mauvais sens qu'un esprit qui ne raisonne pas juste peut lui donner, n'est point utile aux hommes : ceux qui le pratiquent ressemblent aux corbeaux, qui fuient les corps vivans et volent de tous côtés pour chercher des cadavres.

UNE pareille manière de critiquer produit deux grands inconvéniens. Le premier, c'est qu'elle gâte l'esprit des lecteurs par un mélange du vrai et du faux, du bien et du mal : ils s'accoutument à chercher un mauvais sens dans les choses qui naturellement en ont un très-bon ; d'où il leur est aisé de passer à cette disposition, de chercher un bon sens dans les choses qui naturellement en ont un mauvais : on leur fait perdre la faculté de raisonner juste, pour les jeter dans les subtilités d'une mauvaise dialectique. Le second mal est qu'en rendant, par cette façon de raisonner, les bons livres suspects, on n'a point d'autres armes pour attaquer les mauvais ouvrages ; de sorte que le public n'a plus de règle pour les distinguer. Si l'on traite de spinosistes et de déistes ceux qui ne le sont pas, que dira-t-on à ceux qui le sont ?

QUOIQUE nous devions penser aisément que les gens qui écrivent contre nous sur des matières qui intéressent tous les hommes, y sont déterminés par la force de la charité chrétienne ; cependant, comme la nature de cette vertu est de ne pouvoir guère se cacher, qu'elle se montre en nous malgré nous, et qu'elle éclate et brille de toutes parts ; s'il arrivoit que dans deux écrits faits contre la même personne coup sur coup, on n'y trouvât aucune trace de cette charité, qu'elle n'y parût dans aucune phrase, dans aucun tour, aucune parole, aucune expression, celui qui auroit

écrit de pareils ouvrages auroit un juste sujet de craindre
de n'y avoir pas été porté par la charité chrétienne.

ET comme les vertus purement humaines sont en nous
l'effet de ce que l'on appelle un bon naturel, s'il étoit impossible d'y découvrir aucun vestige de ce bon naturel, le
public pourroit en conclure que ces écrits ne seroient pas
même l'effet des vertus humaines.

AUX yeux des hommes, les actions sont toujours plus
sincères que les motifs; et il leur est plus facile de croire
que l'action de dire des injures atroces est un mal, que de
se persuader que le motif qui les a fait dire est un bien.

QUAND un homme tient à un état qui fait respecter la
religion et que la religion fait respecter, et qu'il attaque
devant les gens du monde un homme qui vit dans le monde,
il est essentiel qu'il maintienne par sa manière d'agir la
supériorité de son caractère. Le monde est très-corrompu :
mais il y a de certaines passions qui s'y trouvent très-con-
traintes; il y en a de favorites qui défendent aux autres
de paroître. Considérez les gens du monde entre eux; il n'y
a rien de si timide : c'est l'orgueil qui n'ose pas dire ses
secrets, et qui, dans les égards qu'il a pour les autres, se
quitte pour se reprendre. Le christianisme nous donne l'habitude de soumettre cet orgueil; le monde nous donne
l'habitude de le cacher. Avec le peu de vertu que nous
avons, que deviendrions-nous, si toute notre ame se mettoit en liberté, et si nous n'étions pas attentifs aux moindres

paroles, aux moindres signes, aux moindres gestes? Or,
quand des hommes d'un caractère respecté manifestent des
emportemens que les gens du monde n'oseroient mettre au
jour, ceux-ci commencent à se croire meilleurs qu'ils ne
sont en effet; ce qui est un très-grand mal.

Nous autres gens du monde sommes si foibles, que nous
méritons extrèmement d'être ménagés. Ainsi, lorsqu'on
nous fait voir toutes les marques extérieures des passions
violentes, que veut-on que nous pensions de l'intérieur?
Peut-on espérer que nous, avec notre témérité ordinaire de
juger, ne jugions pas?

On peut avoir remarqué, dans les disputes et les conversations, ce qui arrive aux gens dont l'esprit est dur et difficile : comme ils ne combattent pas pour s'aider les uns les
autres, mais pour se jeter à terre, ils s'éloignent de la vérité,
non pas à proportion de la grandeur ou de la petitesse de
leur esprit, mais de la bizarrerie ou de l'inflexibilité plus
ou moins grande de leur caractère. Le contraire arrive à
ceux à qui la nature ou l'éducation ont donné de la douceur : comme leurs disputes sont des secours mutuels, qu'ils
concourent au même objet, qu'ils ne pensent différem-
ment que pour parvenir à penser de même, ils trouvent la
vérité à proportion de leurs lumières; c'est la récompense
d'un bon naturel.

Quand un homme écrit sur les matières de religion, il
ne faut pas qu'il compte tellement sur la piété de ceux qui
le lisent, qu'il dise des choses contraires au bon sens;

parce que, pour s'accréditer auprès de ceux qui ont plus de piété que de lumières, il se décrédite auprès de ceux qui ont plus de lumières que de piété.

ET comme la religion se défend beaucoup par elle-même, elle perd plus lorsqu'elle est mal défendue que lorsqu'elle n'est point du tout défendue.

S'IL arrivoit qu'un homme, après avoir perdu ses lecteurs, attaquât quelqu'un qui eût quelque réputation, et trouvât par-là le moyen de se faire lire, on pourroit peut-être soupçonner que, sous prétexte de sacrifier cette victime à la religion, il la sacrifieroit à son amour propre.

LA manière de critiquer dont nous parlons est la chose du monde la plus capable de borner l'étendue, et de diminuer, si j'ose me servir de ce terme, la somme du génie national. La théologie a ses bornes, elle a ses formules; parce que les vérités qu'elle enseigne étant connues, il faut que les hommes s'y tiennent, et on doit les empêcher de s'en écarter : c'est là qu'il ne faut pas que le génie prenne l'essor; on le circonscrit, pour ainsi dire, dans une enceinte. Mais c'est se moquer du monde, de vouloir mettre cette même enceinte autour de ceux qui traitent les sciences humaines. Les principes de la géométrie sont très-vrais : mais si on les appliquoit à des choses de goût, on feroit déraisonner la raison même. Rien n'étouffe plus la doctrine que de mettre à toutes les choses une robe de docteur : les gens qui veulent toujours enseigner empêchent beaucoup d'apprendre : il n'y a point de génie qu'on ne rétrécisse, lorsqu'on l'enveloppera d'un million de scrupules vains. Avez-vous les meilleures intentions du monde? on vous forcera vous-même d'en douter. Vous ne pouvez plus être occupé à bien dire, quand vous êtes effrayé par la crainte de dire mal, et qu'au lieu de suivre votre pensée vous ne vous occupez que des termes qui peuvent échapper à la subtilité des critiques. On vient nous mettre un béguin sur la tête, pour nous dire à chaque mot : Prenez garde de tomber; vous voulez parler comme vous, je veux que vous parliez comme moi. Va-t-on prendre l'essor? ils vous arrêtent par la manche. A-t-on de la force et de la vie? on vous l'ôte à coups d'épingle. Vous élevez-vous un peu? voilà des gens qui prennent leur pied ou leur toise, lèvent la tête, et vous crient de descendre pour vous mesurer. Courez-vous dans votre carrière? ils voudront que vous regardiez toutes les pierres que les fourmis ont mises sur votre chemin. Il n'y a ni science ni littérature qui puisse résister à ce pédantisme. Notre siècle a formé des académies; on voudra nous faire rentrer dans les écoles des siècles ténébreux. Descartes est bien propre à rassurer ceux qui, avec un génie infiniment moindre que le sien, ont d'aussi bonnes intentions que lui: ce grand homme fut sans cesse accusé d'athéisme; et l'on n'emploie pas aujourd'hui contre les athées de plus forts argumens que les siens.

Du reste, nous ne devons regarder les critiques comme personnelles que dans les cas où ceux qui les font ont voulu les rendre telles. Il est très-permis de critiquer les ouvrages qui ont été donnés au public, parce qu'il seroit ridicule que ceux qui ont voulu éclairer les autres ne voulussent pas être éclairés eux-mêmes. Ceux qui nous avertissent sont les compagnons de nos travaux. Si le critique et l'auteur cherchent la vérité, ils ont le même intérêt ; car la vérité est le bien de tous les hommes : ils seront des confédérés, et non pas des ennemis.

C'est avec grand plaisir que je quitte la plume : on auroit continué à garder le silence, si, de ce qu'on le gardoit, plusieurs personnes n'avoient conclu qu'on y étoit réduit. *.

* Après cette réfutation victorieuse, les mêmes folliculaires essayèrent de l'entraîner encore dans l'arène. La satyre de la *Défense de l'Esprit des Loix* parut le 24 avril et le premier mai 1750. Montesquieu confondit ses ennemis par son silence, comme il les avoit accablés par sa défense. On lui a faussement attribué la *Suite de la Défense de l'Esprit des Loix,* qui parut en 1752 : elle étoit de M. la Beaumelle. Voyez les lettres de Montesquieu à l'abbé de Guasco, au 4e volume.

(*Note des Éditeurs.*)

ÉCLAIRCISSEMENS

SUR

L'ESPRIT DES LOIX.

I.

QUELQUES personnes ont fait cette objection : Dans le livre de l'*Esprit des Loix*, c'est l'honneur ou la crainte qui sont le principe de certains gouvernemens, non pas la vertu; et la vertu n'est le principe que de quelques autres : donc les vertus chrétiennes ne sont pas requises dans la plupart des gouvernemens.

VOICI la réponse. L'auteur a mis cette note au chapitre V du livre troisième. *Je parle ici de la vertu politique, qui est la vertu morale, dans le sens qu'elle se dirige au bien général; fort peu des vertus morales particulières; et point du tout de cette vertu qui a du rapport aux vérités révélées.* Il y a, au chapitre suivant, une autre note qui renvoie à celle-ci ; et aux chapitres II et III du livre cinquième, l'auteur a défini sa vertu, *l'amour de la patrie*. Il définit l'amour de la patrie, *l'amour de l'égalité et de la frugalité*. Tout le livre cinquième pose sur ces principes. Quand un écrivain a défini un mot dans son ouvrage, quand il a donné, pour me servir de cette expression, son dictionnaire, ne faut-il pas entendre ses paroles suivant la signification qu'il leur a donnée?

Le mot de vertu, comme la plupart des mots de toutes les langues, est pris dans diverses acceptions : tantôt il signifie les vertus chrétiennes, tantôt les vertus païennes; souvent une certaine vertu chrétienne, ou bien une certaine vertu païenne; quelquefois la force; quelquefois, dans quelques langues, une certaine capacité pour un art ou de certains arts. C'est ce qui précède ou ce qui suit ce mot qui en fixe la signification. Ici l'auteur a fait plus; il a donné plusieurs fois sa définition. On n'a donc fait l'objection que parce qu'on a lu l'ouvrage avec trop de rapidité.

I I.

L'auteur a dit au livre second, chapitre iii : *La meilleure aristocratie est celle où la partie du peuple qui n'a point de part à la puissance est si petite et si pauvre, que la partie dominante n'a aucun intérêt à l'opprimer. Ainsi, quand Antipater établit à Athènes que ceux qui n'auroient pas deux mille drachmes seroient exclus du droit de suffrage* , il forma la meilleure aristocratie qui fût possible; parce que ce cens étoit si petit, qu'il n'excluoit que peu de gens, et personne qui eût quelque considération dans la cité. Les familles aristocratiques doivent donc être peuple autant qu'il est possible. Plus une aristocratie approchera de la démocratie, plus elle sera parfaite; et elle le deviendra moins, à mesure qu'elle approchera de la monarchie.*

Dans une lettre insérée dans le journal de Trévoux, du mois d'avril 1749, on a objecté à l'auteur sa citation même.

* Diodore, liv. XVIII, page 601, édition de Rhodoman.

On a, dit-on, devant les yeux l'endroit cité : et on y trouve qu'il n'y avoit que neuf mille personnes qui eussent le cens prescrit par Antipater; qu'il y en avoit vingt-deux mille qui ne l'avoient pas : d'où l'on conclut que l'auteur applique mal ses citations, puisque, dans cette république d'Antipater, le petit nombre étoit dans le cens, et que le grand nombre n'y étoit pas.

RÉPONSE.

Il eût été à desirer que celui qui a fait cette critique eût fait plus d'attention, et à ce qu'a dit l'auteur, et à ce qu'a dit Diodore.

1°. Il n'y avoit point vingt-deux mille personnes qui n'eussent pas le cens dans la république d'Antipater : les vingt-deux mille personnes dont parle Diodore furent reléguées et établies dans la Thrace; et il ne resta pour former cette république que les neuf mille citoyens qui avoient le cens, et ceux du bas peuple qui ne voulurent pas partir pour la Thrace. Le lecteur peut consulter Diodore.

2°. Quand il seroit resté à Athènes vingt-deux mille personnes qui n'auroient pas eu le cens, l'objection n'en seroit pas plus juste. Les mots de *grand* et de *petit* sont relatifs. Neuf mille souverains dans un état font un nombre immense ; et vingt-deux mille sujets dans le même état font un nombre infiniment petit.

FIN DE LA DÉFENSE.

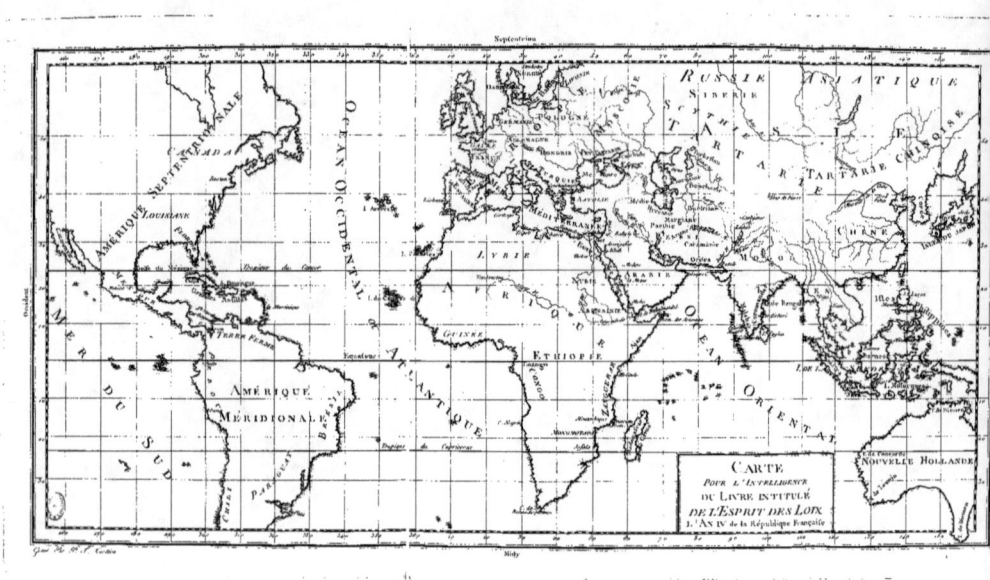

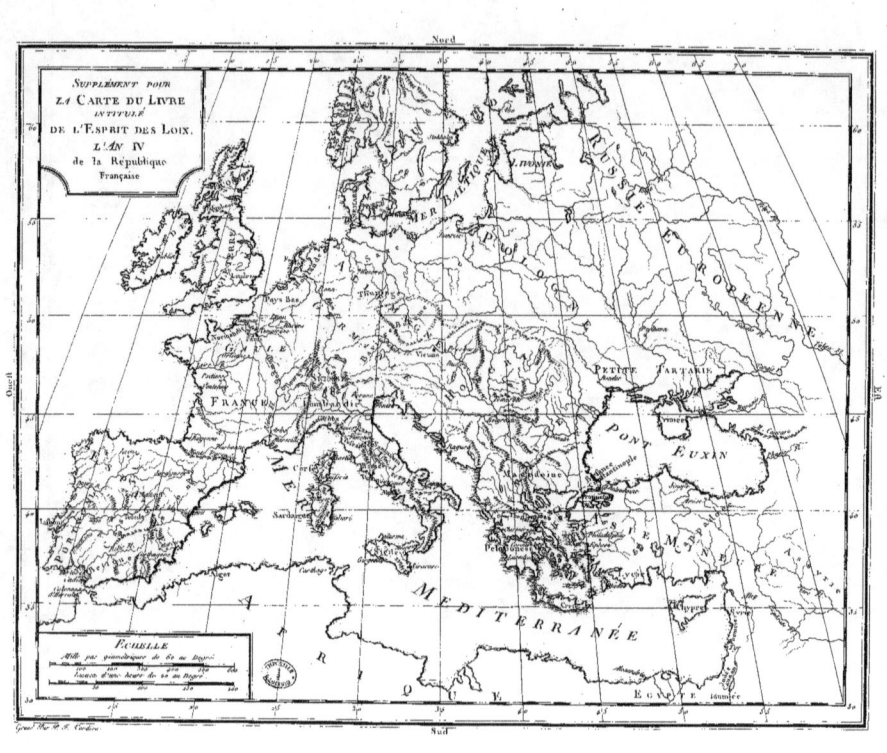

REMERCIEMENT

SINCÈRE

A UN HOMME CHARITABLE.

REMERCIEMENT

SINCÈRE

A UN HOMME CHARITABLE;

ATTRIBUÉ A VOLTAIRE *.

Vous avez rendu service au genre humain, en vous déchaînant sagement contre des ouvrages faits pour le pervertir. Vous ne cessez d'écrire contre l'*Esprit des Loix;* et

* Voltaire a consigné dans tous ses ouvrages le sentiment profond d'admiration dont il étoit pénétré pour Montesquieu. « Ce sera à jamais, dit-il, un » génie heureux et profond, qui pense et » fait penser. Son livre devroit être le » bréviaire de ceux qui sont appelés à » gouverner les autres. . . . Il restera, et » les folliculaires seront oubliés [1] . . . . . .

« Montesquieu fut compté [2] parmi les » hommes les plus illustres du dix-hui- » tième siècle. . . . . . Sa gloire fut celle » de l'*Esprit des Loix.* Les ouvrages des » Grotius et des Pufendorff n'étoient » que des compilations; celui de Mon- » tesquieu parut être celui d'un homme » d'état, d'un philosophe, d'un bel es- » prit, d'un citoyen. Presque tous ceux » qui étoient les juges naturels d'un tel » livre, gens de lettres, gens de loi de » tous les pays, le regardèrent et le re- » gardent encore comme le code de la » raison et de la liberté. . . . Il se trouva » des écrivains qui prétendirent se signa- » ler contre ce livre, dans l'espérance de » réussir à la faveur de son nom, comme » les insectes s'attachent à la poursuite » de l'homme, et se nourrissent de sa » substance. . . . . . Les trois doigts qui » avoient écrit l'*Esprit des Loix* s'abais- » sèrent jusqu'à écraser par la force de » la raison et à coups d'épigrammes la » guêpe convulsionnaire qui l'avoit pi- » qué. . . . . . [3] Le principal mérite de » l'*Esprit des Loix* est l'amour des loix » qui y règne, et cet amour des loix est » fondé sur l'amour du genre humain. » On doit le mettre au rang des livres » originaux qui ont illustré le siècle de » Louis XIV, et qui n'ont aucun mo- » dèle dans l'antiquité. »

(Note des Éditeurs.)

[1] Lettre 89e de Voltaire à M. . . . . 1759.
[2] Commentaire sur l'*Esprit des Loix*, Législation, tome premier, page 1.
[3] Siècle de Louis XIV.

même il paroît à votre style que vous êtes l'ennémi de toute sorte d'esprit. Vous avertissez que vous avez préservé le monde du venin répandu dans l'*Essai sur l'homme* de Pope, livre que je ne cesse de relire pour me convaincre de plus en plus de la force de vos raisons et de l'importance de vos services. Vous ne vous amusez pas, monsieur, à examiner le fond de l'ouvrage sur les loix, à vérifier les citations, à discuter s'il y a de la justesse, de la profondeur, de la clarté, de la sagesse; si les chapitres naissent les uns des autres, s'ils forment un tout ensemble; si enfin ce livre, qui devroit être utile, ne seroit pas, par malheur, un livre agréable.

Vous allez d'abord au fait; et, regardant M. de Montesquieu comme le disciple de Pope, vous les regardez tous deux comme les disciples de Spinosa. Vous leur reprochez avec un zèle merveilleux d'être athées, parce que vous découvrez, dites-vous, dans toute leur philosophie, les principes de la religion naturelle. Rien n'est assurément, monsieur, ni plus charitable ni plus judicieux, que de conclure qu'un philosophe ne connoît point de Dieu, de cela même qu'il pose pour principe, que Dieu parle au cœur de tous les hommes.

Un honnête homme est le plus noble ouvrage de Dieu, dit le célèbre poète philosophe. Vous vous élevez au-dessus de l'honnête homme. Vous confondez ces maximes funestes, que la divinité est l'auteur et le lien de tous les êtres; que tous les hommes sont frères; que Dieu est leur père commun; qu'il faut ne rien innover dans la religion, ne point troubler la paix établie par un monarque sage; qu'on doit tolérer les sentimens des hommes, ainsi que leurs défauts. Continuez, monsieur; écrasez cet affreux libertinage, qui est, au fond, la ruine de la société. C'est beaucoup que, par vos *gazettes ecclésiastiques*, vous ayez saintement essayé de tourner en ridicule toutes les puissances : et, quoique la *grace* d'être plaisant vous ait manqué, *volenti et conanti*, cependant vous avez le mérite d'avoir fait tous vos efforts pour écrire agréablement des invectives. Vous avez voulu quelquefois réjouir des saints : mais vous avez souvent essayé d'armer chrétiennement les fidèles les uns contre les autres. Vous prêchez le schisme pour la plus grande gloire de Dieu. Tout cela est très-édifiant; mais ce n'est point encore assez.

Vous n'avez rien fait qu'à demi, si vous ne parvenez pas à faire brûler les livres de Pope, de Locke et de Bayle, l'*Esprit des Loix*, etc. dans un bûcher auquel on mettra le feu avec un paquet de nouvelles ecclésiastiques.

En effet, monsieur, quels maux épouvantables n'ont pas faits dans le monde une douzaine de vers répandus dans l'*Essai sur l'homme* de ce scélérat de Pope, cinq ou six articles du Dictionnaire de cet abominable Bayle, une ou deux pages de ce coquin de Locke, et d'autres incendiaires de cette espèce? Il est vrai que ces hommes ont mené une vie pure et innocente, que tous les honnêtes gens les chérissoient et les consultoient; mais c'est par-là qu'ils sont dangereux. Vous voyez leurs sectateurs, les armes à la main, troubler les royaumes, porter par-tout le flambeau des guerres civiles. Montaigne, Charron, le président de Thou, Descartes, Gassendi, Rohaut, le Vayer, ces hommes affreux qui étoient dans les mêmes principes, bouleversèrent tout en France. C'est leur philosophie qui fit donner tant de batailles, et qui causa la Saint-Barthélemy; c'est leur esprit de tolérantisme qui est la ruine du monde ; et c'est votre saint zèle qui répand par-tout la douceur de la concorde.

Vous nous apprenez que tous les partisans de la religion naturelle sont les ennemis de la religion chrétienne. Vraiment, monsieur, vous avez fait là une belle découverte! Ainsi, dès que je verrai un homme sage qui, dans sa philosophie, reconnoîtra par-tout l'Être suprême, qui admirera la Providence dans l'infiniment grand et dans l'infiniment petit, dans la production des mondes et dans celle des insectes, je conclurai de là qu'il est impossible que cet homme soit chrétien. Vous nous avertissez qu'il faut penser ainsi aujourd'hui de tous les philosophes. On ne pouvoit certainement rien dire de plus sensé et de plus utile au christianisme, que d'assurer que notre religion est bafouée dans toute l'Europe par tous ceux dont la profession est de chercher la vérité. Vous pouvez vous vanter d'avoir fait là une réflexion dont les conséquences seront bien avantageuses au public.

Que j'aime encore votre colère contre l'auteur de l'*Esprit des Loix*, quand vous lui reprochez d'avoir loué les Solon, les Platon, les Socrate, les Aristide, les Cicéron, les Caton, les Épictète, les Antonin et les Trajan! On croiroit, à votre dévote fureur contre ces gens-là, qu'ils ont tous signé le formulaire. Quels monstres, monsieur, que tous ces grands hommes de l'antiquité! Brûlons tout ce qui nous reste de leurs écrits, avec ceux de Pope et de Locke, et de M. de Montesquieu. En effet, tous ces anciens sages sont vos ennemis ; ils ont tous été éclairés par la religion naturelle. Et la vôtre, monsieur, je dis la vôtre en parti-

culier, paroît si fort contre la nature, que je ne m'étonne
pas que vous détestiez sincèrement tous ces illustres ré-
prouvés, qui ont fait, je ne sais comment, tant de bien à
la terre. Remerciez bien Dieu de n'avoir rien de commun,
ni avec leur conduite, ni avec leurs écrits.

Vos saintes idées sur le gouvernement politique sont
une suite de votre sagesse. On voit que vous connoissez les
royaumes de la terre tout comme le royaume des cieux.
Vous condamnez, de votre autorité privée, les gains que
l'on fait dans les risques maritimes. Vous ne savez pas pro-
bablement ce que c'est que l'argent à la grosse ; mais vous
appelez ce commerce *usure*. C'est une nouvelle obligation
que le roi vous aura d'empêcher ses sujets de commercer à
Cadix. Il faut laisser cette œuvre de Satan aux Anglois et
aux Hollandois, qui sont déja damnés sans ressource. Je
voudrois, monsieur, que vous nous dissiez combien vous
rapporte le commerce sacré de vos nouvelles ecclésiastiques.
Je crois que la bénédiction répandue sur ce chef-d'œuvre
peut bien faire monter le profit à trois cents pour cent. Il
n'y a point de commerce profane qui ait jamais si bien
rendu.

Le commerce maritime, que vous condamnez, pourroit
être excusé peut-être en faveur de l'utilité publique, de la
hardiesse d'envoyer son bien dans un autre hémisphère, et
du risque des naufrages. Votre petit négoce a une utilité
plus sensible ; il demande plus de courage, et expose à de
plus grands risques.

Quoi de plus utile, en effet, que d'instruire l'univers,
quatre fois par mois, des aventures de quelques clercs ton-
surés? Quoi de plus courageux que d'outrager votre roi et

votre archevêque? Et quel risque, monsieur, que ces petites humiliations que vous pourriez essuyer en place publique! Mais je me trompe; il y a des charmes à souffrir pour la bonne cause. Il vaut mieux obéir à Dieu qu'aux hommes : et vous me paroissez tout fait pour le martyre, que je vous souhaite cordialement, étant votre très-humble et très-obéissant serviteur.

A Marseille, le 10 mai 1750.

DISCOURS

Prononcé à la rentrée du parlement de Bordeaux, le jour
de la Saint-Martin, 1725.

DISCOURS

Prononcé à la rentrée du parlement de Bordeaux, en 1725.

QUE celui d'entre nous qui aura rendu les loix esclaves de l'iniquité de ses jugemens, périsse sur l'heure! Qu'il trouve en tout lieu la présence d'un Dieu vengeur, et les puissances célestes irritées! Qu'un feu sorte de dessous terre et dévore sa maison! Que sa postérité soit à jamais humiliée! Qu'il cherche son pain et ne le trouve pas! Qu'il soit un exemple affreux de la justice du ciel, comme il en a été un de l'injustice de la terre!

C'est à peu près ainsi, messieurs, que parloit un grand empereur; et ces paroles si tristes, si terribles, sont pour vous pleines de consolation. Vous pouvez tous dire en ce moment à ce peuple assemblé, avec la confiance d'un juge d'Israël : *Si j'ai commis quelque injustice, si j'ai opprimé quelqu'un de vous, si j'ai reçu des présens de quelqu'un d'entre vous, qu'il élève la voix, qu'il parle contre moi aux yeux du Seigneur:* LOQUIMINI DE ME CORAM DOMINO, ET CONTEMNAM ILLUD HODIE.

Je ne parlerai donc point de ces grandes corruptions qui, dans tous les temps, ont été le présage du changement ou de la chûte des états; de ces injustices de dessein formé; de ces méchancetés de système; de ces vies toutes marquées de crimes, où des jours d'iniquités ont toujours suivi des jours d'iniquités; de ces magistratures exercées au milieu des reproches, des pleurs, des murmures et des

craintes de tous les citoyens : contre des juges pareils, contre
des hommes si funestes, il faudroit un tonnerre ; la honte
et les reproches ne sont rien.

Ainsi, supposant dans un magistrat sa vertu essentielle,
qui est la justice, qualité sans laquelle il n'est qu'un monstre
dans la société, et avec laquelle il peut être un très-mauvais
citoyen, je ne parlerai que des accessoires qui peuvent faire
que cette justice abondera plus ou moins. Il faut qu'elle soit
éclairée ; il faut qu'elle soit prompte, qu'elle ne soit point
austère, et enfin qu'elle soit universelle.

Dans l'origine de notre monarchie, nos pères, pauvres, et
plutôt pasteurs que laboureurs, soldats plutôt que citoyens,
avoient peu d'intérêts à régler ; quelques loix sur le partage
du butin, sur la pâture ou le larcin des bestiaux, régloient
tout dans la république : tout le monde étoit bon pour être
magistrat chez un peuple qui dans ses mœurs suivoit la simplicité de la nature, et à qui son ignorance et sa grossièreté
fournissoient des moyens aussi faciles qu'injustes de termi-
ner les différens, comme le sort, les épreuves par l'eau, par
lo feu, los combats singuliers, etc.

Mais depuis que nous avons quitté nos mœurs sauvages ;
depuis que, vainqueurs des Gaulois et des Romains, nous
avons pris leur police ; que le code militaire a cédé au code
civil ; depuis sur-tout que les loix des fiefs n'ont plus été
les seules loix de la noblesse, le seul code de l'état, et que
par ce dernier changement le commerce et le labourage ont
été encouragés ; que les richesses des particuliers et leur avarice se sont accrues ; qu'on a eu à démêler de grands intérêts, et des intérêts presque toujours cachés ; que la bonne
foi ne s'est réservé que quelques affaires de peu d'impor-

tance, tandis que l'artifice et la fraude se sont retirés dans
les contrats, nos codes se sont augmentés : il a fallu joindre
les loix étrangères aux nationales; le respect pour la religion y a mêlé les canoniques; et les magistratures n'ont
plus été le partage que des citoyens les plus éclairés.

Les juges se sont toujours trouvés au milieu des pièges et
des surprises, et la vérité a laissé dans leur esprit les mêmes
méfiances que l'erreur.

L'obscurité du fond a fait naître la forme. Les fourbes, qui
ont espéré de pouvoir cacher leur malice, s'en sont fait une
espèce d'art : des professions entières se sont établies, les
unes pour obscurcir, les autres pour alonger les affaires ;
et le juge a eu moins de peine à se défendre de la mauvaise
foi du plaideur, que de l'artifice de celui à qui il confioit
ses intérêts.

Pour lors il n'a plus suffi que le magistrat examinât la pureté de ses intentions; ce n'a plus été assez qu'il pût dire à
Dieu, *Proba me, Deus, et scito cor meum* : il a fallu qu'il examinât son esprit, ses connoissances et ses talens; il a fallu
qu'il se rendît compte de ses études, qu'il portât toute sa
vie le poids d'une application sans relâche, et qu'il vît si
cette application pouvoit donner à son esprit la mesure de
connoissances et le degré de lumière que son état exigeoit.

On lit, dans les relations de certains voyageurs, qu'il y a
des mines où les travailleurs ne voient jamais le jour. Ils
sont une image bien naturelle de ces gens dont l'esprit,
appesanti sous les organes, n'est capable de recevoir aucun
degré de clairvoyance. Une pareille incapacité exige d'un
homme juste qu'il se retire de la magistrature; une moindre
incapacité exige d'un homme juste qu'il la surmonte par des
sueurs et par des veilles.

Il faut encore que la justice soit prompte. Souvent l'injustice n'est pas dans le jugement, elle est dans les délais; souvent l'examen a fait plus de tort qu'une décision contraire. Dans la constitution présente, c'est un état que d'être plaideur; on porte ce titre jusqu'à son dernier âge : il va à la postérité; il passe, de neveux en neveux, jusqu'à la fin d'une malheureuse famille.

La pauvreté semble toujours attachée à ce titre si triste. La justice la plus exacte ne sauve jamais que d'une partie des malheurs; et tel est l'état des choses, que les formalités introduites pour conserver l'ordre public sont aujourd'hui le fléau des particuliers. L'industrie du palais est devenue une source de fortune, comme le commerce et le labourage; la maltôte a trouvé à s'y repaître, et à disputer à la chicane la ruine d'un malheureux plaideur.

Autrefois les gens de bien menoient devant les tribunaux les hommes injustes : aujourd'hui ce sont les hommes injustes qui y traduisent les gens de bien. Le dépositaire a osé nier le dépôt, parce qu'il a espéré que la bonne foi craintive se lasseroit bientôt de le demander en justice; et le ravisseur a fait connoître à celui qu'il opprimoit, qu'il n'étoit point de sa prudence de continuer à lui demander raison de ses violences.

On a vu (ô siècle malheureux!) des hommes iniques menacer de la justice ceux à qui ils enlevoient leurs biens, et apporter pour raison de leurs vexations la longueur du temps, et la ruine inévitable à ceux qui voudroient les faire cesser. Mais quand l'état de ceux qui plaident ne seroit point ruineux, il suffiroit qu'il fût incertain pour nous engager à le faire finir. Leur condition est toujours malheureuse, parce qu'il leur manque quelque sûreté du côté de leurs biens, de leur fortune et de leur vie.

Cette même considération doit inspirer à un magistrat juste une grande affabilité, puisqu'il a toujours affaire à des gens malheureux. Il faut que le peuple soit toujours présent à ses inquiétudes; semblable à ces bornes que les voyageurs trouvent dans les grands chemins, sur lesquelles ils reposent leur fardeau. Cependant on a vu des juges qui, refusant à leurs parties tous les égards, pour conserver, disoient-ils, la neutralité, tomboient dans une rudesse qui les en faisoit plus sûrement sortir.

Mais qui est-ce qui a jamais pu dire, si l'on en excepte les stoïciens, que cette affection générale pour le genre humain, qui est la vertu de l'homme considéré en lui-même, soit une vertu étrangère au caractère de juge? Si c'est la puissance qui doit endurcir le cœur, voyez comme l'autorité paternelle endurcit les cœurs des pères, et réglez votre magistrature sur la première de toutes les magistratures.

Mais, indépendamment de l'humanité, la bienséance et l'affabilité, chez un peuple poli, deviennent une partie de la justice; et un juge qui en manque pour ses cliens commence dès-lors à ne plus rendre à chacun ce qui lui appartient. Ainsi, dans nos mœurs, il faut qu'un juge se conduise envers ses parties de manière qu'il leur paroisse bien plutôt réservé que grave, et qu'il leur fasse voir la probité de Caton sans leur en montrer la rudesse et l'austérité.

J'avoue qu'il y a des occasions où il n'est point d'ame bienfaisante qui ne se sente indignée. L'usage qui a introduit les sollicitations, semble avoir été fait pour éprouver la patience des juges qui ont du courage et de la probité. Telle est la corruption du cœur des hommes, qu'il semble que la conduite générale soit de la supposer toujours dans le cœur des autres.

O vous qui employez pour nous séduire tout ce que vous pouvez vous imaginer de plus inévitable; qui pour nous mieux gagner cherchez toutes nos foiblesses; qui mettez en œuvre la flatterie, les bassesses, le crédit des grands, le charme de nos amis, l'ascendant d'une épouse chérie, quelquefois même un empire que vous croyez plus fort; qui, choisissant toutes nos passions, faites attaquer notre cœur par l'endroit le moins défendu; puissiez-vous à jamais manquer tous vos desseins, et n'obtenir que de la confusion dans vos entreprises! Nous n'aurons point à vous faire les reproches que Dieu fait aux pécheurs dans les livres saints, *Vous m'avez fait servir à vos iniquités* : nous résisterons à vos sollicitations les plus hardies, et nous vous ferons sentir la corruption de votre cœur et la droiture du nôtre.

Il faut que la justice soit universelle. Un juge ne doit pas être comme l'ancien Caton, qui fut le plus juste sur son tribunal, et non dans sa famille. La justice doit être en nous une conduite générale. Soyons justes dans tous les lieux, justes à tous égards, envers toutes personnes, en toutes occasions.

Ceux qui ne sont justes que dans les cas où leur profession l'exige, qui prétendent être équitables dans les affaires des autres lorsqu'ils ne sont pas incorruptibles dans ce qui les touche eux-mêmes, qui n'ont point mis l'équité dans les plus petits évènemens de leur vie, courent risque de perdre bientôt cette justice même qu'ils rendent sur le tribunal.

Des juges de cette espèce ressemblent à ces monstrueuses
divinités que la fable avoit inventées, qui mettoient bien
quelque ordre dans l'univers, mais qui, chargées de crimes
et d'imperfections, troubloient elles-mêmes leurs loix, et faisoient rentrer le monde dans tous les déréglemens qu'elles
en avoient bannis.

Que le rôle de l'homme privé ne fasse donc point de tort
à celui de l'homme public : car dans quel trouble d'esprit un
juge ne jette-t-il point les parties, lorsqu'elles lui voient
les mêmes passions que celles qu'il faut qu'il corrige, et
qu'elles trouvent sa conduite repréhensible comme celle qui
a fait naître leurs plaintes! «S'il aimoit la justice, diroient-
»elles, la refuseroit-il aux personnes qui lui sont unies par
»des liens si doux, si forts, si sacrés, à qui il doit tenir par
»tant de motifs d'estime, d'amour, de reconnoissance, et
»qui peut-être ont mis tout leur bonheur entre ses mains?»

Les jugemens que nous rendons sur le tribunal peuvent
rarement décider de notre probité : c'est dans les affaires
qui nous intéressent particulièrement que notre cœur se
développe et se fait connoître; c'est là-dessus que le peuple
nous juge; c'est là-dessus qu'il nous craint ou qu'il espère
de nous. Si notre conduite est condamnée, si elle est soupçonnée, nous devenons soumis à une espèce de récusation
publique; et le droit de juger, que nous exerçons, est mis,
par ceux qui sont obligés de le souffrir, au rang de leurs
calamités.

Il est temps, messieurs, de vous parler de ce jeune prince,
héritier de la justice de ses ancêtres comme de leur couronne. L'histoire ne connoît point de roi qui, dans l'âge

mûr et dans la force de son gouvernement, ait eu des jours si précieux à l'Europe, que ceux de l'enfance de ce monarque. Le ciel avoit attaché au cours de sa vie innocente de si grandes destinées, qu'il sembloit être le pupille et le roi de toutes les nations. Les hommes des climats les plus reculés regardoient ses jours comme leurs propres jours. Dans les jalousies des intérêts divers, tous les peuples vivoient dans une crainte commune. Nous ses fidèles sujets, nous François, à qui on donne l'éloge d'aimer uniquement notre roi, à peine avions-nous en ce point l'avantage sur les nations alliées, sur les nations rivales, sur les nations ennemies. Un tel présent du ciel, si grand par ce qui s'est passé, si grand dans le temps présent, nous est encore pour l'avenir une illustre promesse. Né pour la félicité du genre humain, n'y auroit-il que ses sujets qu'il ne rendroit pas heureux? Il ne sera point comme le soleil, qui donne la vie à tout ce qui est loin de lui, et qui brûle tout ce qui l'approche.

Nous venons de voir une grande princesse * sortir du deuil dont elle étoit environnée. Elle a paru, et les peuples divers, dans ces sortes d'évènemens, uniquement attentifs à leurs intérêts, n'ont regardé que les vertus et les agrémens que le ciel a répandus sur elle. Le jeune monarque s'est incliné sur son cœur; la vertu nous est garante pour l'avenir de ce tendre amour que les charmes et les graces ont fait naître.

Soyez, grand roi, le plus heureux des rois. Nous, qui vous aimons, bénissons le ciel de ce qu'il a commencé le bonheur de la monarchie par celui de la famille royale. Quelque grande que soit la félicité dont vous jouissez, vous

* Ce discours fut prononcé dans le temps du mariage du roi.

n'avez rien que ce que vos peuples ont mille fois desiré
pour vous : nous implorions tous les jours le ciel; il nous a
tout accordé : mais nous l'implorons encore. Puisse votre
jeunesse être citée à tous les rois qui viendront après vous!
Puissiez-vous, dans un âge plus mûr, n'y trouver rien à
reprendre, et, dans les grands engagemens où vous entrez,
toujours bien sentir ce que doit à l'univers le premier des
mortels! Puissiez-vous toujours cultiver, dans la paix, des
vertus qui ne sont pas moins royales que les vertus militaires, et n'oublier jamais que le ciel, en vous faisant naître,
a déja fait toute votre grandeur, et que, comme l'immense
océan, vous n'avez rien à acquérir!

Que le prince en qui vous avez mis votre principale confiance, qui ne trouve votre gloire que là où il voit votre
justice, ce prince inflexible comme les loix mêmes, qui
décerne toujours ce qu'il a résolu une fois, ce prince qui
aime les règles et ne connoît pas les exceptions, qui se suit
toujours lui-même, qui voit la fin comme le commencement
des projets, et qui sait réduire les courtisans aux demandes
justes, distinguer leurs services de leurs assiduités, et leur
apprendre qu'ils ne sont pas plus à vous que vos autres
sujets, puisse être long-temps auprès de votre trône, et y
partager avec vous les peines de la monarchie!

Avocats, la cour connoît votre intégrité, et elle a du
plaisir de pouvoir vous le dire. Les plaintes contre votre
honneur n'ont point encore monté jusqu'à elle. Sachez pourtant qu'il ne suffit pas que votre ministère soit désintéressé
pour être pur. Vous avez du zèle pour vos parties, et nous
le louons; mais ce zèle devient criminel, lorsqu'il vous fait

oublier ce que vous devez à vos adversaires. Je sais bien
que la loi d'une juste défense vous oblige souvent de révéler
des choses que la honte avoit ensevelies ; mais c'est un mal
que nous ne tolérons que lorsqu'il est absolument nécessaire. Apprenez de nous cette maxime, et souvenez-vous-en
toujours : *Ne dites jamais la vérité aux dépens de votre vertu.*

Quel triste talent que celui de savoir déchirer les hommes !
Les saillies de certains esprits sont peut-être les plus grandes
épines de notre ministère ; et bien loin que ce qui fait rire
le peuple puisse mériter nos applaudissemens, nous pleu-
rons toujours sur les infortunés qu'on déshonore.

Quoi ! la honte suivra tous ceux qui approchent de ce
sacré tribunal ! Hélas ! craint-on que les graces de la justice
ne soient trop pures ? Que peut-on faire de pis pour les
parties ? On les fait gémir sur leurs succès même, et on leur
rend, pour me servir des termes de l'Écriture, *les fruits de
la justice amers comme de l'absinthe.*

Eh ! de bonne foi, que voulez-vous que nous répondions,
quand on viendra nous dire : « Nous sommes venus devant
» vous, et on nous y a couverts de confusion et d'ignominie ;
» vous avez vu nos plaies, et vous n'avez pas voulu y mettre
» d'huile ; vous vouliez réparer les outrages qu'on nous a
» faits loin de vous, et on nous en a fait sous vos yeux de
» plus réels ; et vous n'avez rien dit : vous que, sur le tribu-
» nal où vous étiez, nous regardions comme les dieux de la
» terre, *vous avez été muets comme des statues de bois et de
» pierre.* Vous dites que vous nous conservez nos biens : eh !
» notre honneur nous est mille fois plus cher que nos biens.
» Vous dites que vous mettez en sûreté notre vie : ah ! notre
» honneur nous est bien d'un autre prix que notre vie. Si

» vous n'avez pas la force d'arrêter les saillies d'un orateur
» emporté, indiquez-nous du moins quelque tribunal plus
» juste que le vôtre. Que savons-nous si vous n'avez pas
» partagé le barbare plaisir que l'on vient de donner à nos
» parties, si vous n'avez pas joui de notre désespoir, et si ce
» que nous vous reprochons comme une foiblesse, nous ne
» devons pas plutôt vous le reprocher comme un crime?»

Avocats, nous n'aurions jamais la force de soutenir de si
cruels reproches, et il ne seroit jamais dit que vous auriez
été plus prompts à manquer aux premiers devoirs, que
nous à vous les faire connoître.

Procureurs, vous devez trembler tous les jours de votre
vie sur votre ministère. Que dis-je? vous devez nous faire
trembler nous-mêmes. Vous pouvez à tous momens nous
fermer les yeux sur la vérité, nous les ouvrir sur des lueurs
et des apparences. Vous pouvez nous lier les mains, éluder
les dispositions les plus justes et en abuser; présenter sans
cesse à vos parties la justice, et ne leur faire embrasser que
son ombre; leur faire espérer la fin, et la reculer toujours;
les faire marcher dans un dédale d'erreurs. Pour lors, d'autant plus dangereux, que vous seriez plus habiles, vous
feriez verser sur nous-mêmes une partie de la haine. Ce
qu'il y auroit de plus triste dans votre profession, vous le
répandriez sur la nôtre, et nous deviendrions bientôt les
plus grands criminels après les premiers coupables. Mais
que n'ennoblissez-vous votre profession par la vertu qui
les orne toutes? Que nous serions charmés de vous voir
travailler à devenir plus justes que nous ne le sommes! Avec
quel plaisir vous pardonnerions-nous cette émulation! et

combien nos dignités nous paroîtroient-elles viles auprès d'une vertu qui vous seroit chère!

Lorsque plusieurs de vous ont mérité l'estime de la cour, nous nous sommes réjouis des suffrages que nous leur avons donnés : il nous sembloit que nous allions marcher dans des sentiers plus sûrs; nous nous imaginions nous-mêmes avoir acquis un nouveau degré de justice.

Nous n'aurons point, disions-nous, à nous défendre de leurs artifices; ils vont concourir avec nous à *l'œuvre du jour*, et peut-être verrons-nous le temps où le peuple sera délivré de tout fardeau. Procureurs, vos devoirs touchent de si près les nôtres, que nous, qui sommes préposés pour vous reprendre, nous vous conjurons de les observer. Nous ne vous parlons point en juges; nous oublions que nous sommes vos magistrats : nous vous prions de nous laisser notre probité, de ne nous point ôter le respect des peuples, et de ne nous point empêcher d'en être les pères.

ÉBAUCHE DE L'ÉLOGE HISTORIQUE

DU

MARÉCHAL DE BERWICK.

DU

MARÉCHAL DE BERWICK.

Iᴌ naquit le 21 d'août 1670; il étoit fils de Jacques, duc
d'York, depuis roi d'Angleterre, et de la demoiselle Ara-
bella Churchill; et telle fut l'étoile de cette maison de Churchill, qu'il en sortit deux hommes dont l'un, dans le même
temps, fut destiné à ébranler, et l'autre à soutenir les deux
plus grandes monarchies de l'Europe.

Dès l'âge de sept ans il fut envoyé en France pour y faire
ses études et ses exercices. Le duc d'York étant parvenu à
la couronne le 6 février 1685, il l'envoya l'année suivante en
Hongrie; il se trouva au siège de Bude.

Il alla passer l'hiver en Angleterre, et le roi le créa duc
de Berwick. Il retourna au printemps en Hongrie, où l'empereur lui donna une commission de colonel pour commander le régiment de cuirassiers de Taaff. Il fit la campagne
de 1687, où le duc de Lorraine remporta la victoire de
Mohatz; et, à son retour à Vienne, l'empereur le fit sergent-
général de bataille.

Ainsi c'est sous le grand duc de Lorraine que le duc de
Berwick commença à se former; et, depuis, sa vie fut en
quelque façon toute militaire.

Il revint en Angleterre, et le roi lui donna le gouvernement de Portsmouth et de la province de Southampton. Il

avoit déja un régiment d'infanterie : on lui donna encore le
régiment des gardes à cheval du comte d'Oxford. Ainsi à
l'âge de dix-sept ans il se trouva dans cette situation si flat-
teuse pour un homme qui a l'ame élevée, de voir le chemin
de la gloire tout ouvert, et la possibilité de faire de grandes
choses.

En 1688 la révolution d'Angleterre arriva; et, dans ce
cercle de malheurs qui environnèrent le roi tout-à-coup,
le duc de Berwick fut chargé des affaires qui demandoient
la plus grande confiance. Le roi ayant jeté les yeux sur lui
pour rassembler l'armée, ce fut une des trahisons des ministres de lui en envoyer les ordres trop tard, afin qu'un
autre pût emmener l'armée au prince d'Orange. Le hasard
lui fit rencontrer quatre régimens qu'on avoit voulu mener
au prince d'Orange, et qu'il ramena à son poste. Il n'y eut
point de mouvemens qu'il ne se donnât pour sauver Portsmouth, bloqué par mer et par terre, sans autres provisions
que ce que les ennemis lui fournissoient chaque jour, et que
le roi lui ordonna de rendre. Le roi ayant pris le parti de se
sauver en France, il fut du nombre des cinq personnes à
qui il se confia, et qui le suivirent; et dès que le roi fut
débarqué, il l'envoya à Versailles pour demander un asyle.
Il avoit à peine dix-huit ans.

Presque toute l'Irlande ayant resté fidèle au roi Jacques,
ce prince y passa au mois de mars 1689; et l'on vit une
malheureuse guerre où la valeur ne manqua jamais, et la
conduite toujours. On peut dire de cette guerre d'Irlande
qu'on la regarda à Londres comme l'œuvre du jour et
comme l'affaire capitale de l'Angleterre; et, en France,
comme une guerre d'affection particulière et de bien-

séance. Les Anglois, qui ne vouloient point avoir de guerre civile chez eux, assommèrent l'Irlande. Il paroît même que les officiers françois qu'on y envoya pensèrent comme ceux qui les y envoyoient : ils n'eurent que trois choses dans la tête, d'arriver, de se battre, et de s'en retourner. Le temps a fait voir que les Anglois avoient mieux pensé que nous.

Le duc de Berwick se distingua dans quelques occasions particulières, et fut fait lieutenant-général.

Mylord Tyrconel, ayant passé en France en 1690, laissa le commandement général du royaume au duc de Berwick. Il n'avoit que vingt ans, et sa conduite fit voir qu'il étoit l'homme de son siècle à qui le ciel avoit accordé de meilleure heure la prudence. La perte de la bataille de la Boyne avoit abattu les forces irlandoises ; le roi Guillaume avoit levé le siège de Limerick, et étoit retourné en Angleterre : mais on n'en étoit guère mieux. Mylord Churchill* débarqua tout-à-coup en Irlande avec huit mille hommes. Il falloit en même temps rendre ses progrès moins rapides, rétablir l'armée, dissiper les factions, réunir les esprits des Irlandois. Le duc de Berwick fit tout cela.

En 1691, le duc de Tyrconel étant revenu en Irlande, le duc de Berwick repassa en France, et suivit Louis XIV, comme volontaire, au siège de Mons. Il fit dans la même qualité la campagne de 1692, sous M. le maréchal de Luxembourg, et se trouva à la bataille de Steinkerque. Il fut fait lieutenant-général en France l'année suivante, et il acquit beaucoup d'honneur à la bataille de Nerwinde, où il fut pris.

* Depuis duc de Marlborough.

Les choses qui se dirent dans le monde à l'occasion de sa
prise, n'ont pu avoir été imaginées que par des gens qui
avoient la plus haute opinion de sa fermeté et de son courage. Il continua de servir en Flandre sous M. de Luxembourg, et ensuite sous M. le maréchal de Villeroi.

En 1696 il fut envoyé secrètement en Angleterre pour
conférer avec des seigneurs anglois qui avoient résolu de
rétablir le roi. Il avoit une assez mauvaise commission, qui
étoit de déterminer ces seigneurs à agir contre le bon sens.
Il ne réussit pas : il hâta son retour, parce qu'il apprit qu'il
y avoit une conjuration formée contre la personne du roi
Guillaume, et il ne vouloit point être mêlé dans cette entreprise. Je me souviens de lui avoir oui dire qu'un homme
l'avoit reconnu sur un certain air de famille, et sur-tout par
la longueur de ses doigts; que par bonheur cet homme étoit
jacobite, et lui avoit dit : *Dieu vous bénisse dans toutes vos
entreprises!* ce qui l'avoit remis de son embarras.

Le duc de Berwick perdit sa première femme au mois de
juin 1698. Il l'avoit épousée en 1695. Elle étoit fille du
comte de Clanricard. Il en eut un fils qui naquit le 21
d'octobre 1696.

En 1699 il fit un voyage en Italie, et à son retour il épousa
mademoiselle de Bulkeley, fille de madame de Bulkeley,
dame d'honneur de la reine d'Angleterre, et de M. de Bulkeley, frère de mylord Bulkeley.

Après la mort de Charles 11, roi d'Espagne, le roi Jacques
envoya à Rome le duc de Berwick pour complimenter le
pape sur son élection, et lui offrir sa personne pour commander l'armée que la France le pressoit de lever pour
maintenir la neutralité en Italie; et la cour de Saint-Ger-

main offroit d'envoyer des troupes irlandoises. Le pape jugea la besogne un peu trop forte pour lui, et le duc de Berwick s'en revint.

En 1701 il perdit le roi son père; et en 1702 il servit en Flandre sous le duc de Bourgogne et le maréchal de Bouf-flers. En 1703, au retour de la campagne, il se fit naturali-ser François, du consentement de la cour de Saint-Germain.

En 1704 le roi l'envoya en Espagne avec dix-huit batail-lons et dix-neuf escadrons qu'il devoit commander; et, à son arrivée, le roi d'Espagne le déclara capitaine-général de ses armées, et le fit couvrir.

La cour d'Espagne étoit infestée par l'intrigue. Le gou-vernement alloit très-mal, parce que tout le monde vouloit gouverner. Tout dégénéroit en tracasserie, et un des prin-cipaux articles de sa mission étoit de les éclaircir. Tous les partis vouloient le gagner : il n'entra dans aucun; et, s'atta-chant uniquement au succès des affaires, il ne regarda les intérêts particuliers que comme des intérêts particuliers; il ne pensa ni à madame des Ursins, ni à Orry, ni à l'abbé d'Estrées, ni au goût de la reine, ni au penchant du roi; il ne pensa qu'à la monarchie.

Le duc de Berwick eut ordre de travailler au renvoi de madame des Ursins. Le roi lui écrivit : « Dites au roi mon » petit-fils qu'il me doit cette complaisance. Servez-vous de » toutes les raisons que vous pourrez imaginer pour le per-» suader; mais ne lui dites pas que je l'abandonnerai, car » il ne le croiroit jamais ». Le roi d'Espagne consentit au renvoi.

Cette année 1704 le duc de Berwick sauva l'Espagne; il empêcha l'armée portugaise d'aller à Madrid. Son armée

étoit plus foible des deux tiers; les ordres de la cour venoient coup sur coup de se retirer et de ne rien hasarder.
Le duc de Berwick, qui vit l'Espagne perdue s'il obéissoit,
hasarda sans cesse et disputa tout. L'armée portugaise se
retira; M. le duc de Berwick en fit de même. A la fin de la
campagne, le duc de Berwick reçut ordre de retourner en
France. C'étoit une intrigue de cour; et il éprouva ce que
tant d'autres avoient éprouvé avant lui, que de plaire à la
cour est le plus grand service que l'on puisse rendre à la
cour, sans quoi toutes les œuvres, pour me servir du langage des théologiens, ne sont que des œuvres mortes.

En 1705 le duc de Berwick fut envoyé commander en
Languedoc : cette même année il fit le siège de Nice, et la
prit.

En 1706 il fut fait maréchal de France, et fut envoyé en
Espagne pour commander l'armée contre le Portugal. Le roi
d'Espagne avoit levé le siège de Barcelone, et avoit été obligé
de repasser par la France et de rentrer en Espagne par la
Navarre.

J'ai dit qu'avant de quitter de l'Espagne, la première fois
qu'il y servit, il l'avoit sauvée; il la sauva encore cette fois-ci.
Je passe rapidement sur les choses que l'histoire est chargée
de raconter; je dirai seulement que tout étoit perdu au
commencement de la campagne, et que tout étoit sauvé à
la fin. On peut voir, dans les lettres de madame de Mainte-
non à la princesse des Ursins, ce que l'on pensoit pour lors
dans les deux cours. On formoit des souhaits, et on n'avoit
pas même d'espérances. M. le maréchal de Berwick vouloit
que la reine se retirât à son armée : des conseils timides l'en
avoient empêchée. On vouloit qu'elle se retirât à Pampelune:

M. le maréchal de Berwick fit voir que, si l'on prenoit ce parti, tout étoit perdu, parce que les Castillans se croiroient abandonnés. La reine se retira donc à Burgos avec les conseils, et le roi arriva à la petite armée. Les Portugais vont à Madrid; et le maréchal, par sa sagesse, sans livrer une seule bataille, fit vuider la Castille aux ennemis, et rencoigna leur armée dans le royaume de Valence et l'Arragon. Il les y conduisit marche par marche, comme un pasteur conduit des troupeaux. On peut dire que cette campagne fut plus glorieuse pour lui qu'aucune de celles qu'il a faites, parce que les avantages n'ayant point dépendu d'une bataille, sa capacité y parut tous les jours. Il fit plus de dix mille prisonniers; et par cette campagne il prépara la seconde, plus célèbre encore par la bataille d'Almanza, la conquête du royaume de Valence, de l'Arragon, et la prise de Lerida.

Ce fut en cette année 1707 que le roi d'Espagne donna au maréchal de Berwick les villes de Liria et de Xerica avec la grandesse de la première classe; ce qui lui procura un établissement plus grand encore pour son fils du premier lit, par le mariage avec dona Catharina de Portugal, héritière de la maison de Veraguas. M. le maréchal lui céda tout ce qu'il avoit en Espagne.

Dans le même temps Louis xiv lui donna le gouvernement du Limousin, de son propre et pur mouvement, sans qu'il le lui eût demandé.

Il faut que je parle de M. le duc d'Orléans; et je le ferai avec d'autant plus de plaisir, que ce que je dirai ne peut servir qu'à combler de gloire l'un et l'autre.

M. le duc d'Orléans vint pour commander l'armée. Sa mauvaise destinée lui fit croire qu'il auroit le temps de

passer par Madrid. M. le maréchal de Berwick lui envoya
courier sur courier pour lui dire qu'il seroit bientôt forcé
à livrer la bataille : M. le duc d'Orléans se mit en chemin,
vola, et n'arriva pas. Il y eut assez de courtisans qui voulurent persuader à ce prince que le maréchal de Berwick
avoit été ravi de donner la bataille sans lui, et de lui en
ravir la gloire : mais M. le duc d'Orléans connoissoit qu'il
avoit une justice à rendre, et c'est une chose qu'il savoit
très-bien faire ; il ne se plaignit que de son malheur.

M. le duc d'Orléans, désespéré, désolé de retourner sans
avoir rien fait, propose le siège de Lerida. M. le maréchal
de Berwick, qui n'en étoit point du tout d'avis, exposa à
M. le duc d'Orléans ses raisons avec force ; il proposa même
de consulter la cour. Le siège de Lerida fut résolu. Dès ce
moment M. le duc de Berwick ne vit plus d'obstacles : il
savoit que, si la prudence est la première de toutes les
vertus avant que d'entreprendre, elle n'est que la seconde
après que l'on a entrepris. Peut-être que s'il eût lui-même
résolu ce siège, il auroit moins craint de le lever. M. le duc
d'Orléans finit la campagne avec gloire. Et ce qui auroit in-
failliblement brouillé deux hommes communs ne fit qu'unir
ces deux-ci ; et je me souviens d'avoir entendu dire au maréchal que l'origine de la faveur qu'il avoit eue auprès de M. le
duc d'Orléans, étoit la campagne de 1707.

En 1708 M. le maréchal de Berwick, d'abord destiné à
commander l'armée du Dauphiné, fut envoyé sur le Rhin
pour commander sous l'électeur de Bavière. Il avoit fait
tomber un projet de M. de Chamillard, dont l'incapacité
consistoit sur-tout à ne point connoître son incapacité.
Le prince Eugène ayant quitté l'Allemagne pour aller en

Flandre, M. le maréchal de Berwick l'y suivit. Après la
perte de la bataille d'Oudenarde, les ennemis firent le siège
de Lille; et pour lors M. le maréchal de Berwick joignit
son armée à celle de M. de Vendôme. Il fallut des miracles
sans nombre pour nous faire perdre Lille. M. le duc de
Vendôme étoit irrité contre M. le maréchal de Berwick,
qui avoit fait difficulté de servir sous lui. Depuis ce temps
aucun avis de M. le maréchal de Berwick ne fut accepté par
M. le duc de Vendôme; et son ame, si grande d'ailleurs,
ne conserva plus qu'un ressentiment vif de l'espèce d'af-
front qu'il croyoit avoir reçu. M. le duc de Bourgogne et
le roi, toujours partagés entre des propositions contradictoires, ne savoient prendre d'autre parti que de déférer au
sentiment de M. de Vendôme. Il fallut que le roi envoyât
à l'armée, pour concilier les généraux, un ministre qui
n'avoit point d'yeux : il fallut que cette maladie de la nature humaine, de ne pouvoir souffrir le bien lorsqu'il est
fait par des gens que l'on n'aime pas, infestât pendant
toute cette campagne le cœur et l'esprit de M. le duc de
Vendôme : il fallut qu'un lieutenant-général eût assez de
faveur à la cour pour pouvoir faire à l'armée deux sottises
l'une après l'autre, qui seront mémorables dans tous les
temps, sa défaite et sa capitulation : il fallut que le siège
de Bruxelles eût été rejeté d'abord, et qu'il eût été entrepris depuis; que l'on résolût de garder en même temps
l'Escaut et le canal, c'est-à-dire de ne garder rien. Enfin
le procès entre ces deux grands hommes existe; les lettres
écrites par le roi, par M. le duc de Bourgogne, par M. le
duc de Vendôme, par M. le duc de Berwick, par M. de
Chamillard, existent aussi : on verra qui des deux manqua

de sang froid, et j'oserois peut-être même dire de raison.
A Dieu ne plaise que je veuille mettre en question les qualités éminentes de M. le duc de Vendôme! si M. le maréchal
de Berwick revenoît au monde, il en seroit fâché. Mais je
dirai dans cette occasion ce qu'Homère dit de Glaucus :
Jupiter ôta la prudence à Glaucus, et il changea un bouclier d'or contre un bouclier d'airain. Ce bouclier d'or,
M. de Vendôme avant cette campagne l'avoit toujours
conservé, et il le retrouva depuis.

En 1709 M. le maréchal de Berwick fut envoyé pour
couvrir les frontières de la Provence et du Dauphiné : et
quoique M. de Chamillard, qui affamoit tout, eût été
déplacé, il n'y avoit ni argent, ni provisions de guerre et
de bouche; il fit si bien, qu'il en trouva. Je me souviens de
lui avoir oui dire que dans sa détresse il enleva une voiture d'argent qui alloit de Lyon au trésor royal; et il disoit
à M. d'Angervilliers, qui étoit son intendant dans ce temps,
que dans la règle ils auroient mérité tous deux qu'on leur
fît leur procès. M. Desmarais cria : il répondit qu'il falloit
faire subsister une armée qui avoit le royaume à sauver.

M. le maréchal de Berwick imagina un plan de défense
tel, qu'il étoit impossible de pénétrer en France de quelque
côté que ce fût, parce qu'il faisoit la corde, et que le duc
de Savoie étoit obligé de faire l'arc. Je me souviens qu'étant
en Piémont, les officiers qui avoient servi dans ce temps-là
donnoient cette raison comme les ayant toujours empêchés
de pénétrer en France : ils faisoient l'éloge du maréchal de
Berwick, et je ne le savois pas.

M. le maréchal de Berwick, par ce plan de défense, se
trouva en état de n'avoir besoin que d'une petite armée, et

d'envoyer au roi vingt bataillons : c'étoit un grand présent dans ce temps-là.

Il y auroit bien de la sottise à moi de juger de sa capacité pour la guerre, c'est-à-dire pour une chose que je ne puis entendre. Cependant, s'il m'étoit permis de me hasarder, je dirois que, comme chaque grand homme, outre sa capacité générale, a encore un 'talent particulier dans lequel il excelle et qui fait sa vertu distinctive; je dirois que le talent particulier de M. le maréchal de Berwick étoit de faire une guerre défensive, de relever des choses désespérées, et de bien connoître toutes les ressources que l'on peut avoir dans les malheurs. Il falloit bien qu'il sentit ses forces à cet égard. Je lui ai souvent entendu dire que la chose qu'il avoit toute sa vie le plus souhaitée, c'étoit d'avoir une bonne place à défendre.

La paix fut signée à Utrecht en 1713. Le roi mourut le premier de septembre 1715 : M. le duc d'Orléans fut régent du royaume. M. le maréchal de Berwick fut envoyé commander en Guienne. Me permettra-t-on de dire que ce fut un grand bonheur pour moi, puisque c'est là où je l'ai connu?

Les tracasseries du cardinal Alberoni firent naître la guerre que M. le maréchal de Berwick fit sur les frontières d'Espagne. Le ministère ayant changé par la mort de M. le duc d'Orléans, on lui ôta le commandement de Guienne. Il partagea son temps entre la cour, Paris, et sa maison de Fitz-James. Cela me donnera lieu de parler de l'homme privé, et de donner, le plus courtement que je pourrai, son caractère.

Il n'a guère obtenu de graces sur lesquelles il n'ait été

prévenu. Quand il s'agissoit de ses intérêts, il falloit tout
lui dire...... Son air froid, un peu sec, et même quelquefois un peu sévère, faisoit que quelquefois il auroit semblé
un peu déplacé dans notre nation, si les grandes ames et
le mérite personnel avoient un pays.

Il ne savoit jamais dire de ces choses qu'on appelle de
jolies choses. Il étoit sur-tout exempt de ces fautes sans
nombre que commettent continuellement ceux qui s'aiment
trop eux-mêmes..... Il prenoit presque toujours son parti
de lui-même : s'il n'avoit pas trop bonne opinion de lui, il
n'avoit pas non plus de méfiance ; il se regardoit, il se connoissoit, avec le même bon sens qu'il voyoit toutes les autres
choses..... Jamais personne n'a su mieux éviter les excès,
ou, si j'ose me servir de ce terme, les pièges des vertus :
par exemple, il aimoit les ecclésiastiques ; il s'accommodoit
assez de la modestie de leur état ; il ne pouvoit souffrir
d'en être gouverné, sur-tout s'ils passoient dans la moindre
chose la ligne de leurs devoirs : il exigeoit plus d'eux qu'ils
n'auroient exigé de lui...... Il étoit impossible de le voir
et de ne pas aimer la vertu, tant on voyoit de tranquillité
et de félicité dans son ame, sur-tout quand on la compa-
roit aux passions qui agitoient ses semblables........ J'ai
vu de loin, dans les livres de Plutarque, ce qu'étoient les
grands hommes ; j'ai vu en lui de plus près ce qu'ils sont.
Je ne connois que sa vie privée : je n'ai point vu le héros,
mais l'homme dont le héros est parti....... Il aimoit ses
amis : sa manière étoit de rendre des services sans vous rien
dire ; c'étoit une main invisible qui vous servoit...... Il
avoit un grand fonds de religion. Jamais homme n'a mieux
suivi ces loix de l'évangile qui coûtent le plus aux gens du

monde : enfin jamais homme n'a tant pratiqué la religion, et n'en a si peu parlé. . . . . . Il ne disoit jamais de mal de personne; aussi ne louoit-il jamais les gens qu'il ne croyoit pas dignes d'être loués. . . . . . . Il haïssoit ces disputes qui, sous prétexte de la gloire de Dieu, ne sont que des disputes personnelles. Les malheurs du roi son père lui avoient appris qu'on s'expose à faire de grandes fautes lorsqu'on a trop de crédulité pour les gens même dont le caractère est le plus respectable. . . . . Lorsqu'il fut nommé commandant en Guienne, la réputation de son sérieux nous effraya : mais à peine y fut-il arrivé, qu'il y fut aimé de tout le monde; et il n'y a pas de lieu où ses grandes qualités aient été plus admirées . . . . . .

Personne n'a donné un plus grand exemple du mépris que l'on doit faire de l'argent. . . . . . Il avoit une modestie dans toutes ses dépenses qui auroit dû le rendre très à son aise; car il ne dépensoit en aucune chose frivole : cependant il étoit toujours arriéré, parce que, malgré sa frugalité naturelle, il dépensoit beaucoup. Dans ses commandemens, toutes les familles angloises ou irlandoises pauvres, qui avoient quelque relation avec quelqu'un de sa maison, avoient une espèce de droit de s'introduire chez lui; et il est singulier que cet homme, qui savoit mettre un si grand ordre dans son armée, qui avoit tant de justesse dans ses projets, perdît tout cela quand il s'agissoit de ses intérêts particuliers.

Il n'étoit point du nombre de ceux qui tantôt se plaignent des auteurs d'une disgrace, tantôt cherchent à les flatter; il alloit à celui dont il avoit sujet de se plaindre, lui disoit les sentimens de son cœur, après quoi il ne disoit rien . . . . . .

Jamais rien n'a mieux représenté cet état où l'on sait que
se trouva la France à la mort de M. de Turenne. Je me souviens du moment où cette nouvelle arriva : la consternation
fut générale. Tous deux ils avoient laissé des desseins inter-
rompus; tous les deux une armée en péril : tous les deux
finirent d'une mort qui intéresse plus que les morts communes : tous les deux avoient ce mérite modeste pour lequel
on aime à s'attendrir, et que l'on aime à regretter.....

Il laissa une femme tendre, qui a passé le reste de sa vie
dans les regrets, et des enfans qui par leurs vertus font
mieux que moi l'éloge de leur père.

M. le maréchal de Berwick a écrit ses mémoires; et, à cet
égard, ce que j'ai dit dans l'*Esprit des Loix* sur la relation
d'Hannon, je puis le redire ici. *C'est un beau morceau de
l'antiquité que la relation d'Hannon : le même homme qui a
exécuté a écrit. Il ne met aucune ostentation dans ses récits : les
grands capitaines écrivent leurs actions avec simplicité, parce
qu'ils sont plus glorieux de ce qu'ils ont fait que de ce qu'ils
ont dit.*

Les grands hommes sont plus soumis que les autres à
un examen rigoureux de leur conduite : chacun aime à les
appeler devant son petit tribunal. Les soldats romains ne
faisòient-ils pas de sanglantes railleries autour du char de
la victoire? Ils croyoient triompher même des triompha-
teurs. Mais c'est une belle chose pour le maréchal de Berwick, que les deux objections qu'on lui a faites ne soient
uniquement fondées que sur son amour pour ses devoirs.

L'objection qu'on lui a faite de ce qu'il n'avoit pas été de
l'expédition d'Écosse en 1715, n'est fondée que sur ce qu'on
veut toujours regarder le maréchal de Berwick comme un

homme sans patrie, et qu'on ne veut pas se mettre dans l'esprit qu'il étoit François. Devenu François du consentement de ses premiers maîtres, il suivit les ordres de Louis XIV, et ensuite ceux du régent de France. Il fallut faire taire son cœur, et suivre les grands principes : il vit qu'il n'étoit plus à lui ; il vit qu'il n'étoit plus question de se déterminer sur ce qui étoit le bien convenable, mais sur ce qui étoit le bien nécessaire : il sut qu'il seroit jugé, il méprisa les jugemens injustes ; ni la faveur populaire, ni la manière de penser de ceux qui pensent peu, ne le déterminèrent.

Les anciens qui ont traité des devoirs ne trouvent pas que la grande difficulté soit de les connoître, mais de choisir entre deux devoirs. Il suivit le devoir le plus fort, comme le destin. Ce sont des matières qu'on ne traite jamais que lorsqu'on est obligé de les traiter, parce qu'il n'y a rien dans le monde de plus respectable qu'un prince malheureux. Dépouillons la question : elle consiste à savoir si le prince, même rétabli, auroit été en droit de le rappeler. Tout ce que l'on peut dire de plus fort, c'est que la patrie n'abandonne jamais : mais cela même n'étoit pas le cas ; il étoit proscrit par sa patrie lorsqu'il se fit naturaliser. Grotius, Pufendorff, toutes les voix par lesquelles l'Europe a parlé, décidoient la question, et lui déclaroient qu'il étoit François et soumis aux loix de la France. La France avoit mis pour lors la paix pour fondement de son système politique. Quelle contradiction, si un pair du royaume, un maréchal de France, un gouverneur de province, avoit désobéi à la défense de sortir du royaume, c'est-à-dire, avoit désobéi réellement pour paroître, aux yeux des Anglois seuls, n'avoir pas désobéi ! En effet, le maréchal de

Berwick étoit, par ses dignités mêmes, dans des circonstances particulières; et on ne pouvoit guère distinguer sa présence en Écosse d'avec une déclaration de guerre avec l'Angleterre. La France jugeoit qu'il n'étoit point de son intérêt que cette guerre se fît; qu'il en résulteroit une guerre qui embraseroit toute l'Europe. Comment pouvoit-il prendre sur lui le poids immense d'une démarche pareille? On peut dire même que, s'il n'eût consulté que l'ambition, quelle plus grande ambition pouvoit-il avoir que le rétablissement de la maison de Stuart sur le trône d'Angleterre? On sait combien il aimoit ses enfans. Quelles délices pour son cœur, s'il avoit pu prévoir un troisième établissement en Angleterre!

S'il avoit été consulté pour l'entreprise même dans les circonstances d'alors, il n'en auroit pas été d'avis : il croyoit que ces sortes d'entreprises étoient de la nature de toutes les autres, qui doivent être réglées par la prudence, et qu'en ce cas une entreprise manquée a deux sortes de mauvais succès; le malheur présent, et une plus grande difficulté pour entreprendre de réussir à l'avenir.

ESSAI
SUR LE GOUT
DANS LES CHOSES DE LA NATURE ET DE L'ART.

FRAGMENT.

ESSAI

SUR LE GOUT.

DANS LES CHOSES DE LA NATURE ET DE L'ART.

Dans notre manière d'être actuelle, notre ame goûte
trois sortes de plaisirs : il y en a qu'elle tire du fond de son
existence même ; d'autres qui résultent de son union avec
le corps ; d'autres enfin qui sont fondés sur les plis et les
préjugés que de certaines institutions, de certains usages,
de certaines habitudes, lui ont fait prendre.

Ce sont ces différens plaisirs de notre ame qui forment
les objets du goût, comme le beau, le bon, l'agréable, le
naïf, le délicat, le tendre, le gracieux, le je ne sais quoi, le
noble, le grand, le sublime, le majestueux, etc. Par exemple,
lorsque nous trouvons du plaisir à voir une chose avec une
utilité pour nous, nous disons qu'elle est bonne ; lorsque
nous trouvons du plaisir à la voir sans que nous y démê-
lions une utilité présente, nous l'appelons belle.

Les anciens n'avoient pas bien démêlé ceci ; ils regardoient
comme des qualités positives toutes les qualités relatives de
notre ame : ce qui fait que ces dialogues où Platon fait raisonner Socrate, ces dialogues si admirés des anciens, sont
aujourd'hui insoutenables, parce qu'ils sont fondés sur une
philosophie fausse ; car tous ces raisonnemens tirés sur le
bon, le beau, le parfait, le sage, le fou, le dur, le mou, le
sec, l'humide, traités comme des choses positives, ne signi-
fient plus rien.

Les sources du beau, du bon, de l'agréable, etc. sont donc dans nous-mêmes; et en chercher les raisons, c'est chercher les causes des plaisirs de notre ame.

Examinons donc notre ame, étudions-la dans ses actions et dans ses passions, cherchons-la dans ses plaisirs; c'est là où elle se manifeste davantage. La poésie, la peinture, la sculpture, l'architecture, la musique, la danse, les différentes sortes de jeux, enfin les ouvrages de la nature et de l'art, peuvent lui donner du plaisir : voyons pourquoi, comment et quand ils le lui donnent; rendons raison de nos sentimens : cela pourra contribuer à nous former le goût, qui n'est autre chose que l'avantage de découvrir avec finesse et avec promptitude la mesure du plaisir que chaque chose doit donner aux hommes.

DES PLAISIRS DE L'AME.

L'AME, indépendamment des plaisirs qui lui viennent des sens, en a qu'elle auroit indépendamment d'eux, et qui lui sont propres : tels sont ceux que lui donnent la curiosité, les idées de sa grandeur, de ses perfections, l'idée de son existence opposée au sentiment du néant, le plaisir d'embrasser tout d'une idée générale, celui de voir un grand nombre de choses, etc. celui de comparer, de joindre et de séparer les idées. Ces plaisirs sont dans la nature de l'ame, indépendamment des sens, parce qu'ils appartiennent à tout être qui pense; et il est fort indifférent d'examiner ici si notre ame a ces plaisirs comme substance unie avec le corps, ou comme séparée du corps, parce qu'elle les a toujours, et qu'ils sont les objets du goût : ainsi nous ne distinguerons

point ici les plaisirs qui viennent à l'ame de sa nature,
d'avec ceux qui lui viennent de son union avec le corps;
nous appellerons tout cela plaisirs naturels, que nous distinguerons des plaisirs acquis que l'ame se fait par de
certaines liaisons avec les plaisirs naturels; et, de la même
manière et par la même raison, nous distinguerons le goût
naturel et le goût acquis.

Il est bon de connoître la source des plaisirs dont le goût
est la mesure : la connoissance des plaisirs naturels et acquis
pourra nous servir à rectifier notre goût naturel et notre
goût acquis. Il faut partir de l'état où est notre être, et
connoître quels sont ses plaisirs, pour parvenir à les mesurer, et même quelquefois à les sentir.

Si notre ame n'avoit point été unie au corps, elle auroit
connu, mais il y a apparence qu'elle auroit aimé ce qu'elle
auroit connu : à présent nous n'aimons presque que ce que
nous ne connoissons pas.

Notre manière d'être est entièrement arbitraire; nous
pouvions avoir été faits comme nous sommes, ou autrement.
Mais si nous avions été faits autrement, nous aurions senti
autrement; un organe de plus ou de moins dans notre
machine nous auroit fait une autre éloquence, une autre
poésie; une contexture différente des mêmes organes auroit
fait encore une autre poésie : par exemple, si la constitution
de nos organes nous avoit rendus capables d'une plus longue
attention, toutes les règles qui proportionnent la disposition
du sujet à la mesure de notre attention ne seroient plus; si
nous avions été rendus capables de plus de pénétration,
toutes les règles qui sont fondées sur la mesure de notre
pénétration tomberoient de même; enfin toutes les loix

établies sur ce que notre machine est d'une certaine façon,
seroient différentes si notre machine n'étoit pas de cette
façon.

Si notre vue avoit été plus foible et plus confuse, il auroit fallu moins de moulures et plus d'uniformité dans les
membres de l'architecture : si notre vue avoit été plus distincte, et notre ame capable d'embrasser plus de choses à
la fois, il auroit fallu dans l'architecture plus d'ornemens :
si nos oreilles avoient été faites comme celles de certains
animaux, il auroit fallu réformer bien de nos instrumens de
musique. Je sais bien que les rapports que les choses ont
entre elles auroient subsisté : mais le rapport qu'elles ont
avec nous ayant changé, les choses qui, dans l'état présent,
font un certain effet sur nous, ne le feroient plus ; et, comme
la perfection des arts est de nous présenter les choses telles
qu'elles nous fassent le plus de plaisir qu'il est possible, il
faudroit qu'il y eût du changement dans les arts, puisqu'il
y en auroit dans la manière la plus propre à nous donner
du plaisir.

On croit d'abord qu'il suffiroit de connoître les diverses
sources de nos plaisirs pour avoir le goût, et que, quand on
a lu ce que la philosophie nous dit là-dessus, on a du goût,
et que l'on peut hardiment juger des ouvrages. Mais le goût
naturel n'est pas une connoissance de théorie ; c'est une
application prompte et exquise des règles mêmes que l'on
ne connoît pas. Il n'est pas nécessaire de savoir que le plaisir
que nous donne une certaine chose que nous trouvons belle,
vient de la surprise ; il suffit qu'elle nous surprenne, et
qu'elle nous surprenne autant qu'elle le doit, ni plus ni
moins.

Ainsi ce, que nous pourrions dire ici, et tous les préceptes que nous pourrions donner pour former le goût, ne peuvent regarder que le goût acquis; c'est-à-dire, ne peuvent regarder directement que ce goût acquis, quoiqu'ils regardent encore indirectement le goût naturel : car le goût acquis affecte, change, augmente et diminue le goût naturel, comme le goût naturel affecte, change, augmente et diminue le goût acquis.

La définition la plus générale du goût, sans considérer s'il est bon ou mauvais, juste ou non, est ce qui nous attache à une chose par le sentiment; ce qui n'empêche pas qu'il ne puisse s'appliquer aux choses intellectuelles, dont la connoissance fait tant de plaisir à l'ame, qu'elle étoit la seule félicité que de certains philosophes pussent comprendre. L'ame connoît par ses idées et par ses sentimens; elle reçoit des plaisirs par ces idées et par ces sentimens : car, quoique nous opposions l'idée au sentiment, cependant, lorsqu'elle voit une chose, elle la sent; et il n'y a point de choses si intellectuelles qu'elle ne voie ou qu'elle ne croie voir, et par conséquent qu'elle ne sente.

DE L'ESPRIT EN GÉNÉRAL.

L'ESPRIT est le genre qui a sous lui plusieurs espèces, le génie, le bon sens, le discernement, la justesse, le talent et le goût.

L'esprit consiste à avoir les organes bien constitués, relativement aux choses où il s'applique. Si la chose est extrêmement particulière, il se nomme talent; s'il a plus de rapport à un certain plaisir délicat des gens du monde, il se nomme goût; si la chose particulière est unique chez un peuple, le talent se nomme esprit, comme l'art de la guerre et l'agriculture chez les Romains, la chasse chez les sauvages, etc.

DE LA CURIOSITÉ.

Notre ame est faite pour penser, c'est-à-dire pour appercevoir : or un tel être doit avoir de la curiosité; car, comme toutes les choses sont dans une chaîne où chaque idée en précède une et en suit une autre, on ne peut aimer à voir une chose sans desirer d'en voir une autre; et, si nous n'avions pas ce desir pour celle-ci, nous n'aurions eu aucun plaisir à celle-là. Ainsi, quand on nous montre une partie d'un tableau, nous souhaitons de voir la partie qu'on nous cache, à proportion du plaisir que nous a fait celle que nous avons vue.

C'est donc le plaisir que nous donne un objet, qui nous porte vers un autre; c'est pour cela que l'ame cherche toujours des choses nouvelles, et ne se repose jamais.

Ainsi on sera toujours sûr de plaire à l'ame lorsqu'on lui fera voir beaucoup de choses, ou plus qu'elle n'avoit espéré d'en voir.

Par-là on peut expliquer la raison pourquoi nous avons du plaisir lorsque nous voyons un jardin bien régulier, et que nous en avons encore lorsque nous voyons un lieu brut et champêtre : c'est la même cause qui produit ces effets. Comme nous aimons à voir un grand nombre d'objets, nous voudrions étendre notre vue, être en plusieurs lieux, parcourir plus d'espace; enfin notre ame fuit les bornes, et elle voudroit, pour ainsi dire, étendre la sphère de sa présence:

ainsi c'est un grand plaisir pour elle de porter sa vue au loin. Mais comment le faire? Dans les villes, notre vue est bornée par des maisons : dans les campagnes, elle l'est par mille obstacles ; à peine pouvons-nous voir trois ou quatre arbres. L'art vient à notre secours, et nous découvre la nature, qui se cache elle-même. Nous aimons l'art, et nous l'aimons mieux que la nature, c'est-à-dire la nature dérobée à nos yeux : mais quand nous trouvons de belles situations, quand notre vue en liberté peut voir au loin des prés, des ruis-seaux, des collines, et ces dispositions qui sont, pour ainsi dire, créées exprès, elle est bien autrement enchantée que lorsqu'elle voit les jardins de Le Nostre ; parce que la nature ne se copie pas, au lieu que l'art se ressemble toujours. C'est pour cela que dans la peinture nous aimons mieux un paysage que le plan du plus beau jardin du monde : c'est que la peinture ne prend la nature que là où elle est belle, là où la vue se peut porter au loin et dans toute son étendue, là où elle est variée, là où elle peut être vue avec plaisir.

Ce qui fait ordinairement une grande pensée, c'est lors-qu'on dit une chose qui en fait voir un grand nombre d'autres, et qu'on nous fait découvrir tout d'un coup ce que nous ne pouvions espérer qu'après une grande lecture.

Florus nous représente en peu de paroles toutes les fautes d'Annibal. « Lorsqu'il pouvoit, dit-il, se servir de la victoire, » il aimà mieux en jouir ». *Cùm victorià posset uti, frui maluit.*

Il nous donne une idée de toute la guerre de Macédoine, quand il dit : « Ce fut vaincre que d'y entrer ». *Introisse victoria fuit.*

Il nous donne tout le spectacle de la vie de Scipion, quand

il dit de sa jeunesse : « C'est le Scipion qui croît pour la des-
» truction de l'Afrique ». *Hic erit Scipio qui in exitium Africæ
crescit.* Vous croyez voir un enfant qui croît et s'élève comme
un géant.

Enfin il nous fait voir le grand caractère d'Annibal, la
situation de l'univers, et toute la grandeur du peuple romain, lorsqu'il dit : « Annibal fugitif cherchoit au peuple
» romain un ennemi par tout l'univers ». *Qui, profugus ex
Africa, hostem populo romano toto orbe quærebat.*

DES PLAISIRS DE L'ORDRE.

Il ne suffit pas de montrer à l'ame beaucoup de choses, il
faut les lui montrer avec ordre : car pour lors nous nous
ressouvenons de ce que nous avons vu, et nous commen-
çons à imaginer ce que nous verrons; notre ame se félicite
de son étendue et de sa pénétration : mais, dans un ouvrage
où il n'y a point d'ordre, l'ame sent à chaque instant troubler celui qu'elle y veut mettre. La suite que l'auteur s'est
faite, et celle que nous nous faisons, se confondent; l'ame
ne retient rien, ne prévoit rien; elle est humiliée par la
confusion de ses idées, par l'inanité qui lui reste; elle est
vainement fatiguée, et ne peut goûter aucun plaisir : c'est
pour cela que, quand le dessein n'est pas d'exprimer ou de
montrer la confusion, on met toujours de l'ordre dans la
confusion même. Ainsi les peintres groupent leurs figures;
ainsi ceux qui peignent les batailles mettent-ils sur le devant
de leurs tableaux les choses que l'œil doit distinguer, et la
confusion dans le fond et le lointain.

DES PLAISIRS DE LA VARIÉTÉ.

Mais s'il faut de l'ordre dans les choses, il faut aussi de la variété : sans cela l'ame languit, car les choses semblables lui paroissent les mêmes; et si une partie d'un tableau qu'on nous découvre ressembloit à une autre que nous aurions vue, cet objet seroit nouveau sans le paroître, et ne feroit aucun plaisir. Et comme les beautés des ouvrages de l'art, semblables à celles de la nature, ne consistent que dans les plaisirs qu'elles nous font, il faut les rendre propres le plus que l'on peut à varier ces plaisirs; il faut faire voir à l'ame des choses qu'elle n'a pas vues; il faut que le sentiment qu'on lui donne soit différent de celui qu'elle vient d'avoir.

C'est ainsi que les histoires nous plaisent par la variété des récits, les romans par la variété des prodiges, les pièces de théâtre par la variété des passions, et que ceux qui savent instruire modifient le plus qu'ils peuvent le ton uniforme de l'instruction.

Une longue uniformité rend tout insupportable : le même ordre des périodes long-temps continué accable dans une harangue; les mêmes nombres et les mêmes chûtes mettent de l'ennui dans un long poème. S'il est vrai que l'on ait fait cette fameuse allée de Moscow à Pétersbourg, le voyageur doit périr d'ennui, renfermé entre les deux rangs de cette allée; et celui qui aura voyagé long-temps dans les Alpes, en descendra dégoûté des situations les plus heureuses et des points de vue les plus charmans.

L'ame aime la variété; mais elle ne l'aime, avons-nous dit, que parce qu'elle est faite pour connoître et pour voir:

il faut donc qu'elle puisse voir, et que la variété le lui per-
mette; c'est-à-dire, il faut qu'une chose soit assez simple
pour être apperçue, et assez variée pour être apperçue avec
plaisir.

Il y a des choses qui paroissent variées, et ne le sont point;
d'autres qui paroissent uniformes, et sont très-variées.

L'architecture gothique paroît très-variée : mais la confusion des ornemens fatigue par leur petitesse ; ce qui fait
qu'il n'y en a aucun que nous puissions distinguer d'un
autre, et leur nombre fait qu'il n'y en a aucun sur lequel
l'œil puisse s'arrêter : de manière qu'elle déplaît par les endroits mêmes qu'on a choisis pour la rendre agréable.

Un bâtiment d'ordre gothique est une espèce d'énigme
pour l'œil qui le voit; et l'ame est embarrassée comme
quand on lui présente un poème obscur.

L'architecture grecque, au contraire, paroît uniforme;
mais, comme elle a les divisions qu'il faut, et autant qu'il
en faut pour que l'ame voie précisément ce qu'elle peut voir
sans se fatiguer, mais qu'elle en voie assez pour s'occuper,
elle a cette variété qui la fait regarder avec plaisir.

Il faut que les grandes choses aient de grandes parties :
les grands hommes ont de grands bras, les grands arbres
de grandes branches, et les grandes montagnes sont com-
posées d'autres montagnes qui sont au-dessus et au-dessous;
c'est la nature des choses qui fait cela.

L'architecture grecque, qui a peu de divisions, et de
grandes divisions, imite les grandes choses; l'ame sent une
certaine majesté qui y règne par-tout.

C'est ainsi que la peinture divise en grouppes de trois ou
quatre figures celles qu'elle représente dans un tableau :

elle imite la nature; une nombreuse troupe se divise toujours en pelotons; et c'est encore ainsi que la peinture divise en grandes masses ses clairs et ses obscurs.

DES PLAISIRS DE LA SYMMÉTRIE.

J'AI dit que l'ame aime la variété; cependant, dans la plupart des choses, elle aime à voir une espèce de symmétrie.
Il semble que cela renferme quelque contradiction : voici
comment j'explique cela.

Une des principales causes des plaisirs de notre ame
lorsqu'elle voit des objets, c'est la facilité qu'elle a à les
appercevoir; et la raison qui fait que la symmétrie plaît à
l'ame, c'est qu'elle lui épargne de la peine, qu'elle la sou-
lage, et qu'elle coupe, pour ainsi dire, l'ouvrage par la
moitié.

De là suit une règle générale : par-tout où la symmétrie
est utile à l'ame et peut aider ses fonctions, elle lui est
agréable; mais par-tout où elle est inutile, elle est fade,
parce qu'elle ôte la variété. Or les choses que nous voyons
successivement doivent avoir de la variété; car notre ame
n'a aucune difficulté à les voir : celles, au contraire, que
nous appercevons d'un coup-d'œil, doivent avoir de la symmétrie. Ainsi, comme nous appercevons d'un coup-d'œil la
façade d'un bâtiment, un parterre, un temple, on y met
de la symmétrie, qui plaît à l'ame par la facilité qu'elle lui
donne d'embrasser d'abord tout l'objet.

Comme il faut que l'objet que l'on doit voir d'un coup-
d'œil soit simple, il faut qu'il soit unique, et que les parties se rapportent toutes à l'objet principal : c'est pour cela

encore qu'on aime la symmétrie; elle fait un tout ensemble.

Il est dans la nature qu'un tout soit achevé, et l'ame qui voit ce tout veut qu'il n'y ait point de partie imparfaite. C'est encore pour cela qu'on aime la symmétrie : il faut une espèce de pondération ou de balancement; et un bâtiment avec une aile, ou une aile plus courte qu'une autre, est aussi peu fini qu'un corps avec un bras, ou avec un bras trop court.

DES CONTRASTES.

L'AME aime la symmétrie, mais elle aime aussi les contrastes. Ceci demande bien des explications.

Par exemple, si la nature demande des peintres et des sculpteurs qu'ils mettent de la symmétrie dans les parties de leurs figures, elle veut, au contraire, qu'ils mettent des contrastes dans les attitudes. Un pied rangé comme un autre, un membre qui va comme un autre, sont insupportables : la raison en est que cette symmétrie fait que les attitudes sont presque toujours les mêmes, comme on le voit dans les figures gothiques, qui se ressemblent toutes par-là. Ainsi il n'y a plus de variété dans les productions de l'art. De plus, la nature ne nous a pas situés ainsi; et comme elle nous a donné du mouvement, elle ne nous a pas ajustés dans nos actions et dans nos manières comme des pagodes; et si les hommes gênés et contraints sont insupportables, que sera-ce des productions de l'art?

Il faut donc mettre des contrastes dans les attitudes, surtout dans les ouvrages de sculpture, qui, naturellement froide, ne peut mettre de feu que par la force du contraste et de la situation.

Mais, comme nous avons dit que la variété que l'on a cherché à mettre dans le gothique lui a donné de l'uniformité, il est souvent arrivé que la variété que l'on a cherché à mettre par le moyen des contrastes, est devenue une symmétrie et une vicieuse uniformité.

Ceci ne se sent pas seulement dans de certains ouvrages de sculpture et de peinture, mais aussi dans le style de quelques écrivains, qui, dans chaque phrase, mettent toujours le commencement en contraste avec la fin par des antithèses continuelles, tels que saint Augustin et autres auteurs de la basse latinité, et quelques uns de nos modernes, comme Saint-Évremont. Le tour de phrase, toujours le même et toujours uniforme, déplaît extrêmement ; ce contraste perpétuel devient symmétrie, et cette opposition toujours recherchée devient uniformité. L'esprit y trouve si peu de variété, que lorsque vous avez vu une partie de la phrase, vous devinez toujours l'autre ; vous voyez des mots opposés, mais opposés de la même manière ; vous voyez un tour de phrase, mais c'est toujours le même.

Bien des peintres sont tombés dans le défaut de mettre des contrastes par-tout et sans ménagement ; de sorte que lorsqu'on voit une figure, on devine d'abord la disposition de celles d'à côté : cette continuelle diversité devient quelque chose de semblable. D'ailleurs la nature, qui jette les choses dans le désordre, ne montre pas l'affectation d'un contraste continuel ; sans compter qu'elle ne met pas tous les corps en mouvement, et dans un mouvement forcé. Elle est plus variée que cela ; elle met les uns en repos, et elle donne aux autres différentes sortes de mouvemens.

Si la partie de l'ame qui connoît aime la variété, celle

qui sent ne la cherche pas moins; car l'ame ne peut pas soutenir long-temps les mêmes situations, parce qu'elle est liée à un corps qui ne peut les souffrir. Pour que notre ame soit excitée, il faut que les esprits coulent dans les nerfs : or il y a là deux choses; une lassitude dans les nerfs, une cessation de la part des esprits qui ne coulent plus, ou qui se dissipent des lieux où ils ont coulé.

Ainsi tout nous fatigue à la longue, et sur-tout les grands plaisirs : on les quitte toujours avec la même satisfaction qu'on les a pris; car les fibres qui en ont été les organes ont besoin de repos; il faut en employer d'autres plus propres à nous servir, et distribuer, pour ainsi dire, le travail.

Notre ame est lasse de sentir; mais ne pas sentir, c'est tomber dans un anéantissement qui l'accable. On remédie à tout en variant ses modifications; elle sent, et elle ne se lasse pas.

DES PLAISIRS DE LA SURPRISE.

CETTE disposition de l'ame qui la porte toujours vers dif-férens objets, fait qu'elle goûte tous les plaisirs qui viennent de la surprise : sentiment qui plaît à l'ame par le spectacle et par la promptitude de l'action; car elle apperçoit ou sent une chose qu'elle n'attend pas, ou d'une manière qu'elle n'attendoit pas.

Une chose peut nous surprendre comme merveilleuse, mais aussi comme nouvelle, et encore comme inattendue; et, dans ces derniers cas, le sentiment principal se lie à un sentiment accessoire, fondé sur ce que la chose est nouvelle ou inattendue.

C'est par-là que les jeux de hasard nous piquent; ils nous font voir une suite continuelle d'évènemens non attendus: c'est par-là que les jeux de société nous plaisent; ils sont encore une suite d'évènemens imprévus qui ont pour cause l'adresse jointe au hasard.

C'est encore par-là que les pièces de théâtre nous plaisent: elles se développent par degrés, cachent les évènemens jusqu'à ce qu'ils arrivent, nous préparent toujours de nouveaux sujets de surprise, et souvent nous piquent en nous les montrant tels que nous aurions dû les prévoir.

Enfin les ouvrages d'esprit ne sont ordinairement lus que parce qu'ils nous ménagent des surprises agréables, et suppléent à l'insipidité des conversations, presque toujours languissantes, et qui ne font point cet effet.

La surprise peut être produite par la chose, ou par la manière de l'appercevoir : car nous voyons une chose plus grande ou plus petite qu'elle n'est en effet, ou différente de ce qu'elle est; ou bien nous voyons la chose même, mais avec une idée accessoire qui nous surprend. Telle est dans une chose l'idée accessoire de la difficulté de l'avoir faite, ou de la personne qui l'a faite, ou du temps où elle a été faite, ou de la manière dont elle a été faite, ou de quelque autre circonstance qui s'y joint.

Suétone nous décrit les crimes de Néron avec un sang-froid qui nous surprend, en nous faisant presque croire qu'il ne sent point l'horreur de ce qu'il décrit. Il change de ton tout-à-coup, et dit : « L'univers ayant souffert ce monstre » pendant quatorze ans, enfin il l'abandonna ». *Tale monstrum per quatuordecim annos perpessus terrarum orbis, tandem destituit.* Ceci produit dans l'esprit différentes sortes de surprises ; nous sommes surpris du changement de style de l'auteur, de la découverte de sa différente manière de penser, de sa façon de rendre en aussi peu de mots une des grandes révolutions qui soient arrivées : ainsi l'ame trouve un très-grand nombre de sentimens différens qui concourent à l'ébranler et à lui composer un plaisir.

DES DIVERSES CAUSES QUI PEUVENT PRODUIRE UN SENTIMENT.

Il faut bien remarquer qu'un sentiment n'a pas ordinairement dans notre ame une cause unique. C'est, si j'ose me servir de ce terme, une certaine dose qui en produit la force et la variété. L'esprit consiste à savoir frapper plusieurs organes à la fois; et si l'on examine les divers écrivains, on verra peut-être que les meilleurs, et ceux qui ont plu davantage, sont ceux qui ont excité dans l'ame plus de sensations en même temps.

Voyez, je vous prie, la multiplicité des causes. Nous aimons mieux voir un jardin bien arrangé qu'une confusion d'arbres : 1°. parce que notre vue, qui seroit arrêtée, ne l'est pas : 2°. chaque allée est une, et forme une grande chose, au lieu que dans la confusion chaque arbre est une chose, et une petite chose : 3°. nous voyons un arrangement que nous n'avons pas coutume de voir : 4°. nous savons bon gré de la peine que l'on a prise : 5°. nous admirons le soin que l'on a de combattre sans cesse la nature, qui, par des productions qu'on ne lui demande pas, cherche à tout confondre; ce qui est si vrai, qu'un jardin négligé nous est insupportable. Quelquefois la difficulté de l'ouvrage nous

plaît, quelquefois c'est la facilité; et comme dans un jardin magnifique nous admirons la grandeur et la dépense
du maître, nous voyons quelquefois avec plaisir qu'on a eu
l'art de nous plaire avec peu de dépense et de travail. Le
jeu nous plaît, parce qu'il satisfait notre avarice, c'est-à-dire
l'espérance d'avoir plus; il flatte notre vanité par l'idée de
la préférence que la fortune nous donne, et de l'attention
que les autres ont sur notre bonheur; il satisfait notre
curiosité en nous donnant un spectacle; enfin il nous donne
les différens plaisirs de la surprise.

La danse nous plaît par la légèreté, par une certaine
grace, par la beauté et la variété des attitudes, par sa liaison avec la musique, la personne qui danse étant comme
un instrument qui accompagne; mais sur-tout elle plaît
par une disposition de notre cerveau, qui est telle qu'elle
ramène en secret l'idée de tous les mouvemens à de certains
mouvemens, la plupart des attitudes à de certaines attitudes.

DE LA LIAISON ACCIDENTELLE DE CERTAINES IDÉES.

PRESQUE toujours les choses nous plaisent et déplaisent à
différens égards : par exemple, les *castrati* d'Italie nous
doivent faire peu de plaisir : 1°. parce qu'il n'est pas étonnant
qu'accommodés comme ils sont, ils chantent bien; ils sont
comme un instrument dont l'ouvrier a retranché du bois
pour lui faire produire des sons : 2°. parce que les passions
qu'ils jouent sont trop suspectes de fausseté : 3°. parce qu'ils
ne sont ni du sexe que nous aimons, ni de celui que nous

estimons. D'un autre côté, ils peuvent nous plaire, parce qu'ils conservent long-temps un air de jeunesse, et, de plus, qu'ils ont une voix flexible et qui leur est particulière. Ainsi chaque chose nous donne un sentiment qui est composé de beaucoup d'autres, lesquels s'affoiblissent et se choquent quelquefois.

Souvent notre ame se compose elle-même des raisons de plaisirs, et elle y réussit sur-tout par les liaisons qu'elle met aux choses. Ainsi une chose qui nous a plu nous plaît encore par la seule raison qu'elle nous a plu, parce que nous joignons l'ancienne idée à la nouvelle. Ainsi une actrice qui nous a plu sur le théâtre, nous plaît encore dans la chambre; sa voix, sa déclamation, le souvenir de l'avoir vu admirer, que dis-je? l'idée de la princesse, jointe à la sienne; tout cela fait une espèce de mèlange qui forme et produit un plaisir.

Nous sommes tous pleins d'idées accessoires. Une femme qui aura une grande réputation et un léger défaut, pourra le mettre en crédit, et le faire regarder comme une grace. La plupart des femmes que nous aimons n'ont pour elles que la prévention sur leur naissance ou leurs biens, les honneurs, ou l'estime de certaines gens.

AUTRE EFFET DES LIAISONS QUE L'AME MET AUX CHOSES.

Nous devons à la vie champêtre que l'homme menoit dans les premiers temps cet air riant répandu dans toute la fable; nous lui devons ces descriptions heureuses, ces aventures naïves, ces divinités gracieuses, ce spectacle d'un état

assez différent du nôtre pour le desirer, et qui n'en est pas
assez éloigné pour choquer la vraisemblance, enfin ce
mêlange de passions et de tranquillité. Notre imagination
rit à Diane, à Pan, à Apollon, aux nymphes, aux bois, aux
prés, aux fontaines. Si les premiers hommes avoient vécu
comme nous dans les villes, les poètes n'auroient pu nous
décrire que ce que nous voyons tous les jours avec inquié-
tude, ou que nous sentons avec dégoût; tout respireroit
l'avarice, l'ambition, et les passions qui tourmentent.

Les poètes qui nous décrivent la vie champêtre, nous
parlent de l'âge d'or qu'ils regrettent; c'est-à-dire, nous
parlent d'un temps encore plus heureux et plus tranquille.

DE LA DÉLICATESSE.

Les gens délicats sont ceux qui à chaque idée ou à chaque
goût joignent beaucoup d'idées ou beaucoup de goûts
accessoires. Les gens grossiers n'ont qu'une sensation; leur
ame ne sait composer ni décomposer; ils ne joignent ni
n'ôtent rien à ce que la nature donne : au lieu que les gens
délicats dans l'amour se composent la plupart des plaisirs
de l'amour. Polixène et Apicius portoient à la table bien des
sensations inconnues à nous autres mangeurs vulgaires;
et ceux qui jugent avec goût des ouvrages d'esprit, ont et
se font une infinité de sensations que les autres hommes
n'ont pas.

D U J E N E S A I S Q U O I.

Il y a quelquefois dans les personnes ou dans les choses
un charme invisible, une grace naturelle, qu'on n'a pu
définir, et qu'on a été forcé d'appeler le *je ne sais quoi*. Il
me semble que c'est un effet principalement fondé sur la
surprise. Nous sommes touchés de ce qu'une personne
nous plaît plus qu'elle ne nous a paru d'abord devoir nous
plaire, et nous sommes agréablement surpris de ce qu'elle
a su vaincre des défauts que nos yeux nous montrent, et
que le cœur ne croit plus. Voilà pourquoi les femmes laides
ont très-souvent des graces, et qu'il est rare que les belles
en aient. Car une belle personne fait ordinairement le contraire de ce que nous avions attendu : elle parvient à nous
paroître moins aimable; après nous avoir surpris en bien,
elle nous surprend en mal; mais l'impression du bien est
ancienne, celle du mal nouvelle : aussi les belles personnes
font-elles rarement les grandes passions, presque toujours
réservées à celles qui ont des graces, c'est-à-dire des agrémens que nous n'attendions point, et que nous n'avions pas
sujet d'attendre. Les grandes parures ont rarement de la
grace, et souvent l'habillement des bergères en a. Nous
admirons la majesté des draperies de Paul Véronèse; mais
nous sommes touchés de la simplicité de Raphaël et de la
pureté du Corrège. Paul Véronèse promet beaucoup, et
paie ce qu'il promet. Raphaël et le Corrège promettent peu,
et paient beaucoup; et cela nous plaît davantage.

Les graces se trouvent plus ordinairement dans l'esprit
que dans le visage : car un beau visage paroît d'abord, et

ne cache presque rien ; mais l'esprit ne se montre que peu
à peu, que quand il veut, et autant qu'il veut; il peut se
cacher pour paroître, et donner cette espèce de surprise
qui fait les graces.

Les graces se trouvent moins dans les traits du visage
que dans les manières; car les manières naissent à chaque
instant, et peuvent à tous les momens créer des surprises:
en un mot, une femme ne peut guère être belle que d'une
façon; mais elle est jolie de cent mille.

La loi des deux sexes a établi, parmi les nations policées
et sauvages, que les hommes demanderoient, et que les
femmes ne feroient qu'accorder : de là il arrive que les
graces sont plus particulièrement attachées aux femmes.
Comme elles ont tout à défendre, elles ont tout à cacher;
la moindre parole, le moindre geste, tout ce qui, sans
choquer le premier devoir, se montre en elles, tout ce qui
se met en liberté, devient une grace; et telle est la sagesse
de la nature, que ce qui ne seroit rien sans la loi de la
pudeur devient d'un prix infini depuis cette heureuse loi,
qui fait le bonheur de l'univers.

Comme la gêne et l'affectation ne sauroient nous surprendre, les graces ne se trouvent ni dans les manières
gênées, ni dans les manières affectées, mais dans une certaine liberté ou facilité qui est entre les deux extrémités;
et l'ame est agréablement surprise de voir que l'on a évité
les deux écueils. Il sembleroit que les manières naturelles
devroient être les plus aisées : ce sont celles qui le sont
moins; car l'éducation qui nous gêne nous fait toujours
perdre du naturel : or nous sommes charmés de le voir
revenir.

Rien ne nous plaît tant dans une parure que lorsqu'elle est dans cette négligence ou même dans ce désordre qui nous cache tous les soins que la propreté n'a pas exigés, et que la seule vanité auroit fait prendre ; et l'on n'a jamais de grace dans l'esprit que lorsque ce que l'on dit paroît trouvé et non pas recherché.

Lorsque vous dites des choses qui vous ont coûté, vous pouvez bien faire voir que vous avez de l'esprit, et non pas des graces dans l'esprit. Pour le faire voir, il faut que vous ne le voyiez pas vous-même, et que les autres, à qui d'ailleurs quelque chose de naïf et de simple en vous ne promettoit rien de cela, soient doucement surpris de s'en appercevoir.

Ainsi les graces ne s'acquièrent point : pour en avoir, il faut être naïf. Mais comment peut-on travailler à être naïf?

Une des plus belles fictions d'Homère, c'est celle de cette ceinture qui donnoit à Vénus l'art de plaire. Rien n'est plus propre à faire sentir cette magie et ce pouvoir des graces qui semblent être données à une personne par un pouvoir invisible, et qui sont distinguées de la beauté même. Or cette ceinture ne pouvoit être donnée qu'à Vénus. Elle ne pouvoit convenir à la beauté majestueuse de Junon ; car la majesté demande une certaine gravité, c'est-à-dire une gêne opposée à l'ingénuité des graces. Elle ne pouvoit bien convenir à la beauté fière de Pallas ; car la fierté est opposée à la douceur des graces, et d'ailleurs peut souvent être soupçonnée d'affectation.

PROGRESSION DE LA SURPRISE.

Ce qui fait les grandes beautés, c'est lorsqu'une chose est telle, que la surprise est d'abord médiocre, qu'elle se soutient, augmente, et nous mène ensuite à l'admiration. Les ouvrages de Raphaël frappent peu au premier coup-d'œil : il imite si bien la nature, que l'on n'en est d'abord pas plus étonné que si l'on voyoit l'objet même, lequel ne causeroit point de surprise. Mais une expression extraordinaire, un coloris plus fort, une attitude bizarre d'un peintre moins bon nous saisit du premier coup-d'œil, parce qu'on n'a pas coutume de la voir ailleurs. On peut comparer Raphaël à Virgile, et les peintres de Venise, avec leurs attitudes forcées, à Lucain. Virgile, plus naturel, frappe d'abord moins pour frapper ensuite plus : Lucain frappe d'abord plus pour frapper ensuite moins.

L'exacte proportion de la fameuse église de Saint-Pierre fait qu'elle ne paroît pas d'abord aussi grande qu'elle l'est; car nous ne savons d'abord où nous prendre pour juger de sa grandeur. Si elle étoit moins large, nous serions frappés de sa longueur; si elle étoit moins longue, nous le serions de sa largeur : mais à mesure que l'on examine, l'œil la voit s'agrandir, l'étonnement augmente. On peut la comparer aux Pyrénées, où l'œil, qui croyoit d'abord les mesurer, découvre des montagnes derrière les montagnes, et se perd toujours davantage.

Il arrive souvent que notre ame sent du plaisir lorsqu'elle a un sentiment qu'elle ne peut pas démêler elle-même, et qu'elle voit une chose absolument différente de ce qu'elle sait être; ce qui lui donne un sentiment de surprise dont elle ne peut pas sortir. En voici un exemple. Le dôme de Saint-Pierre est immense. On sait que Michel-Ange, voyant le Panthéon, qui étoit le plus grand temple de Rome, dit qu'il en vouloit faire un pareil, mais qu'il vouloit le mettre en l'air. Il fit donc sur ce modèle le dôme de Saint-Pierre; mais il fit les piliers si massifs, que ce dôme, qui est comme une montagne que l'on a sur la tête, paroît léger à l'œil qui le considère. L'ame reste donc incertaine entre ce qu'elle voit et ce qu'elle sait, et elle reste surprise de voir une masse en même temps si énorme et si légère.

DES BEAUTÉS QUI RÉSULTENT D'UN CERTAIN EMBARRAS DE L'AME.

SOUVENT la surprise vient à l'ame de ce qu'elle ne peut pas concilier ce qu'elle voit avec ce qu'elle a vu. Il y a en Italie un grand lac, qu'on appelle le Lac-Majeur, *il Lago-Maggiore;* c'est une petite mer dont les bords ne montrent rien que de sauvage. A quinze milles dans le lac sont deux isles d'un quart de lieue de tour, qu'on appelle *les Borro-mées,* qui sont, à mon avis, le séjour du monde le plus enchanté. L'ame est étonnée de ce contraste romanesque, de rappeler avec plaisir les merveilles des romans, où, après avoir passé par des rochers et des pays arides, on se trouve dans un lieu fait par les fées.

Tous les contrastes nous frappent, parce que les choses en opposition se relèvent toutes les deux : ainsi, lorsqu'un petit homme est auprès d'un grand, le petit fait paroître l'autre plus grand, et le grand fait paroître l'autre plus petit.

Ces sortes de surprises font le plaisir que l'on trouve
dans toutes les beautés d'opposition, dans toutes les antithèses et figures pareilles. Quand Florus dit : « Sore et Algide
» (qui le croiroit?) nous ont été formidables; Satrique et
» Cornicule étoient des provinces; nous rougissons des
» Boriliens et des Véruliens, mais nous en avons triom-
» phé; enfin Tibur notre fauxbourg, Préneste où sont nos
» maisons de plaisance, étoient le sujet des vœux que
» nous allions faire au Capitole » : cet auteur, dis-je, nous
montre en même temps la grandeur de Rome et la petitesse
de ses commencemens; et l'étonnement porte sur ces deux
choses.

On peut remarquer ici combien est grande la différence
des antithèses d'idée d'avec les antithèses d'expression.
L'antithèse d'expression n'est pas cachée; celle d'idée l'est :
l'une a toujours le même habit, l'autre en change comme
on veut : l'une est variée, l'autre non.

Le même Florus, en parlant des Samnites, dit que leurs
villes furent tellement détruites, qu'il est difficile de trouver à présent le sujet de vingt-quatre triomphes; *ut non
facilè appareat materia quatuor et viginti triumphorum*. Et
par les mêmes paroles qui marquent la destruction de ce
peuple, il fait voir la grandeur de son courage et de son
opiniâtreté.

Lorsque nous voulons nous empêcher de rire, notre rire
redouble à cause du contraste qui est entre la situation où
nous sommes et celle où nous devrions être. De même,
lorsque nous voyons dans un visage un grand défaut,
comme, par exemple, un très-grand nez, nous rions, à cause
que nous voyons que ce contraste avec les autres traits du

visage ne doit pas être. Ainsi les contrastes sont cause des défauts aussi bien que des beautés. Lorsque nous voyons qu'ils sont sans raison, qu'ils relèvent ou éclairent un autre défaut, ils sont les grands instrumens de la laideur, laquelle, lorsqu'elle nous frappe subitement, peut exciter une certaine joie dans notre ame et nous faire rire. Si notre ame la regarde comme un malheur dans la personne qui la possède, elle peut exciter la *pitié;* si elle la regarde avec l'idée de ce qui peut nous nuire, et avec une idée de comparaison avec ce qui a coutume de nous émouvoir et d'exciter nos desirs, elle la regarde avec un sentiment d'*aversion.*

Lorsqu'on rapproche des idées opposées l'une à l'autre, si le contraste a été trop facile ou trop difficile à trouver, il déplaît : il faut que l'opposition qui est entre les idées rapprochées se fasse sentir, parce qu'elle y est, non parce que l'auteur a voulu la montrer; car, en ce dernier cas, la surprise ne tombe que sur la sottise de l'auteur.

Une des choses qui nous plaisent le plus, c'est le naïf; mais c'est aussi le style le plus difficile à attraper : la raison en est qu'il est précisément entre le noble et le bas, et est si près du bas, qu'il est très-difficile de le côtoyer toujours sans y tomber.

Les musiciens ont reconnu que la musique qui se chante le plus facilement est la plus difficile à composer : preuve certaine que nos plaisirs et l'art qui nous les donne sont entre certaines limites.

A voir les vers de Corneille si pompeux, et ceux de Racine si naturels, on ne devineroit pas que Corneille travailloit facilement, et Racine avec peine.

Le bas est le sublime du peuple, qui aime à voir une chose faite pour lui et qui est à sa portée.

Les idées qui se présentent aux gens qui sont bien élevés et qui ont un grand esprit, sont ou naïves, ou nobles, ou sublimes.

Lorsqu'une chose nous est montrée avec des circonstances ou des accessoires qui l'agrandissent, cela nous paroît noble : cela se sent sur-tout dans les comparaisons, où l'esprit doit toujours gagner et jamais perdre; car elles doivent toujours ajouter quelque chose, faire voir la chose plus grande, ou, s'il ne s'agit pas de grandeur, plus fine et plus délicate : mais il faut bien se donner de garde de montrer à l'ame un rapport dans le bas, car elle se le seroit caché si elle l'avoit découvert.

Lorsqu'il s'agit de montrer des choses fines, l'ame aime mieux voir comparer une manière à une manière, une action à une action, qu'une chose à une chose. Comparer en général un homme courageux à un lion, une femme à un astre, un homme léger à un cerf, cela est aisé. Mais lorsque La Fontaine commence ainsi une de ses fables,

> Entre les pattes d'un lion
> Un rat sortit de terre assez à l'étourdie;
> Le roi des animaux, en cette occasion,
> Montra ce qu'il étoit, et lui donna la vie :

il compare les modifications de l'ame du roi des animaux avec les modifications de l'ame d'un véritable roi.

Michel-Ange est le maître pour donner de la noblesse à tous ses sujets. Dans son fameux Bacchus, il ne fait point comme les peintres de Flandre, qui nous montrent une figure tombante, et qui est, pour ainsi, dire en l'air; cela seroit indigne de la majesté d'un dieu : il le peint ferme sur ses jambes; mais il lui donne si bien la gaieté de l'ivresse, et le plaisir à voir couler la liqueur qu'il verse dans sa coupe, qu'il n'y a rien de si admirable.

Dans la Passion qui est dans la galerie de Florence, il a peint la Vierge debout, qui regarde son fils crucifié, sans douleur, sans pitié, sans regret, sans larmes. Il la suppose instruite de ce grand mystère, et par-là lui fait soutenir avec grandeur le spectacle de cette mort.

Il n'y a point d'ouvrage de Michel-Ange où il n'ait mis quelque chose de noble : on trouve du grand dans ses ébauches mêmes, comme dans les vers que Virgile n'a point finis.

Jules Romain, dans sa chambre des géans à Mantoue, où il a représenté Jupiter qui les foudroie, fait voir tous les dieux effrayés. Mais Junon est auprès de Jupiter; elle lui montre d'un air assuré un géant sur lequel il faut qu'il lance la foudre : par-là il lui donne un air de grandeur que n'ont pas les autres dieux. Plus ils sont près de Jupiter, plus ils sont rassurés : et cela est bien naturel; car, dans une bataille, la frayeur cesse auprès de celui qui a de l'avantage.

DES RÈGLES *.

Tous les ouvrages de l'art ont des règles qui sont générales, qui sont des guides qu'il ne faut jamais perdre de vue.

Mais comme les loix sont toujours justes dans leur être
général, mais presque toujours injustes dans l'application;
de même les règles, toujours vraies dans la théorie, peuvent
devenir fausses dans l'hypothèse. Les peintres et les sculpteurs ont établi les proportions qu'il faut donner au corps
humain, et ont pris pour mesure commune la largeur de la

---

* *Au citoyen Valckenaer, à Paris.*

P. . . . . veut bien se charger de te remettre le manuscrit que je
t'ai annoncé. Je souhaiterois que le présent fût plus considérable. Ce n'est, à
proprement parler, qu'un fragment de
l'*Essai sur le goût*. Malgré cela, je pense
que tu ne parcourras pas sans intérêt
ces lignes écrites par Montesquieu, et
que tu éprouveras un certain sentiment
de respect pour ce papier, en songeant
aux illustres mains qui l'ont touché.
Notre ami le tenoit du secrétaire de
M. de Secondat, qui vers la fin de 1793,
lorsque le sang commençoit à couler à
Bordeaux, jeta au feu beaucoup de
papiers et de manuscrits de son père,
dans la crainte, disoit-il, qu'on ne vînt
à y découvrir des prétextes pour inquié-
ter sa famille. Le secrétaire de M. de
Secondat, qui l'aidoit dans cette fatale
opération, à laquelle il essaya en vain
de s'opposer, eut la permission de dis-
traire le morceau que je t'envoie. Selon
toute apparence, les matériaux de l'*Esprit des Loix*, rangés avec beaucoup

d'ordre dans plusieurs cartons, ont été
brûlés à cette époque. M. de Secondat
est mort il y a trois mois. J'ai visité, il
n'y a pas long-temps, le château de la
Brède; j'ai vu et touché les beaux arbres
que Montesquieu avoit plantés et dont il
parle tant dans ses lettres. Hélas! la hache
ne les a pas respectés; c'est au nom de la
nation que tous les jours on détruit ces
belles plantations, au milieu desquelles
on se seroit plu à venir honorer un des
plus beaux génies que la France ait
produits. La haute estime et le profond
respect que M. de Secondat avoit pour
son père, faisoient qu'il avoit laissé le
château de la Brède dans le même état
qu'il l'avoit trouvé à sa mort. On y voit
encore sa chambre, son lit, sa chaise,
la table sur laquelle il écrivoit. Les livres
de sa bibliothèque sont dans l'ordre où
il les a laissés. Il y en a à peu près une
douzaine d'armoires, étiquetées cha-
cune selon l'espèce de livres qu'elles
contiennent. Les scellés y ont été ap-
posés trois ou quatre fois.

Bordeaux, 29 ventose, an 4e.

face : mais il faut qu'ils violent à tous les instans les proportions à cause des différentes attitudes dans lesquelles il faut
qu'ils mettent le corps; par exemple, un bras tendu est bien
plus long que celui qui ne l'est pas. Personne n'a jamais
plus connu l'art que Michel-Ange; personne ne s'en est joué
davantage. Il y a peu de ses ouvrages d'architecture où les
proportions soient exactement gardées; mais, avec une
connoissance exacte de tout ce qui peut faire plaisir, il
sembloit qu'il eût un art à part pour chaque ouvrage.

Quoique chaque effet dépende d'une cause générale, il
s'y mêle tant d'autres causes particulières, que chaque effet
a en quelque façon une cause à part : ainsi l'art donne les
règles, et le goût les exceptions ; le goût nous découvre en
quelles occasions l'art doit se soumettre, et en quelles occasions il doit être soumis.

LYSIMAQUE.

LYSIMAQUE.

Lorsqu'Alexandre eut détruit l'empire des Perses, il voulut que l'on crût qu'il étoit fils de Jupiter. Les Macédoniens étoient indignés de voir ce prince rougir d'avoir Philippe pour père : leur mécontentement s'accrut, lorsqu'ils lui virent prendre les mœurs, les habits et les manières des Perses ; et ils se reprochoient tous d'avoir tant fait pour un homme qui commençoit à les mépriser. Mais on murmuroit dans l'armée, et on ne parloit pas.

Un philosophe nommé Callisthène avoit suivi le roi dans son expédition. Un jour qu'il le salua à la manière des Grecs : *D'où vient*, lui dit Alexandre, *que tu ne m'adores pas?* « Seigneur, lui dit Callisthène, vous êtes chef de deux na-» tions : l'une, esclave avant que vous l'eussiez soumise, ne » l'est pas moins depuis que vous l'avez vaincue ; l'autre, » libre avant qu'elle vous servît à remporter tant de vic-» toires, l'est encore depuis que vous les avez remportées. » Je suis Grec, seigneur ; et ce nom, vous l'avez élevé si » haut, que, sans vous faire tort, il ne nous est plus » permis de l'avilir. »

Les vices d'Alexandre étoient extrêmes comme ses vertus : il étoit terrible dans sa colère ; elle le rendoit cruel. Il fit couper les pieds, le nez et les oreilles, à Callisthène ; ordonna qu'on le mît dans une cage de fer, et le fit porter ainsi à la suite de l'armée.

J'aimois Callisthène ; et de tout temps, lorsque mes occupations me laissoient quelques heures de loisir, je les avois

employées à l'écouter : et si j'ai de l'amour pour la vertu,
je le dois aux impressions que ses discours faisoient sur
moi. J'allai le voir. « Je vous salue, lui dis-je, illustre mal-
» heureux, que je vois dans une cage de fer comme on
» enferme une bête sauvage, pour avoir été le seul homme
» de l'armée. »

« Lysimaque, me dit-il, quand je suis dans une situation
» qui demande de la force et du courage, il me semble que
» je me trouve presque à ma place. En vérité, si les dieux
» ne m'avoient mis sur la terre que pour y mener une vie
» voluptueuse, je croirois qu'ils m'auroient donné en vain
» une ame grande et immortelle. Jouir des plaisirs des
» sens est une chose dont tous les hommes sont aisément
» capables : et si les dieux ne nous ont faits que pour cela,
» ils ont fait un ouvrage plus parfait qu'ils n'ont voulu, et
» ils ont plus exécuté qu'entrepris. Ce n'est pas, ajouta-t-il,
» que je sois insensible ; vous ne me faites que trop voir
» que je ne le suis pas. Quand vous êtes venu à moi, j'ai
» trouvé d'abord quelque plaisir à vous voir faire une ac-
» tion de courage ; mais, au nom des dieux, que ce soit pour
» la dernière fois. Laissez-moi soutenir mes malheurs, et
» n'ayez point la cruauté d'y joindre encore les vôtres. »

« Callisthène, lui dis-je, je vous verrai tous les jours.
» Si le roi vous voyoit abandonné des gens vertueux, il
» n'auroit plus de remords, il commenceroit à croire que
» vous êtes coupable. Ah ! j'espère qu'il ne jouira pas du
» plaisir de voir que ses châtimens me feront abandonner
» un ami. »

Un jour Callisthène me dit : « Les dieux immortels m'ont
» consolé, et, depuis ce temps, je sens en moi quelque

» chose de divin qui m'a ôté le sentiment de mes peines.
» J'ai vu en songe le grand Jupiter. Vous étiez auprès de
» lui; vous aviez un sceptre à la main, et un bandeau
» royal sur le front. Il vous a montré à moi, et m'a dit : *Il*
» *te rendra plus heureux.* L'émotion où j'étois m'a réveillé.
» Je me suis trouvé les mains élevées au ciel, et faisant des
» efforts pour dire : *Grand Jupiter, si Lysimaque doit régner,*
» *fais qu'il règne avec justice.* Lysimaque, vous régnerez:
» croyez un homme qui doit être agréable aux dieux, puis-
» qu'il souffre pour la vertu. »

Cependant Alexandre ayant appris que je respectois la
misère de Callisthène, que j'allois le voir, et que j'osois le
plaindre, il entra dans une nouvelle fureur : « Va, dit-il,
» combattre contre les lions, malheureux qui te plais tant
» à vivre avec les bêtes féroces ». On différa mon supplice
pour le faire servir de spectacle à plus de gens.

Le jour qui le précéda, j'écrivis ces mots à Callisthène:
« Je vais mourir. Toutes les idées que vous m'aviez données
» de ma future grandeur se sont évanouies de mon esprit.
» J'aurois souhaité d'adoucir les maux d'un homme tel que
» vous. »

Prexape, à qui je m'étois confié, m'apporta cette réponse:
« Lysimaque, si les dieux ont résolu que vous régniez,
» Alexandre ne peut pas vous ôter la vie; car les hommes
» ne résistent pas à la volonté des dieux. »

Cette lettre m'encouragea; et faisant réflexion que les
hommes les plus heureux et les plus malheureux sont
également environnés de la main divine, je résolus de me
conduire, non pas par mes espérances, mais par mon

courage, et de défendre jusqu'à la fin une vie sur laquelle il y avoit de si grandes promesses.

On me mena dans la carrière. Il y avoit autour de moi un peuple immense qui venoit être témoin de mon courage ou de ma frayeur. On me lâcha un lion. J'avois plié mon manteau autour de mon bras : je lui présentai ce bras ; il voulut le dévorer; je lui saisis la langue, la lui arrachai, et le jetai à mes pieds.

Alexandre aimoit naturellement les actions courageuses: il admira ma résolution; et ce moment fut celui du retour de sa grande ame.

Il me fit appeler; et me tendant la main : «Lysimaque, » me dit-il, je te rends mon amitié, rends-moi la tienne. Ma » colère n'a servi qu'à te faire faire une action qui manque » à la vie d'Alexandre. »

Je reçus les graces du roi; j'adorai les décrets des dieux, et j'attendois leurs promesses sans les rechercher ni les fuir. Alexandre mourut; et toutes les nations furent sans maître. Les fils du roi étoient dans l'enfance; son frère Aridée n'en étoit jamais sorti : Olympias n'avoit que la hardiesse des ames foibles, et tout ce qui étoit cruauté étoit pour elle du courage : Roxane, Eurydice, Statyre, étoient perdues dans la douleur. Tout le monde, dans le palais, savoit gémir, et personne ne savoit régner. Les capitaines d'Alexandre levèrent donc les yeux sur son trône; mais l'ambition de chacun fut contenue par l'ambition de tous. Nous partageâmes l'empire, et chacun de nous crut avoir partagé le prix de ses fatigues.

Le sort me fit roi d'Asie : et à présent que je puis tout,

Je te rends mon amitié, rends-moi la tienne.

Tom. III.   Lysimaque p. 294.

Perin delineavit.   Malapeau sculpsit.

j'ai plus besoin que jamais des leçons de Callisthène. Sa joie m'annonce que j'ai fait quelque bonne action; et ses soupirs me disent que j'ai quelque mal à réparer. Je le trouve entre mon peuple et moi.

Je suis le roi d'un peuple qui m'aime. Les pères de famille espèrent la longueur de ma vie comme celle de leurs enfans : les enfans craignent de me perdre comme ils craignent de perdre leur père. Mes sujets sont heureux, et je le suis.

———

TABLE

DES MATIÈRES

Contenues dans l'ESPRIT DES LOIX et dans la DÉFENSE.

Le premier chiffre indique le tome, le second la page.

A

III.

mieux leur laisser leurs abus que de souffrir qu'ils deviennent réformateurs, II, 70. Les rangs y sont plus séparés et les personnes plus confondues qu'ailleurs, II, 71. Le gouvernement y fait plus de cas des personnes utiles que de celles qui ne font qu'amuser, *ibid.* Son luxe est un luxe qui lui est particulier, *ibid.* Il y a peu de politesse : pourquoi, *ibid. et suiv.* Pourquoi les femmes y sont timides et vertueuses, et les hommes débauchés, II, 73. Pourquoi il y a beaucoup de politiques, *ibid. et suiv.* Son esprit sur le commerce, II, 82. C'est le pays du monde où l'on a le mieux su se prévaloir de la religion, du commerce et de la liberté, *ibid.* Entraves dans lesquelles elle met ses commerçans : liberté qu'elle donne à son commerce, II, 85. La facilité singulière du commerce y vient de ce que les douanes y sont en régie, II, 86. Excellence de sa politique touchant le commerce en temps de guerre, II, 87. La faculté qu'on y a accordée à la noblesse de pouvoir faire le commerce, est ce qui a le plus contribué à affoiblir la monarchie, II, 92. Elle est ce qu'Athènes auroit dû être, II, 110. Conduite injuste et contradictoire que l'on y tint contre les Juifs dans les siècles de barbarie, II, 147 *et suiv.* C'est elle qui, avec la France et la Hollande, fait tout le commerce de l'Europe, II, 148. Dans le temps de la rédaction de sa grande chartre, tous les biens d'un Anglois représentoient de la monnoie, II, 165. La liberté qu'y ont les filles sur le mariage, y est plus tolérable qu'ailleurs, II, 213. L'augmentation des pâturages y diminue le nombre des habitans,

II, 217. Combien y vaut un homme, II, 222. L'esprit de commerce et d'industrie s'y est établi par la destruction des monastères et des hôpitaux, II, 244 *et suiv.* Loi de ce pays touchant les mariages contraires à la nature, II, 301. Origine de l'usage qui veut que tous les jurés soient de même avis pour condamner à mort, II, 402. La peine des faux témoins n'y est pas capitale ; elle l'est en France : motif de ces deux loix, II, 453. Comment on y prévient les vols, III, 34. Est-ce être sectateur de la religion naturelle que de dire que l'homicide de soi-même est en Angleterre l'effet d'une maladie? III, 169.

Anglois. Ce qu'ils font pour favoriser leur liberté, I, 25. Ce qu'ils seroient s'ils la perdoient, I, 26. Pourquoi ils n'ont pu introduire la démocratie chez eux, I, 31. Ont rejeté l'usage de la question sans aucun inconvénient, I, 133. Pourquoi plus faciles à vaincre chez eux qu'ailleurs, I, 196. C'est le peuple le plus libre qui ait jamais existé sur la terre : leur gouvernement doit servir de modèle aux peuples qui veulent être libres, I, 295. Raisons physiques du penchant qu'ils ont à se tuer : comparaison à cet égard entre eux et les Romains, I, 345. Leur caractère : gouvernement qu'il leur faut en conséquence, I, 346. Pourquoi les uns sont royalistes, et les autres parlementaires : pourquoi ces deux partis se haïssent mutuellement si fort, et pourquoi les particuliers passent souvent de l'un à l'autre, II, 63. On les conduit plutôt par leurs passions que par la raison, II, 65. Pourquoi ils supportent des impôts si onéreux, *ibid.* Pourquoi et jusqu'à quel point ils

III.

B

C

III.

41

les loix qui décident du droit d'une gouttière, II, 323. Blâme Verrès d'avoir suivi l'esprit plutôt que la lettre de la loi voconienne, II, 324. Croit qu'il est contre l'équité de ne pas rendre un fidéi-commis, II, 342.

CINQMARS (M. DE). Prétexte injuste de sa condamnation, I, 288.

Circonstances. Rendent les loix ou justes et sages, ou injustes et funestes, II, 448.

Citation en justice. Ne pouvoit pas se faire à Rome dans la maison du citoyen ; en France elle ne peut pas se faire ailleurs : ces deux loix, qui sont contraires, partent du même esprit, II, 452.

Citoyen. Revêtu subitement d'une autorité exorbitante devient monarque ou despote, I, 21. Quand il peut sans danger être élevé dans une république à un pouvoir exorbitant, *ibid.* Il ne peut y en avoir dans un état despotique, I, 50. Doivent-ils être autorisés à refuser les emplois publics ? I, 99. Comment doivent se conduire dans le cas de la défense naturelle, I, 198. Cas où, de quelque naissance qu'ils soient, ils doivent être jugés par les nobles, I, 236. Cas dans lesquels ils sont libres de fait et non de droit ; *et vice versâ,* I, 271. Ce qui attaque le plus leur sûreté, I, 272. Ne peuvent vendre leur liberté pour devenir esclaves, I, 353. Sont en droit d'exiger de l'état une subsistance assurée, la nourriture, un vêtement convenable, et un genre de vie qui ne soit point contraire à la santé : moyen que l'état peut employer pour remplir ces obligations, II, 244. Ne satisfont pas aux loix en se contentant de ne pas troubler le corps de l'état ;

il faut encore qu'ils ne troublent pas quelque citoyen que ce soit, II, 288.

Citoyen romain. Par quel privilège il étoit à l'abri de la tyrannie des gouverneurs de province, I, 256. Pour l'être il falloit être inscrit dans le cens : comment se faisoit-il qu'il y en eût qui n'y fussent pas inscrits, II, 341.

Civilité. Ce que c'est : en quoi elle diffère de la politesse : elle est chez les Chinois pratiquée dans tous les états ; à Lacédémone elle ne l'étoit nulle part : pourquoi cette différence, II, 51.

Classes. Combien il est important que celles dans lesquelles on distribue le peuple dans les états populaires soient bien faites, I, 17. Il y en avoit six à Rome : distinction entre ceux qui étoient dans les cinq premières et ceux qui étoient dans la dernière : comment on abusa de cette distinction pour éluder la loi voconienne, II, 341.

CLAUDE *empereur.* Se fait juge de toutes les affaires, et occasionne par là quantité de rapines, I, 114. Fut le premier qui accorda à la mère la succession de ses enfans, II, 346.

Clémence. Quel est le gouvernement où elle est le plus nécessaire : fut outrée par les empereurs grecs, I, 137 *et suiv.*

Clergé. Point de vue sous lequel on doit envisager sa jurisdiction en France. Son pouvoir est convenable dans une monarchie ; il est dangereux dans une république, I, 25. Son pouvoir arrête le monarque dans la route du despotisme, *ibid.* Son autorité sous la première race, II, 36. Pourquoi les membres de celui d'Angleterre sont plus citoyens qu'ailleurs : pourquoi leurs mœurs sont plus régulières : pourquoi ils font de meilleurs ouvrages pour prouver la révélation et la providence : pourquoi on aime mieux lui laisser ses abus, que de souffrir qu'il devienne réformateur, II, 69. Ses privilèges exclusifs dépeuplent un état ; et cette dépopulation est très-difficile à réparer, II, 243. La religion lui sert de prétexte pour s'enrichir aux dépens du peuple ; et la misère qui résulte de cette injustice est un motif qui attache le peuple à la religion, II, 279. Comment on est venu à en faire un corps séparé ; comment il a établi ses prérogatives, II, 282, 362. Cas où il seroit dangereux qu'il formât un corps trop étendu, II, 282. Bornes que les loix doivent mettre à ses richesses, II, 283 et suiv. Pour l'empêcher d'acquérir il ne faut pas lui défendre les acquisitions, mais l'en dégoûter : moyens d'y parvenir, ibid. Son ancien domaine doit être sacré et inviolable ; mais le nouveau doit sortir de ses mains, ibid. La maxime qui dit qu'il doit contribuer aux charges de l'état, est regardée à Rome comme une maxime de maltôte, et contraire à l'Écriture, II, 285. Refondit les loix des Wisigoths, et y introduisit les peines corporelles, qui furent toujours inconnues dans les autres loix barbares auxquelles il ne toucha point, II, 350. C'est des loix des Wisigoths qu'il a tiré, en Espagne, toutes celles de l'inquisition, II, 351. Pourquoi continua de se gouverner par le droit romain sous la première race de nos rois, tandis que la loi salique gouvernoit le reste des sujets, II, 356. Par quelles loix ses biens étoient gouvernés sous les deux premières races, II, 364. Il se soumit

aux décrétales, et ne voulut pas se soumettre aux capitulaires : pourquoi, II, 365. La roideur avec laquelle il soutint la preuve négative par serment, sans autre raison que parce qu'elle se faisoit dans l'église, preuve qui faisoit commettre mille parjures, fit étendre la preuve par le combat particulier, contre lequel il se déchaînoit, II, 379 et suiv. C'est peut-être par ménagement pour lui que Charlemagne voulut que le bâton fût la seule arme dont on pût se servir dans les duels, II, 386. Exemple de modération de sa part, II, 433. Moyens par lesquels il s'est enrichi, ibid. Tous les biens du royaume lui ont été donnés plusieurs fois : révolutions dans sa fortune ; quelles en sont les causes, III, 97 et suiv. Repousse les entreprises contre son temporel par les révélations des rois damnés, III, 99 et suiv. Les troubles qu'il causa pour son temporel furent terminés par les Normands, III, 102. Assemblé à Francfort pour déterminer le peuple à payer la dîme, raconte comment le diable avoit dévoré les épis de bled lors de la dernière famine, parce qu'on ne l'avoit pas payée, III, 105. Troubles qu'il causa après la mort de Louis le Débonnaire, à l'occasion de son temporel, III, 121 et suiv. Ne peut réparer, sous Charles le Chauve, les maux qu'il avoit faits sous ses prédécesseurs, III, 124.

CLERMONT (le comte DE). Pourquoi faisoit suivre les établissemens de saint Louis, son père, dans ses justices, pendant que ses vassaux ne les faisoient pas suivre dans les leurs, II, 413.

Climat. Forme la différence des carac-

III.

42

D

E

F

elle qu'on a établi l'ordre de succession à la couronne ; c'est pour l'état, II, 322.

Familles particulières. Comparées au clergé : il résulte de cette comparaison qu'il est nécessaire de mettre des bornes aux acquisitions du clergé, II, 283.

Famines. Sont fréquentes à la Chine : pourquoi : y causent des révolutions, I, 185.

Fatalité des matérialistes. Absurde : pourquoi, I, 3. Une religion qui admet ce dogme doit être soutenue par des loix civiles très-sévères et très-sévèrement exécutées, II, 260.

Fausser la cour de son seigneur. Ce que c'étoit : saint Louis abolit cette procédure dans les tribunaux de ses domaines, et introduisit dans ceux des seigneurs l'usage de fausser sans se battre, II, 411 *et suiv.*

Fausser le jugement. Ce que c'étoit, II, 399 *et suiv.*

Faux monnoyeurs. Sont-ils coupables de lèse-majesté? I, 283.

Fécondité. Plus constante dans les brutes que dans l'espèce humaine : pourquoi, II, 207.

Félonie. Pourquoi l'appel étoit autrefois une branche de ce crime, II, 399.

Femmes. Leur caractère ; leur influence sur les mœurs. Elles sont capricieuses, indiscrètes, jalouses, légères, intrigantes ; leurs petites ames ont l'art d'intéresser celles des hommes. Si tous ces vices étoient en liberté dans un état despotique, il n'y a point de mari, point de père de famille, qui pût y être tranquille ; on y verroit couler des flots de sang, I, 150, 386. Il y a des climats qui les portent si fort à la lubricité, qu'elles se livrent aux

III.

plus grands désordres, si elles ne sont retenues par une clôture exacte. Leur horrible caractère dans ces climats, I, 387 *et suiv.* Ce caractère mis en opposition avec celui de nos Françoises, dont l'auteur fait une description galante, I, 388. Il y a des climats où elles ne résistent jamais à l'attaque, I, 390. Leur luxe rend le mariage si onéreux, qu'il en dégoûte les citoyens, II, 225. Un Romain pensoit qu'il est si difficile d'être heureux avec elles, qu'il faudroit s'en défaire si l'on pouvoit subsister sans elles, *ibid.* Elles n'attachent constamment qu'autant qu'elles sont utiles pour les commodités de la vie intérieure, II, 13, 29. Ne remplissent leurs devoirs qu'autant qu'elles sont séquestrées de la compagnie des hommes, privées d'amusemens, et éloignées des affaires, I, 386. Leurs mœurs ne sont pures qu'autant qu'elles sont séquestrées de la société, *ibid.* Quand elles vivent peu avec les hommes, elles sont modestes comme en Angleterre, II, 72. Sont trop foibles pour avoir de l'orgueil ; elles n'ont que de la vanité, si l'esprit général de la nation ne les porte à l'orgueil, I, 151 ; II, 43. Leur foiblesse doit les exclure de la prééminence dans la maison ; et cette même foiblesse les rend capables de gouverner un état, I, 160. La faculté que, dans certains pays, on donne aux eunuques de se marier, est une preuve du mépris que l'on y fait de ce *sexe*, I, 376. Sont juges très-éclairés sur une partie des choses qui constituent le mérite personnel. De là en partie notre liaison avec elles, provoquée d'ailleurs par le plaisir des sens, et par celui d'aimer et d'être aimé, II, 389. Le commerce de galanterie avec elles produit l'oisiveté, fait qu'elles corrompent avant d'être corrompues, qu'elles mettent tous les riens en valeur, réduisent à rien ce qui est important, et établissent les maximes du ridicule comme seules règles de la conduite, 1, 150. Leur désir de plaire, et le desir de leur plaire, font que les deux sexes se gâtent, et perdent leur qualité distinctive et essentielle, II, 47. Si elles gâtent les mœurs, elles forment le goût, II, 42. Leur commerce nous inspire la politesse; et cette politesse corrige la vivacité des François, qui, autrement, pourroit les faire manquer à tous les égards, II, 40. Leur communication avec les hommes inspire à ceux-ci cette galanterie qui empêche de se jeter dans la débauche, II, 72. Plus le nombre de celles qu'on possède tranquillement et exclusivement est grand, plus on desire celles que l'on ne possède pas; et l'on s'en dégoûte enfin totalement pour se livrer à cet amour que la nature désavoue. Exemples tirés de Constantinople et d'Alger, 1, 382. Elles inspirent deux sortes de jalousie; l'une de mœurs, l'autre de passion, 1, 390. Leur débauche nuit à la propagation, II, 207 et suiv. Dans quelle proportion elles influent sur la population, II, 212. Leur mariage dans un âge avancé nuit à la propagation, II, 225. Dans les pays où elles sont nubiles dès l'enfance, la beauté et la raison ne se rencontrent jamais en même temps : la polygamie s'y introduit naturellement, 1, 377. Ces deux avantages se trouvant réunis en même temps dans les femmes des pays tempérés et froids, la polygamie n'y doit

pas avoir lieu, 1, 378. La pudeur leur est naturelle, parce qu'elles doivent toujours se défendre, et que la perte de leur pudeur cause de grands maux dans le moral et dans le civil, 1, 389; et II, 308. Cet état perpétuel de défense les porte à la sobriété : seconde raison qui bannit la polygamie des pays froids, 1, 378. *Leur influence sur la religion et sur le gouvernement.* La liberté qu'elles doivent avoir de concourir aux assemblées publiques dans les églises, nuit à la propagation de la religion chrétienne, II, 53 *et suiv.* Un prince habile, en flattant leur vanité et leur passion, peut changer en peu de temps les mœurs de sa nation. Exemple tiré de la Moscovie, II, 48. Leur liberté s'unit naturellement avec l'esprit de la monarchie, II, 50. Si elles ont peu de retenue, comme dans les monarchies, elles prennent cet esprit de liberté qui augmente leurs agrémens et leurs passions : chacun s'en sert pour avancer sa fortune, et elles font régner avec elles le luxe et la vanité, 1, 151. Vues que les législateurs doivent se proposer dans les règles qu'ils établissent concernant les mœurs des femmes, II, 309. Leur luxe et les déréglemens qu'elles font naître sont utiles aux monarques. Auguste et Tibère en firent usage pour substituer la monarchie à la république, 1, 144 *et suiv.* Leurs déportemens sont des prétextes dans la main des tyrans pour persécuter les grands. Exemple tiré de Tibère, 1, 156. Les empereurs romains se sont bornés à punir leurs crimes, sans chercher à établir chez elles la pureté des mœurs, *ibid. et suiv.* Ces vices sont même quelquefois utiles à l'état,

du gouvernement, 11, 316. Étoient à Rome et chez les Germains dans une tutèle perpétuelle, 1, 152. Auguste, pour favoriser l'esprit de la monarchie qu'il fondoit, et en même temps pour favoriser la population, affranchit de cette tutèle celles qui avoient trois ou quatre enfans, 11, 229 *et suiv.* La loi salique les tenoit dans une tutèle perpétuelle, 11, 24. Leurs mariages doivent être plus ou moins subordonnés à l'autorité paternelle, suivant les circonstances, 11, 213. Il est contre la nature de leur permettre de se choisir un mari à sept ans, 11, 301. Il est injuste, contraire au bien public et à l'intérêt particulier, d'interdire le mariage à celles dont le mari est absent depuis long-temps, quand elles n'en ont aucune nouvelle, 11, 309. Le respect qu'elles doivent à leurs maris est une des raisons qui empêchent que les mères ne puissent épouser leurs fils : leur fécondité prématurée en est une autre, 11, 315. Passent dans la famille du mari ; le contraire pouvoit être établi sans inconvénient, 11, 208. Il est contre la nature que leurs propres enfans soient reçus à les accuser d'adultère, 11, 302. La loi civile qui, dans les pays où il n'y a point de serrails, les soumet à l'inquisition de leurs esclaves, est absurde, 11, 327. Un mari ne pouvoit autrefois reprendre sa femme condamnée pour adultère : Justinien changea cette loi ; il songea plus en cela à la religion qu'à la pureté des mœurs, 11, 309. Il est contre la loi naturelle de les forcer à se porter accusatrices contre leur mari, 11, 302. Doivent, dans les pays où la répudiation est admise, en avoir le droit comme les hommes : preuves, 1, 396 *et suiv.* Il est contre la nature que le père même puisse obliger sa fille à répudier son mari, 11, 301. Pourquoi, dans les Indes, se brûlent à la mort de leurs maris, 11, 269. Les loix et la religion, dans certains pays, ont établi divers ordres de femmes légitimes pour le même homme, 11, 209. Quand on en a plusieurs, on leur doit un traitement égal. Preuves tirées des loix de Moïse, de Mahomet et des Maldives, 1, 383. Doivent, dans les pays où la polygamie est établie, être séparées d'avec les hommes, 1, 384. On doit pourvoir à leur état civil dans les pays où la polygamie est permise, quand il s'y introduit une religion qui la défend, 11, 312. Chaque homme à la Chine n'en a qu'une légitime, à laquelle appartiennent tous les enfans des concubines de son mari, 11, 209. Pourquoi une seule peut avoir plusieurs maris dans les climats froids de l'Asie, 1, 401. Sous les loix barbares, on ne les faisoit passer par l'épreuve du feu que quand elles n'avoient point de champions pour les défendre, 11, 384. Ne pouvoient appeler en combat judiciaire sans nommer leur champion, et sans être autorisées de leur mari ; mais on pouvoit les appeler sans ces formalités, 11, 395.

Fer chaud. Voyez *Preuves.*

Fermes et revenus du roi. La régie leur est préférable : elles ruinent le roi, affligent et appauvrissent le peuple, et ne sont utiles qu'aux fermiers, qu'elles enrichissent indécemment, 1, 327 *et suiv.*

Fermiers. Leurs richesses énormes les mettent en quelque sorte au-dessus du législateur, *ibid.*

G

Leur pouvoir, leurs injustices, I, 267 *et suiv.*

GRACCHUS (Tiberius). Coup mortel qu'il porte à l'autorité du sénat, I, 264.

Grace. On ne peut pas demander en Perse celle d'un homme que la loi a une fois condamné, I, 42. Le droit de la faire aux coupables est le plus bel attribut de la souveraineté d'un monarque; il ne doit donc pas être leur juge, I, 113.

Grace (lettres de). Sont un grand ressort dans un gouvernement modéré, I, 133.

Grace (la). L'auteur de l'*Esprit des Loix* étoit-il obligé d'en parler? III, 168 *et suiv.*

Gradués. Les deux dont le juge est obligé de se faire assister dans les cas qui peuvent mériter une peine afflictive, représentent les anciens prud'hommes qu'il étoit obligé de consulter, II, 437.

Grandeur réelle des états. Pour l'augmenter, il ne faut pas diminuer la grandeur relative, I, 197.

Grandeur relative des états. Pour la conserver, il ne faut pas écraser un état voisin qui est dans la décadence, *ibid.*

Grands. Leur situation dans les états despotiques, I, 40. Comment doivent être punis dans une monarchie, I, 137.

GRAVINA. Comment définit l'état civil, I, 10.

Gravion. Ses fonctions étoient les mêmes que celles du comte et du centenier, III, 41.

Grèce. Combien elle renfermoit de sortes de républiques, I, 69. Par quel usage on y avoit prévenu le luxe des ri-

chesses, si pernicieux dans les républiques, I, 143. Pourquoi les femmes y étoient si sages, I, 152. Son gouvernement fédératif est ce qui la fit fleurir si long-temps, I, 188. Ce qui fut cause de sa perte, I, 190. On n'y pouvoit souffrir le gouvernement d'un seul, II, 4. Belle description de ses richesses, de son commerce, de ses arts, de sa réputation, des biens qu'elle recevoit de l'univers, et de ceux qu'elle lui faisoit, II, 112. Étoit pleine de petits peuples et regorgeoit d'habitans avant les Romains, II, 222. Pourquoi la galanterie de chevalerie ne s'y est point introduite, II, 390. Sa constitution demandoit que l'on punît ceux qui ne prenoient pas de parti dans les séditions, II, 445. Vice dans son droit des gens: il étoit abominable, et étoit la source de loix abominables: comment il auroit dû être corrigé, II, 449. On n'y punissoit pas le suicide par les mêmes motifs qu'à Rome, II, 451. On y punissoit le receleur comme le voleur: cela étoit juste en Grèce; cela est injuste en France: pourquoi, II, 454 *et suiv.*

Grecs. Leurs politiques avoient des idées bien plus nettes sur le principe de la démocratie que ceux d'aujourd'hui, I, 31. Combien ont fait d'efforts pour diriger l'éducation du côté de la vertu, I, 52. Regardoient le commerce comme indigne d'un citoyen, I, 57. La nature de leurs occupations leur rendoit la musique nécessaire, I, 58. La crainte des Perses maintint leurs loix, I, 167. Pourquoi se croyoient libres du temps de Cicéron, I, 223. Quel étoit leur gouvernement dans les temps héroïques, I, 245 *et suiv.* Ne surent jamais quelle est la vraie

riables; comme êtres intelligens, violent toutes les loix : pourquoi. Comment rappelés sans cesse à l'observation des loix, I, 6, 7. Quels ils seroient dans l'état de pure nature, I, 6. Par quelles causes se sont unis en société, I, 8. Changemens que leur état de société a opérés dans leur caractère, I, 9. Leur état relatif à chacun d'eux en particulier, et relatif aux différens peuples, quand ils ont été en société, *ibid.* Leur situation déplorable et vile dans les états despotiques, I, 39, 41. Leur vanité augmente à proportion du nombre de ceux qui vivent ensemble, I, 140. Leur penchant à abuser de leur pouvoir. Suites funestes de cette inclination, I, 224. Quelle est la connoissance qui les intéresse le plus, I, 272. Leurs caractères et leurs passions dépendent des différens climats : raisons physiques, I, 330 *et suiv.* Plus les causes physiques les portent au repos, plus les causes morales doivent les en éloigner, I, 337. Naissent tous égaux : l'esclavage est donc contre nature, I, 359. Beauté et utilité de leurs ouvrages, II, 9. De leur nombre, dans le rapport avec la manière dont ils se procurent la subsistance, II, 10. Ce qui les gouverne, et ce qui forme l'esprit général qui résultent des choses qui les gouvernent, II, 40. Leur propagation est troublée en mille manières par les passions, par les fantaisies et par le luxe, II, 206. Combien vaut un homme en Angleterre. Il y a des pays où un homme vaut moins que rien, II, 239. Sont portés à craindre ou à espérer. Sont fripons en détail, et en gros de très-honnêtes gens. De là le plus ou le moins d'attachement qu'ils

ont pour leur religion, II, 277. Aiment, en matière de religion, tout ce qui suppose un effort, comme, en matière de morale, tout ce qui suppose de la sévérité, II, 282 *et suiv.* Ont sacrifié leur indépendance naturelle aux loix politiques, et la communauté naturelle des biens aux loix civiles : ce qui en résulte, II, 320 *et suiv.* Il leur est plus aisé d'être extrêmement vertueux que d'être extrêmement sages, II, 434. Est-ce être sectateur de la religion naturelle, que de dire que l'homme pouvoit à tous les instans oublier son créateur, et que Dieu l'a rappelé à lui par les loix de la religion? III, 167.

Hommes de bien. Ce que c'est : il y en a fort peu dans les monarchies, I, 37.

Hommes libres. Qui on appeloit ainsi dans les commencemens de la monarchie. Comment et sous qui ils marchoient à la guerre, III, 34.

Hommes qui sont sous la foi du roi. C'est ainsi que la loi salique désigne ceux que nous appelons aujourd'hui vassaux, III, 32.

Hongrie. La noblesse de ce royaume a soutenu la maison d'Autriche, qui avoit travaillé sans cesse à l'opprimer, I, 171. Quelle sorte d'esclavage y est établie, I, 362. Ses mines sont utiles, parce qu'elles ne sont pas abondantes, II, 157 *et suiv.*

Honnêtes gens. Ceux qu'on nomme ainsi tiennent moins aux bonnes maximes que le peuple, I, 61.

Honnête homme. Le cardinal de Richelieu l'exclut de l'administration des affaires dans une monarchie, I, 37. Ce qu'on entend par ce mot dans une monarchie, I, 47, 48.

Honneur. Ce que c'est : il tient lieu de

J-I

parce qu'elles sont trop sévères, I ,
125 *et suiv.* Exemples des loix atroces
de cet empire, I , 293. Pourquoi la
fraude y est un crime capital, I, 319.
Est tyrannisé par les loix, II , 40.
Pertes que lui cause sur son commerce le privilège exclusif qu'il a accordé aux Hollandois et aux Chinois ,
II, 83. Il fournit la preuve des avantages infinis que peut tirer du commerce une nation qui peut supporter
à la fois une grande importation et
une grande exportation, II, 96. Quoiqu'un homme y ait plusieurs femmes,
les enfans d'une seule sont légitimes,
II , 209. Il y naît plus de filles que
de garçons ; il doit donc être plus
peuplé que l'Europe, II , 216. Cause
physique de la grande population de
cet empire, II , 217. Si les loix y sont
si sévères et si sévèrement exécutées,
c'est parce que la religion dominante
dans cet empire n'a presque point de
dogmes, et qu'elle ne présente aucun avenir, II , 260. Il y a toujours
dans son sein un commerce que la
guerre ne ruine pas, II , 264. Pourquoi les religions étrangères s'y sont
établies avec tant de facilité , II , 278.
Lors de la persécution du christianisme, on s'y révolta plus contre la
cruauté des supplices que contre la
durée des peines, II , 292. On y est
autant autorisé à faire mourir les chrétiens à petit feu, que l'inquisition à
faire brûler les Juifs, *ibid. et suiv.*
C'est l'atrocité du caractère des peuples, et la soumission rigoureuse que
le prince exige à ses volontés, qui
rendent la religion chrétienne si
odieuse dans ce pays, II, 295. On
n'y dispute jamais sur la religion.
Toutes, hors celle des chrétiens, y

sont indifférentes, *ibid. et suivantes.*
Japonois. Leur caractère bizarre et
atroce. Quelles loix il auroit fallu leur
donner, I , 125 *et suiv.* Exemple de
la cruauté de ce peuple, I , 126. Ont
des supplices qui font frémir la pudeur et la nature, I, 290. L'atrocité
de leur caractère est la cause de la
rigueur de leurs loix. Détail abrégé de
ces loix, I, 349. Conséquences funestes
qu'ils tirent du dogme de l'immortalité de l'ame, II, 268. Tirent leur
origine des Tartares. Pourquoi sont
tolérans en fait de religion, II , 280.
Jaxarte. Pourquoi ce fleuve ne va plus
jusqu'à la mer, II, 104.
Ichthyophages. Alexandre les avoit-il
tous subjugués ? II, 116.
Idolâtrie. Nous y sommes fort portés ;
mais nous n'y sommes point attachés,
II, 276. Est-il vrai que l'auteur ait
dit que c'est par orgueil que les
hommes l'ont quittée? III, 190.
Jésuites. Leur ambition : leur éloge par
rapport au Paraguay, I, 53.
Jeu de fief. Origine de cet usage, III,
143.
Ignorance. Dans les siècles où elle règne, l'abrégé d'un ouvrage fait tomber l'ouvrage même, II, 366.
Ignominie. Étoit à Lacédémone un si
grand mal, qu'elle autorisoit le suicide de celui qui ne pouvoit l'éviter
autrement, II, 451.
Illusion. Est utile en matière d'impôts.
Moyens de l'entretenir, I, 314.
Ilotes. Condamnés chez les Lacédémo-
niens à l'agriculture, comme à une
profession servile, I, 57.
Ilotie. Ce que c'est : elle est contre la
nature des choses, I, 363.
Immortalité de l'ame. Ce dogme est
utile ou funeste à la société, selon

K

L

siste, 1, 226, 272. Il faut quelquefois priver un citoyen de sa liberté
pour conserver celle de tous. Cela ne
se doit faire que par une loi particulière et authentique : exemple tiré de
l'Angleterre, 1, 295. Loix qui y sont
favorables dans la république, *ibid.
et suiv.* Un citoyen ne la peut pas
vendre pour devenir esclave d'un autre, 1, 353.

Liberté du commerçant. Est fort gênée
dans les états libres, et fort étendue
dans ceux où le pouvoir est absolu ;
et vice versâ, 11, 85.

Liberté du commerce. Est fort limitée
dans les états où le pouvoir est absolu, et fort libre dans les autres ; *et*

vice versâ : pourquoi, 11, 85.

Liberté philosophique. En quoi elle consiste, 1, 272.

Liberté politique. En quoi elle consiste,
ibid. Époque de sa naissance à Rome,
1, 298.

Libre arbitre. Une religion qui admet
ce dogme a besoin d'être soutenue
par des loix moins austères qu'une
autre, 11, 260.

Lieutenant. Celui du juge représente
les anciens prud'hommes, qu'il étoit
obligé de consulter autrefois, 11, 435.

Ligne de démarcation. Par qui et pourquoi établie. N'a pas eu lieu, 11, 151.

Lods et ventes. Origine de ce droit,
111, 142.

LOI. Ce mot est celui pour lequel tout l'ouvrage a été composé. Il y
est donc présenté sous un très-grand nombre de faces et sous un
très-grand nombre de rapports. On le trouvera ici divisé en autant
de classes que l'on a pu appercevoir de différentes faces principales.
Toutes ces classes sont rangées alphabétiquement dans l'ordre qui
suit : *Loi Acilia. Loi de Gondebaud. Loi de Valentinien. Loi des
douze tables. Loi du talion. Loi gabinienne. Loi oppienne. Loi
pappienne. Loi Porcia. Loi salique. Loi valérienne. Loi voconienne. Loix* (ce mot pris dans sa signification générique). *Loix
agraires. Loix barbares. Loix civiles. Loix civiles des François.
Loix civiles sur les fiefs. Loix (clergé). Loix (climat). Loix
(commerce). Loix (conspiration). Loix cornéliennes. Loix criminelles. Loix d'Angleterre. Loix de Crète. Loix de la Grèce. Loix
de la morale. Loix de l'éducation. Loix de Lycurgue. Loix de
Moïse. Loix de Pen. Loix de Platon. Loix des Bavarois. Loix des
Bourguignons. Loix des Lombards. Loix (despotisme). Loix des
Saxons. Loix des Wisigoths. Loix divines. Loix domestiques. Loix
du mouvement. Loix (égalité). Loix (esclavage). Loix (Espagne).
Loix féodales. Loix (France). Loix humaines. Loix (Japon).
Loix juliennes. Loix (liberté). Loix (mariage). Loix (mœurs).*

111.   49

Loix (*monarchie*). *Loix* (*monnoie*). *Loix* *naturelles*. *Loix* (*orient*). *Loix politiques*. *Loix positives*. *Loix* (*république*). *Loix* (*religion*). *Loix ripuaires*. *Loix romaines*. *Loix sacrées*. *Loix* (*sobriété*). *Loix somptuaires*. *Loix* (*suicide*). *Loix* (*terrain*).

rapport avec la nature du climat, 1, 351 *et suiv.*

Loix (commerce). Des loix considérées dans le rapport qu'elles ont avec le commerce, considéré dans sa nature et ses distinctions, 11, 74, 96. De celles qui emportent la confiscation de la marchandise, 11, 87. De celles qui établissent la sûreté du commerce, 11, 88 *et suiv.* Des loix, dans le rapport qu'elles ont avec le commerce, considéré dans les révolutions qu'il a eues dans le monde, 11, 98, 160. Des loix de commerce aux Indes, 11, 150 *et suivantes.* Loix fondamentales du commerce de l'Europe, 11, 151 *et suivantes.*

Loix (conspiration). Précautions que l'on doit apporter dans les loix qui regardent la révélation des conspirations, 1, 293.

Loix cornéliennes. Leur auteur, leur cruauté, leurs motifs, 1, 130.

Loix criminelles. Les différens degrés de simplicité qu'elles doivent avoir dans les différens gouvernemens, 1, 107 *et suiv.* Combien on a été de temps à les perfectionner; combien elles étoient imparfaites à Cumes, à Rome sous les premiers rois, en France sous les premiers rois, 1, 272. La liberté du citoyen dépend principalement de leur bonté, *ibid.* Un homme qui, dans un état où l'on suit les meilleures loix criminelles qui soient possibles, est condamné à être pendu, et doit l'être le lendemain, est plus libre qu'un bacha en Turquie, 1, 273. Comment on peut parvenir à faire les meilleures qu'il soit possible, *ibid.* Doivent tirer chaque peine de la nature du crime, 1, 274 *et suiv.* Ne doivent punir que les actions exté-

rieures, 1, 286. Le criminel qu'elles font mourir ne peut réclamer contre elles, puisque c'est parce qu'elles le font mourir qu'elles lui ont sauvé la vie à tous les instans, 1, 354. En fait de religion, les loix criminelles n'ont d'effet que comme destruction, 11, 290. Celle qui permet aux enfans d'accuser leur père de vol ou d'adultère, est contraire à la nature, 11, 302. Celles qui sont les plus cruelles peuvent-elles être les meilleures? 11, 445.

Loix d'Angleterre. Ont été produites en partie par le climat, 11, 62. Voyez *Angleterre.*

Loix de Crète. Sont l'original sur lequel on a copié celles de Lacédémone, 1, 52.

Loix de la Grèce. Celles de Minos, de Lycurgue et de Platon, ne peuvent subsister que dans un petit état, 1, 55. Ont puni, ainsi que les loix romaines, l'homicide de soi-même, sans avoir le même objet, 11, 451 *et suiv.* Source de plusieurs loix abominables de la Grèce, 11, 458.

Loix de la morale. Sont bien moins observées que les loix physiques, 1, 5. Quel en est le principal effet, 1, 6.

Loix de l'éducation. Doivent être relatives aux principes du gouvernement, 1, 44 *et suiv.*

Loix de Lycurgue. Leurs contradictions apparentes prouvent la grandeur de son génie, 1, 52. Ne pouvoient subsister que dans un petit état, 1, 55.

Loix de Moïse. Leur sagesse au sujet des asyles, 11, 280.

Loix de Pen. Comparées avec celles de Lycurgue, 1, 53.

Loix de Platon. Étoient la correction de celles de Lacédémone, 1, 52.

M

III.

52

sance législative, I, 237. Les anciens
n'ont imaginé que de faux moyens
pour tempérer son pouvoir, I, 243.
Quelle est sa vraie fonction, I, 246.
Il a toujours plus l'esprit de probité
que les commissaires qu'il nomme
pour juger ses sujets, I, 299. Bonheur des bons monarques : pour l'être,
ils n'ont qu'à laisser les loix dans leur
force, I, 300. On ne s'en prend jamais à lui des calamités publiques ;
on les impute aux gens corrompus
qui l'obsèdent, ibid. Comment doit
manier sa puissance, I, 302. Doit en-
courager, et les loix doivent menacer, ibid. Doit être accessible, ibid.
Ses mœurs : description admirable de
la conduite qu'il doit tenir avec ses
sujets, I, 303. Égards qu'il doit à ses
sujets, ibid.

Monastères. Comment entretenoient la
paresse en Angleterre : leur destruction y a contribué à établir l'esprit
de commerce et d'industrie, II, 245.
Ceux qui vendent leurs fonds à vie,
ou qui font des emprunts à vie, jouent
contre le peuple, mais tiennent la
banque contre lui : le moindre bon
sens fait voir que cela ne doit pas
être permis, II, 285.

Monde physique. Ne subsiste que parce
que ses loix sont invariables, I, 4.
Mieux gouverné que le monde intel-
ligent : pourquoi, I, 5.

Monnoie. Est, comme les figures de
géométrie, un signe certain que le
pays où l'on en trouve est habité par
un peuple policé, II, 15. Loix civiles
des peuples qui ne la connoissent
point, II, 16. Est la source de presque
toutes les loix civiles, parce
qu'elle est la source des injustices qui
viennent de la ruse, II, 16. Est la

destructrice de la liberté, II, 17. Raison de son usage, II, 161 et suivantes.
Dans quel cas est nécessaire, ibid.
Quelle en doit être la nature et la
forme, II, 162 et suiv. Les Lydiens
sont les premiers qui aient trouvé l'art
de la battre, II, 163. Quelle étoit ori-
ginairement celle des Athéniens, des
Romains : ses inconvéniens, ibidem.
Dans quel rapport elle doit être, pour
la prospérité de l'état, avec les choses
qu'elle représente, ibid. Étoit autrefois représentée, en Angleterre, par
tous les biens d'un Anglois, ibidem.
Chez les Germains, elle devenoit bétail, marchandise ou denrée ; et ces
choses devenoient monnoie, ibidem.
Est un signe des choses, et un signe
de la monnoie même, II, 164. Combien il y en a de sortes, II, 165. Augmente chez les nations policées, et
diminue chez les nations barbares,
II, 166. Il seroit utile qu'elle fût rare,
ibid. C'est en raison de sa quantité
que le prix de l'usure diminue, II,
167 et suivantes. Comment, dans sa
variation, le prix des choses se fixe,
II, 169 et suiv. Les Africains en ont
une, sans en avoir aucune, II, 170.
Preuves par calcul qu'il est dangereux
à un état de hausser ou baisser la
monnoie, II, 179 et suiv. Quand les
Romains firent des changemens à la
leur pendant les guerres puniques,
ce fut un coup de sagesse qui ne doit
point être imité parmi nous, II, 185.
A haussé ou baissé à Rome, à mesure que l'or et l'argent y sont devenus plus ou moins communs, II,
187 et suiv. Époque et progression
de l'altération qu'elle éprouva sous
les empereurs romains, II, 189 et
suiv. Le change empêche qu'on ne la

N

O

III.

P

Q

R

III. 55

III.

S

T

V-U

W

FIN DU TOME TROISIÈME.